TASTI

I edizione: gennaio 2021

Castelvecchi è un marchio di Lit Edizioni s.a.s.
Sede legale: Via Isonzo, 34 – 00198 Roma
Tel. 06.8412007 – fax 06.85358676
info@castelvecchieditore.com
www.castelvecchieditore.com

ristampa	anno
8 7 6 5 4 3 2 1	2021 2022 2023 2024

Anna Cantagallo

ARAZZO FAMILIARE

CASTELVECCHI

A mia madre, sempre presente

Il presente del passato è la memoria.
Il presente del presente è la visione.
Il presente del futuro è l'attesa.

SANT'AGOSTINO, *Le confessioni*; XI, 2

Premessa

Sono al telaio. Tesso storie di donne per dar loro la voce, dopo che mi fu tolta la mia. Un vile, per non essere smascherato, mi tagliò la lingua. Da allora compongo arazzi, passando la spola sull'ordito del tempo. Ora voglio farne uno intrecciando fili d'oro, d'argento e di bisso. Sono fili preziosi: sono le vite di una madre, di una figlia e di una nonna. Costruisco gradualmente il disegno dell'arazzo familiare, lavorando anche dal retro. Inizia una narrazione che parte da lontano. Interseco i fili preziosi con quelli di altre vite, di tante vite, perché il disegno sia completo. Supero le dimensioni del tempo. Le mie mani volano sul telaio. Ritmicamente il pettine compatta la trama. Nulla è ancora visibile. Argutamente ho lasciato un sottile filo sospeso. Lo riprenderò alla fine e tutto sarà svelato.

«Filomela», mi chiama Procne, mia sorella. La ignoro. Sono catturata dalla tessitura. Sarà un lavoro lungo, difficile. Sarà bellissimo.

Le vicende narrate in questo romanzo, seppur ambientate in un contesto storico reale, sono opera della fantasia dell'autore.

Maria Luigina Pennisi
Marilì, la madre

Roma, 3 marzo 1944

Marilì boccheggiava nell'aria piena di polvere. Nel silenzio dopo il frastuono, non riusciva nemmeno a percepire il suo ansimare. Accanto a lei si muovevano disordinatamente dei fantasmi impolverati con i vestiti laceri, i corpi insanguinati, le bocche aperte e mute.

Seminascosta nel suo angolo del rifugio, con la vestaglietta sul corpo nudo, i capelli gocciolanti, sentiva ancora – che sensazione assurda! – una traccia di felicità: si era appena lavata con una scheggia di vero sapone all'olio d'oliva.

L'odore della polvere sospesa era dappertutto, steso come una coperta su tutti gli odori del rifugio. L'odore dolciastro del sangue, l'odore acre della paura, l'odore di corpi non lavati, l'odore di bocche malsane, l'odore di naftalina sui vestiti, l'odore di escrementi liberati senza pudicizia.

Le sembrava che quel muoversi agitato e disarticolato dei fantasmi avvenisse per cercare l'odore più prezioso: quello del cibo, di cui rimane sempre una traccia come di un'essenza voluttuosa sugli abiti, tra i capelli, sulle mani.

La vertigine fu la più forte che avesse mai provato; le venne quasi da vomitare. La fame, di certo era quello. "Che ironia!" pensò, "morire di fame quando ormai tutto sta per finire".

D'un tratto, da dietro un pilastro del rifugio, in un angolo buio, si sprigionò vicino a lei un sentore di fresco che sembrava… menta.

“È la fame che mi sta dando al cervello” rifletté, ma quel profumo di buono riaccese l’illusione di felicità.

Marilì captò l’odore farsi più intenso: rimase ferma, impietrita, consapevole che stava per accadere qualcosa di straordinario. Nel buio intuì il movimento dell’uomo; avvertì sul braccio una carezza, un lambire appena. “Oh! Non è possibile”, si disse. Trattenne il respiro; era concentrata solo su quel punto sfiorato, ardente e gelido, come premuto con la neve ghiacciata. “Sto impazzendo”, si convinse. Sentiva la nausea acuirsi e la testa sul punto di scoppiare. Cercò a tentoni un appoggio, e trovò la spalla dell’uomo. Dopo un tempo che le parve lunghissimo, delle mani tremanti aprirono la sua vestaglietta. Marilì si mise a respirare più forte e, a ogni alitare, percepiva l’odore farsi più gradevole. Iniziò ad annusare l’uomo con le narici alettanti, mentre lui passava le mani aperte fra i suoi capelli ancora umidi, quasi a volersele pulire. Ammaliata dal profumo lei non reagiva, accondiscendendo all’avanzare delle mani maschili sul suo corpo, dappertutto, con insistenza, incoraggiate dalla sua acquiescenza. Il primo bacio dell’uomo fu leggero, come a sondare la sua disponibilità; Marilì aprì la bocca: voleva godere di quell’odore, gustare quel sapore.

“Non sono pazza”, si rassicurò. “Sono morta, sono proprio morta; in paradiso gli angeli baciano i morti con la bocca che sa di menta”. Il bacio divenne ardito: le lingue s’incrociarono; lui bevve il sapore della sua bocca, lei gli leccò dolcemente le labbra. I fantasmi impolverati si stavano girando verso il suo angolo e presto sarebbero venuti da lei.

«Non voglio che mi tolgano il mio angelo, è mio, è tutto mio», si ripeteva. Lui le prese i seni nelle mani e cominciò a baciarli. Marilì avvertì un’altra vertigine. L’uomo continuò a baciare e a succhiare, come un bambino avido. Lei era con il fiato sospeso, tutta concentrata su quella sensazione mai provata prima. Con stupore avvertì un calore invaderle il ventre, mentre un fiotto umido iniziava a scenderle tra le gambe.

“Mio Dio, che mi succede?” si chiese mentre la testa le scoppiava. “Morirò di vergogna. Ma se sono già morta!” rise tra sé. Non si era mai sentita così felice di essere morta. “Devo dirlo a tutti che da morti si sta così bene”.

Lui la prese in piedi, abbracciandola nel buio. La penetrò con la delicatezza di un amante intimidito, lei rispose accarezzandolo. Si mossero appena, mentre si baciavano per soffocare le grida di piacere. Dopo, si sorrisero passandosi le dita sulle labbra mute.

Un'altra scossa, la più violenta, fece cadere le mura attorno a loro; polvere, ancora polvere e tanti bagliori a illuminare il rifugio. Per un attimo Marilì vide brillare il riflesso rame dei suoi capelli, poi fu tutto buio intorno a lei.

Maria Giovanna Pearce
Marigiò, la figlia

San Diego, 3 marzo 1984

«Stai bene?» chiese Peter. Marigiò rispose con un cenno del capo. Stava accoccolata sulla poltrona più antica dell'hotel Coronado, quella di midollino rosso con intrecci color avorio. Imbacuccata nella sua tuta grigia, con il cappuccio tirato fino agli occhi, sembrava un fagotto buttato lì casualmente. Un lieve tremore animava le braccia serrate intorno al corpo. Il viso spiegazzato appariva grigio; gli occhi arrossati senza lacrime.

«È tutto okay?» ripeté Peter. Lei annuì di nuovo e, con mano incerta, prese la sua tazza di caffè dal tavolino apparecchiato. Lui la imitò. Bevvero in silenzio, seduti sulla veranda dell'albergo; da quella postazione potevano godere la vista della baia di San Diego, Glorietta Bay. Alle prime ore del giorno l'oceano appariva un tutt'uno con il cielo, una lingua grigia sottolineata da navi grigie.

«Mi piacerebbe fare il bagno laggiù» disse alfine Marigiò, indicando la massa liquida «come Jack Lemmon e Marilyn nel film *A qualcuno piace caldo*, ma l'acqua è così fredda. Eppure, si dice in giro che la California sia la terra dell'eterna primavera», ironizzò.

Dopo i tanti anni che abitava a San Diego, non si era ancora abituata a vedere il sole emergere solamente a mezzogiorno: un chiarore sbavato nel cielo granuloso. Sentì scorrere il noto, prevedibile, brivido lungo la schiena.

«Ti ricordo che mi ammalai subito, appena arrivata. E dire che avevo messo in valigia tanti costumi».

«Io li ho addirittura aboliti: preferisco stare in spiaggia senza nulla addosso. Lo hai visto anche tu, a Ensenada».

Lei lo guardò con lo sguardo in tralice, quello che metteva su quando si riferiva alla sua vita privata.

«Caro professor Pearce, ti voglio aggiornare su una novità: adesso i figli dei fiori non sono più di moda» affermò sarcastica.

«Può darsi. Ma ora, per favore, dimmi cosa provi, Marigiò. La telefonata dall'Italia... di' qualcosa» la pregò, accarezzandola. Lei si rinserrò ancora più nella sua tuta grigia.

«Lo sai, Peter, credo che in America molte cose appaiono in un modo, ma a pensarci bene, sono solo finzioni. I film non sono che finzioni; addirittura alcune città, come Las Vegas, sono finzioni. Per non tralasciare le vite delle persone, di tante persone, che sono finzioni».

Stava parlando di loro, del loro rapporto. Peter si chiese perché lui stesso continuasse a fingere.

«Da giovane l'ho fatto per mia madre, per non farla soffrire» ripeté come sempre. Aveva scelto la fuga: altre città, altra vita. Ma la verità ritornava a molestarlo quando indugiava a ricercare l'immagine di se stesso ventenne: un hippy biondo con la barba incolta che si aggirava tra i vicoli di Haight Ashbury di San Francisco alla ricerca dell'LSD, dell'acido lisergico. Un contestatore che nel 1967 si sbracciava a gridare alla *Summer of love*: «Appendete le vostre paure dietro la porta, aprite al futuro!».

Troppo spesso rabbrividiva al ricordo dei corpi, così simili al suo, che aveva abbracciato.

La prima volta era stato quasi per gioco. Si era trovato a lottare con il suo migliore amico sulla sabbia bagnata, solo per mettere in competizione le loro forme perfette e muscolose. Come in un gioco aveva lasciato che le prese si trasformassero gradualmente in abbracci e le manate in carezze. Non era stato più un gioco quando i due corpi si erano compenetrati. Non era uno scherzo lo sguardo d'amore che si era acceso tra loro, rispecchiandosi l'uno nell'altro. "Per la prima volta ho provato amore e sesso con l'unica persona in grado di comprendermi" ricordò. Lo stupore aveva lasciato posto alla felicità. "Ho scelto la libertà e il piacere mentre ero alla Università di Berkeley, negli anni della contestazione giovanile, quando tutto sembrava possibile. «Basta con i conformismi!» – avevo gridato al vento, con la mente invasa dalla ricerca del piacere. Tanto piacere, anche con persone diverse dal mio amico quando la mia vita e la sua avevano imboccato altre vie", pensò con rimpianto. Dopo era diventato uno scienziato e aveva dovuto attenersi alle regole della società.

Ora non voleva più fingere. Gli strati della sua vita li aveva sfogliati a uno a uno e le menzogne si erano mescolate alle verità. Il peso della finzione gli era divenuto intollerabile. Solo in Baja California, nel suo rifugio di Ensenada, era se stesso. Era semplicemente Peter, senza filtri e orpelli, libero di amare chi voleva.

«Marigiò, non fingere con me, ti prego. Dimmi come ti senti».

Lei non rispose: riuscì a far sorgere un sorriso, quasi una smorfia, per camuffare l'umidore dei suoi occhi. Le lacrime, rinnegate a lungo con tenacia, le si erano pietrificate dentro. Non poteva permettere che nel suo bozzolo si aprisse una falla, un pertugio, attraverso il quale avvertire delle fitte che somigliavano al dolore. Si doveva riprendere.

«Firmerò le carte che mi hai messo davanti questa notte».

«Ti voglio bene, lo sai, il massimo dell'affetto che posso offrire a una donna», sussurrò Peter prendendole la mano.

«Lo so. Tu hai fatto molto per la mia carriera».

«E io con te ho provato il calore di una famiglia».

«Sono giorni che ne parliamo. Abbiamo deciso. È tutto okay, Peter. *Come on; go home*. Devo finire il mio compito», dichiarò Maria Giovanna Pearce con voce ferma da dottoressa. Guardò per l'ultima volta quel panorama familiare e, senza dire altro, si alzò per avviarsi a casa. La notizia della telefonata le risuonava dentro con un suono duro e stridente, come quello del batacchio nella campana.

Dang, dong, dong: Maria Luigina Pennisi, detta Marilì, era morta. *Dang*: sua madre era morta. *Dong*.

In cucina, Marigiò tirò fuori il foglio dalla scatola di legno chiaro con la scritta in gotico: "Ricettario".

«È l'ultima, ho finito: ho impiegato dieci anni ma, alla fine, ce l'ho fatta. Ho mantenuto la promessa», disse con fierezza. Sua madre aveva tanto insistito perché prendesse lei il ricettario della nonna. La scatola di legno l'avrebbe buttata prima di partire. Non era stato facile preparare in America quelle ricette, così dannatamente italiane; molti ingredienti erano introvabili e, a forza di sostituirne uno o due, il risultato finale era diverso dall'originale. "Finzione anche qui" pensò. Ormai aveva fatto la sua scelta; la telefonata di poche ore prima aveva solo anticipato la sua partenza per l'Italia, decisa da quando aveva voluto partecipare a un concorso per primario di un ospedale romano. Il primo volo disponibile per Roma era alle *3 p.m.* Doveva affrettarsi a finire.

Il ticchettio della macchina da scrivere stimolò la curiosità di Peter.

«Allora ci sei riuscita, hai finito di scrivere le ricette della nonna» disse, vedendola intenta davanti alla sua Olivetti Lettera 22. «Evviva! Oggi torta al cioccolato» aggiunse con finta allegria. «Se vuoi, accendo già il forno».

Marigiò non rispose nemmeno.

Doveva riporre l'ultima ricetta e mettere tutto a posto, ma le mani la tradirono. La scatola cadde di taglio sul pavimento, distribuendo fogli e foglietti.

«Uffa, ci mancava solo questo per farmi perdere tempo», sbuffò lei.

«*Dear*, guarda qui. Forse c'è qualcosa», disse Peter indicando una macchia scura incastrata nel fondo sollevato. Tirò fuori un quaderno nero con il bordo rosso, di quelli in uso alle scuole elementari italiane tanti anni prima. Marigiò iniziò a sfiorarlo e, a ogni tocco, rabbrividiva: non riusciva ad aprirlo.

«Mi raccomando, scrivi tutte le ricette, vai fino in fondo, vai fino in fondo», le aveva detto sua madre dieci anni prima, consegnando il ricettario di famiglia. Non l'aveva più vista da allora; non era tornata in Italia nemmeno quando aveva saputo della sua malattia.

"Che cos'è? Una specie di caccia al tesoro? Una mappa, un diario?" si chiese, guardando il quaderno.

La sorpresa si trasformò in smarrimento. Avvertì che un dolore profondo, radicato, stava per risorgere dopo anni. Fece un lungo respiro per ricacciarlo indietro, come sempre. Da quando viveva in America non aveva mai voluto pensare alla sua famiglia; ogni volta che Peter ne accennava lei, dopo poche e scarne notizie, troncava il discorso.

«Lo guarderò dopo. Ora non ho tempo. Lo porterò in aereo» annunciò, rigirando il quaderno tra le mani.

«Quindi è deciso?» domandò Peter.

«Sì, è deciso».

«Quanto tempo starai?».

«Un mese, sei mesi. Non so».

«Puoi tornare quando vuoi».

«Lo so, Peter».

Lui l'osservava di sottecchi, indaffarata a completare gli ultimi bagagli.

«Ti aiuto?» si offrì.

«Oh, grazie. Da sola non ce la faccio».

Marigiò si sedette sopra la valigia e lui chiuse la serratura della Samsonite.

«Lo sai che la prima cosa che mi colpì di te sono stati i capelli?» disse ora Peter, accarezzando la sua testa ramata. «I tuoi capelli rossi erano bellissimi: sembravano lunghe lingue di fuoco».

«Addirittura! Chi l'avrebbe mai detto, forse stai diventando un poeta».

«Io credevo che gli italiani avessero solo capelli neri» insistette ancora lui.

«E io ti ho risposto che forse non avevi mai visto le dame fiorentine dipinte dal Bronzino».

«Che impertinente. Tu giovane borsista straniera hai dato a me, già professore, dell'ignorante appena ci siamo conosciuti. E poi me l'hai detto con quel tuo inglese datato, quasi da snob anglosassone».

«Meglio il mio inglese datato che il *miao miao* degli americani».

«Se vincerai il concorso, non tornerai più qui, e io perderò una valida collaboratrice. Sono dieci anni che lavoriamo insieme».

«Non ci provare, Peter. Lo sappiamo tutti e due che l'Università della California ti sottoporrà subito un'altra candidatura per il mio posto, su cui deciderai tu, che sei il boss dell'Endocrinologia».

L'aveva zittito. Gli anni passati insieme erano volati; il loro patto aveva resistito, nonostante alcuni momenti molto difficili, ma adesso Maria Giovanna voleva, doveva, tornare in Italia. Le valige erano fuori dalla porta e il taxi per l'aeroporto aspettava davanti alla casa.

«Allora vai?».

«Sì. Non pensare a me. Stai tranquillo».

«*Take care of yourself*, Marigiò», le augurò stringendola a sé. Lei era così minuta che quasi scomparve tra le sue braccia. Peter guardò il puntino del taxi allontanarsi: l'ultimo tassello insignificante, ma essenziale, per il puzzle della sua vita.

Maria Concetta Evaristi
Maricò, la nonna

Penne, 3 marzo 1904

«Aspettatemi!» borbottò la piccola Maricò alle sue sorelle che l'avevano distanziata. Cercò di accelerare il passo, ma i piedi le dolevano infuocati negli stivaletti a misura. Pensò addirittura di togliersi la *cungarella* dalla testa per correre e accorciare la distanza, ma un senso di vergogna la dissuase. Oramai lei era grande. A otto anni aveva già la sua piccola conca di rame, nuova di zecca. Trotterellava lungo corso Alessandrini senza badare alla strada, intenta a ricercare l'odore mattutino proveniente da ogni casa, così da immaginare la legna già accesa pronta per abbrustolire il pane vecchio o per cuocere i dolcetti pennesi, le *neole*, nel ferro arroventato. Intravedeva le sue sorelle impegnate a parlare fitto tra loro, noncuranti degli improperi di chi, disturbato dal vocio, stava ancora poltrendo nel letto. Le belle Evariste – come la gente indicava le sue sorelle – erano arrivate alla porta San Francesco e stavano salutando le amiche. Man mano che iniziavano a uscire dal paese, altre giovani sorridenti e donne stanche sbucavano dai vicoli per aggiungersi alla compagnia. Qualcuna cantava, qualcun'altra scambiava delle confidenze. Le donne si muovevano in sintonia al suono di una musica interna e misteriosa, oscillando i loro fianchi prosperosi. Assecondavano un sapere antico, ripetuto ogni giorno dai tempi più lontani: l'andatura ondulante alla spagnola, il *meneo*, che permetteva alla sinuosa anfora di rame collocata sulla spara, al centro del capo, di non spostarsi. Nessuna preziosa goccia sarebbe mai caduta. Si dirigevano tutte alla fonte dell'Acqua Ventina a riempire le conche di rame dell'acqua che si diceva benefica per oltre venti malattie. Il peso della conca non sminuiva la loro regalità di donne d'Abruzzo.

«Aspettatemi!» supplicò Maricò incespicando. Sentiva caldo. Stava sudando per la fatica. "Forse è già estate", sperò. Era bella l'estate quando poteva correre felice con le scarpe ridotte a ciabatte. Qualche goccia di sudore le scivolò dai capelli, liberando un ricciolo ribelle dalla treccia nera; si asciugò furtivamente il viso con il bordo della gonna. Non riusciva a tenere il passo dietro a quel fiume di regine le cui corone di rame andavano infuocandosi con i colori dell'alba. La testa le doleva talmente che perfino il cicaleccio delle donne sembrava fastidioso. Non voleva fermarsi: era orgogliosa della sua *cungarella*, che sapeva tenere ben dritta sulla spara, senza mani, come una ragazza grande.

«Aspettatemi!» piagnucolò. Nemmeno le sue sorelle l'ascoltavano. Il fiume di donne era ormai fuori dal paese e loro, assieme ad altre ragazze, stavano ridendo apertamente di un giovane seduto su un masso, intento a intagliare con studiata noncuranza un ramoscello d'ulivo. Nessuno l'ascoltava. Nessuna voleva aspettarla. Non avevano tempo per lei. Il tragitto alla fonte era un'occasione irrinunciabile per parlare di sé o per raccogliere i pettegolezzi.

«*Aspitto… teme*», singhiozzò. Un colpo di tosse, irrefrenabile, la fece sbilanciare; la conca cadde dopo una piccola parabola sui ciottoli, facendo un rumore intollerabile. Non riuscì nemmeno a parlare o a piangere, iniziarono subito le convulsioni e per lei fu tutto buio.

Nella stanza in penombra Maricò udiva due uomini parlottare a bassa voce.

«Forse la piccola… Mi dispiace. Fatevi forza, mastro Evaristi» mormorava il dottor De Dominicis.

«*Penne, Pinna… Pinna Vestinorum*» declamava la sua stessa vocina infantile.

«Dottore, cosa dice la bambina?» chiedeva spaesato suo padre, Luigi Evaristi.

«È il delirio. Ripete quello che ha sentito da voi, mastro, alle lezioni sul nostro paese».

«E le ragazze? Dottore, per pietà, ditemi: le ragazze si salveranno?».

«La piccola ha otto anni, vero?» ricordava il medico. «Lei può darsi. Le ragazze ormai non rispondono più; la meningite fulminante non perdona. Mi dispiace».

«No, no! Questa casa è maledetta. Ancora morti… Oh che dolore! Ecco vedete la foto della mia famiglia. I miei figli… dieci, erano dieci. Questo è… era Matteo, il più grande e poi Rodolfo e poi… Che dolore, solo queste tre figlie e Arduino mi sono rimasti».

«Anch'io ho perso i miei figli. Ora io e mia moglie siamo rimasti soli», aveva sussurrato il medico.

«Avete dimenticato, dottore, che con la difterite sono stato privato di quattro figli in meno di due giorni? E ora la meningite. Dio, Dio, se esisti veramente perché fai questo?».

«*'nin ci vuje jè a la fonte, piccò mi fa male la còccje…*» protestava Maricò. Non voleva andare alla fonte. Era stata la conca a farle venire quel terribile dolore alla testa; lei lo sapeva bene. «*Còccje pelate 'nghe trenta capèlle, tutta la notte ce cante li grèlle e li grèlle ce l'ha cantate, buona notte còccje pelate*», si mise a biascicare in dialetto su una strana storia di un uomo dalla testa pelata.

I due uomini non si accorsero nemmeno delle sue parole.

«Che Dio sei se fai morire così degli innocenti?» insisteva Luigi Evaristi, alzando i pugni al cielo.

«Sssh! Che dite mastro Evaristi, non bestemmiate. Vi prego».

«Non fatemi anche voi la predica come vostro fratello don Santino: Dio dà e Dio toglie. No. Non è solo Dio. Sono le malattie che tolgono la vita. Ma che razza di medico siete se non riuscite a salvare i miei figli?».

«Io faccio tutto il possibile, lo sapete; è che la scienza ancora non sa porre rimedio».

«Ormai le croci degli Evaristi non si contano più. Mia moglie, la mia adorata Carmela, col tifo è andata a raggiungere gli altri. Ma le ragazze no; non voglio, non è possibile».

«Mastro, fatevi coraggio».

«Le belle Evariste, le chiamano. Sono già promesse, sapete, dottore: Bettina, la più grande, al figlio del farmacista ed Elvira al nipote del sindaco…».

«Uhm… come dire, la piccola ha fatto anche stavolta gli altarini?».

«Che sia maledetta! Ha iniziato che aveva tre anni: ogni volta che metteva un santino sull'altarino avveniva una morte».

Maricò avvertì una stretta al cuore: era stata scoperta. Suo padre si sarebbe arrabbiato moltissimo; di sicuro doveva aspettarsi uno scapaccione, *nu vangatone su la còccje*. Non aveva potuto resistere. Una forza sconosciuta la obbligava a fare l'altarino e ad aggiungere un santino alla volta. Ne aveva tanti di santini, di santi maschi e femmine. Quando finiva di appoggiare il santino, avvertiva un fremito. A stento riusciva a trattenere il flusso di urina. E dopo arrivava la notizia di una morte. Non era colpa sua. Lei lo doveva fare e basta.

«Uhm, e quanti stavolta?» domandò il medico.

«Tre, ho visto tre santini: ma… mio Dio, anche Arduino?».

All'improvviso, un trambusto e delle grida sembrarono accavallarsi all'improvviso nella stanza. Un gruppo di giovani era lì. Maricò sentiva le loro voci disperarsi amareggiate. Qualcuno piangeva, un altro tentava di raccontare.

«Non volevamo, mastro Evaristi, ma lui ha insistito che sarebbe riuscito a saltare da un palco all'altro. L'aveva già fatto, sapete, nel nostro teatro. Ma oggi il piede non ha trovato l'appoggio e…» stava spiegando il più coraggioso.

«No, Arduino no!».

«Il ragazzo non ha sofferto. La morte è stata tempestiva», diceva il dottor De Dominicis.

«Questa famiglia è dannata! Mi resta dunque solo questa ultima e inutile figlia? Che sia maledetta!» gridava Luigi Evaristi con voce irriconoscibile.

Strategie di guerra
Marilì

San Martino al Cimino, aprile 1944

“Ho fatto appena in tempo; un’esitazione e saremmo morti tutti”, pensò di nuovo Giovanni Paoletti. Il fatto di essere al sicuro nella casa dei nonni a San Martino al Cimino, dove era riuscito a portare la sua famiglia e quella della comare Marilì, non lo rassicurava. Riviveva di continuo l’esperienza del bombardamento del 3 marzo. Boati, rumori, grida, boati, polvere, pianti, sospiri di sollievo. Boati, grida, polvere, silenzio.

“Ero arrivato trafelato dalla stazione Ostiense in macerie, con la paura di aver perso la mia famiglia che mi gelava il corpo”, ricordava. Una quiete anomala sottolineava il sovvertimento delle cose nel rifugio: le travi di protezione erano a terra inutili, gli archi quasi tutti distrutti, mentre una panca – chissà come – era impigliata in alto su uno spunzone metallico. I pochi fantasmi impolverati si muovevano tremanti, senza una direzione, con lo sguardo incredulo.
«Giovanni, Giovanni. Dio ti ringrazio, sei arrivato!» aveva sospirato Lucia, vedendomi entrare nel rifugio. Io ero l’unico essere in movimento che non fosse imbiancato di polvere.
La mia Lucia l’avevo riconosciuta dalla voce; il suo viso bianco sembrava senza identità, come una maschera giapponese.
«Oh, Lucia, sei salva! Enrico, Enrichetto, stai bene?» avevo balbettato scorgendo mio figlio. «Dimmi, bello di papà, stai bene?» avevo

insistito, accarezzandolo senza sosta. Lui era inebetito: sembrava uno di quei bambolotti di biscuit posti nel mezzo del letto per decorazione, affiancato a due bambolotti più piccoli. I tre erano muti, lo sguardo fisso, le bocche spalancate dalla paura.

«Sta bene, noi siamo stati protetti dall'arco del rifugio: quello non è crollato» mi aveva rassicurato mia moglie.

«Non parla. Lucia, perché Enrichetto non parla?».

«Il rumore. È colpa del rumore. Anch'io ci sento poco», aveva detto lei. Poi vedendo lo stordimento dei bambini aveva aggiunto dolcemente tra baci e carezze: «Martino, Silvanella, state vicino a Enrico. Su, su. È finito; è tutto finito».

«E la comare Marilì?» avevo chiesto sussurrando, mentre la palpebra sinistra aveva preso a tremarmi.

«Oh, la comare! Andiamo, Giovanni, presto. Bambini state fermi qui; non muovetevi», si era raccomandata mentre si allontanava.

«Non si vede niente; oddio, quanta polvere».

«Marilì si mette sempre lì, in quell'angolo. Oh no! Non c'è più; non c'è più. La trave è crollata».

«Stai calma, Lucia, stai calma, andiamo a vedere». C'eravamo mossi come le pedine degli scacchi: lei tutta bianca, zigzagando tra corpi e travi, io tutto nero nella divisa da ferroviere, diretto dritto all'angolo di Marilì.

«Giovanni, so che è qui: me lo sento! Scava; lei è qui».

«Ma se fosse… morta» avevo bisbigliato, mentre il movimento della palpebra era diventato frenetico.

«Non dire quella parola!».

«C'è qualcosa qui sotto».

«È la sua vestaglia, è lei».

«Ma è solo una vestaglia».

«Sarà stato lo spostamento d'aria. Io scavo qua: vedi, si è formato quasi un riparo».

«Qui c'è qualcosa; qualcuno, forse. Lucia, stammi bene a sentire, non tremare; se la comare Marilì fosse morta…».

«Che dici, Giovanni? Non sento, ti ho detto che non sento. Scava, scava!».

Lucia non riusciva a controllare il tremore delle mani che muoveva, impacciate, tra le macerie.

«È lei, è lei. Lucia, l'abbiamo trovata!» avevo esultato, vedendo un braccio sporgere tra i calcinacci.

«È... è... viva?».

«Non so. Aiutami. Togliamo quelle macerie; ecco così».

Mi ero concentrato, spostando con fatica le travi che ricoprivano quell'angolo del rifugio.

«Uno sforzo ancora ...ce l'ho fatta», avevo sospirato di sollievo. La trave si era spezzata ad angolo, formando un riparo protettivo.

Vidi per primi i lunghi riccioli neri ancora umidi, impastati di polvere come serpenti calcificati.

«Marilì, Marilì, comare, rispondete!» l'avevo chiamata, tentando di sollevare gli ultimi detriti che la coprivano.

Infine, era apparso il corpo: lei era completamente nuda, rivestita solo di polvere, come un neonato imborotalcato dopo il bagnetto. I seni erano morbidamente tondi, pieni di una piccola quota di latte per Silvanella, l'ultima nata. "Sembra una giovinetta, come se non avesse già avuto due figli", avevo pensato a quella visione.

«Marilì, Marilì, rispondete» avevamo insistito io e Lucia.

«Uhm...».

«È viva, è viva! Presto, Lucia, prendi la sua vestaglietta e usciamo da qui. Gli alleati possono ritornare e bombardare ancora».

«Ernesto, suo marito, dov'è? Perché non è con te?».

«È rimasto alla stazione Ostiense: aspettava il cambio turno».

«La stazione? Allora è per la stazione che ci bombardano!».

"Basta ricordare o impazzisco", s'impose Romeo. "Qui dovremmo essere al sicuro". Sentì acuire il gelo che gravava nella cantina umida della casetta disabitata dei nonni Paoletti a San Martino al Cimino. «Brr che freddo!» disse battendo i denti.

«Devo pazientare, non manca molto». Quello era l'unico posto al riparo da occhi indiscreti dove incontrare suo fratello Romeo. Cercò di contrastare l'intirizzimento degli arti battendo le mani sulle braccia e sulle gambe.

«Romeo, finalmente, sei arrivato».

«Oh, Giovanni, Giovanni!».

I fratelli si strinsero forte, nonostante gli strati degli abiti stazzonati che a mala pena celavano la loro magrezza. Si somigliavano tanto da sembrare gemelli. Stessa corporatura, stessa zazzera; sul viso il medesimo sorriso smorzato. Lo sguardo spaurito di Giovanni incontrò quello inquieto e febbrile di Romeo. La commozione di essersi ritrovati ritardava le parole. A malincuore si sciolsero dall'abbraccio.

Giovanni si schiarì la gola e chiese: «Tua moglie Ginetta e i bambini?».

«Si stanno sistemando al piano terra. Staranno bene qui, meglio che a Roma. In paese qualcosa da mangiare si trova ancora».

«Mia moglie e la signora Marilì saranno felici di avere compagnia. Ma ora dimmi, Romeo, che novità ci sono?».

«Molte e brutte, purtroppo. Vieni, sediamoci. Devo leggerti una nota che ho preso al commissariato dove lavoro».

Sedettero su due botti affiancate che rilasciavano ancora un antico sentore di vino. Romeo, acceso un lumicino da chiesa apparso dalla sua tasca, mostrò a Giovanni una copia velina. Iniziò a leggere:

Questura di Roma,
6 marzo 1944

Oggetto: *Incursione aerea del 3 marzo 1944 su Roma.*

La mattina del 3 corrente, verso le ore 10, aerei nemici in più ondate hanno sorvolato la Capitale sganciando numerose bombe in diversi quartieri della città. Sono rimasti colpiti alcuni centri abitati. Il terrore che viene dal cielo si è abbattuto sul quartiere della Garbatella. Si hanno a deplorare numerose vittime tra la popolazione civile. I danni maggiori sono stati riportati nella zona del quartiere Ostiense, dalla piazza S. Paolo a piazza del Gazometro.

Le abitazioni in gran parte sono crollate e altre minacciano di crollare. La linea ferroviaria Roma-Civitavecchia, nel tratto adiacente al Campo Boario, è stata sconvolta dalle bombe che hanno centrato molti carri ferroviari tra cui uno, carico di munizioni.

Una bomba, caduta tra il piazzale Ostiense e piazza Porta S. Paolo, ha divelto ambedue i binari del tram; un'altra bomba demoliva il sottopassaggio tra l'edificio della Porta S. Paolo e la Piramide Cestia. Diverse bombe danneggiavano il cimitero degli acattolici. Alla Garbatella, in via Benzoni, crollavano i due fabbricati siti ai numeri 5 e 7. Il piano stradale di detta via era reso impraticabile e la circolazione della linea tranviaria n. 22 restava interrotta. A tutt'oggi sono stati accertati 140 morti e 157 feriti.

Firmato:
il Questore P. Caruso

«Via Benzoni 5. Quindi il nostro palazzo è stato distrutto; la nostra casa non esiste più», disse Giovanni con un filo di voce.

«Il bombardamento è stato in grande stile» precisò Romeo «184 apparecchi americani Marauder, partiti dalla base di Decimomannu, in Sardegna, e scortati da sei Spitfire, hanno centrato la stazione Ostiense, il loro obiettivo, scaricando una quantità enorme di ordigni. Una strage, Giovanni mio, una strage».

«Oh, mio Dio! E io ero lì, ero lì…».

«Ma le notizie peggiori sono altre» sospirò Romeo. «La mattina era chiara, non c'era alcuna possibilità di equivocare. Le case popolari in via Ostiense e in via dei Conciatori sono state completamente distrutte mentre del palazzo di via Pellegrino Matteucci, dove c'era il vostro rifugio, non è rimasto quasi nulla. Sono mort...».

Giovanni gli chiuse la bocca con una mano. Strinse forte e a lungo per tacitarlo. Non voleva sapere di più. Essere scampato alla morte, fuggendo con la camionetta delle suore del convento lì vicino, gli ricordava che la morte era sempre pronta a incombere su lui e sulla sua famiglia. Sentì le viscere contorcersi dalla paura, dalla rabbia.

«Maledetta guerra. Maledetti americani, maledetti crucchi!» imprecò alzandosi in piedi. Dette un pugno violento alla botte. Con un gesto della mano Romeo lo zittì: «Sssh! Dobbiamo essere cauti. Parla piano. Qualcuno potrebbe essere in ascolto».

«Hai ragione. Le spie sono dappertutto, anche tra gli amici. Ma ora, Romeo, racconta» lo incoraggiò Giovanni.

«Non puoi capire quello che ho visto, quello che ho sentito dire in giro. In questi giorni dormo pochissimo: solo due o tre ore di un sonno agitato di morte e distruzioni. Tuttavia, quando lavoro, mi meraviglio di non sentire alcun ribrezzo nel vedere i cadaveri squarciati lasciati lì, nella strada, in balìa degli animali».

Si prese la testa fra le mani, reprimendo a stento un singhiozzo. Giovanni gli mise un braccio sulle spalle come da bambini, quando s'incoraggiavano a vicenda. Anche lui sapeva che non c'erano più nemmeno le bare per seppellire i morti.

«Le città sono quasi deserte» continuò Romeo a voce ancora più bassa «si aggirano solo i ladri, degli sciacalli. L'altro giorno ne ho fermato uno che a una donna...». S'interruppe. Non riusciva a scacciare l'immagine del ladro che toglieva la catenina a una bimba morta, in braccio alla mamma che vagava inebetita dopo la caduta dell'ennesima bomba.

«Le donne si muovono da sole, senza nessuna protezione» s'inserì Giovanni «per cercare di portare a casa un poco di pane, solo un poco di pane, da accompagnare alle erbe trovate nei campi».

«Neanche il pane basta per tutti. Ci sono stati degli assalti ai forni. Ti ricordi il mulino Tesei?».

«Quello del ponte di Ferro, all'Ostiense? Noi andavamo lì con la tessera annonaria, anche se di farina in quel pane ce ne era davvero poca; forse segatura, ceci, e chissà cos'altro».

«Già, proprio quello. Si è saputo che panificava per i tedeschi e allora le donne affamate, con i loro bambini in collo, hanno forzato i cancelli per prendere la farina, della vera farina bianca, usando i figli come scudi ma...» continuò Romeo «ma...qualcuno avvertì i tedeschi. Dieci donne non sono riuscite a scappare».

«Le hanno fucilate, non è vero?».

«Sì, e poi le hanno abbandonate sulla ringhiera del ponte fino al giorno dopo, per monito alla popolazione».

«Maledetti i borsari neri! Solo loro hanno la pancia piena». Giovanni iniziò a singhiozzare sulla spalla del fratello.

Romeo si sciolse lentamente dall'abbraccio; rimase in silenzio, con il viso impassibile, rischiarato dalla fioca luce rossastra di una sigaretta appena accesa. Tirò le ultime boccate, spense la sigaretta; poi scavò una piccola buca e vi seppellì per bene la cicca.

«Ascolta» sussurrò, avvicinandosi all'orecchio di Giovanni «nessuno deve sentirci. Prometti che non ne parlerai con nessuno e poi cercherai di dimenticare».

«Prometto» giurò suo fratello con la mano sul cuore.

«Si tratta dell'operazione *Strangle*».

«*Strangle*? Che vuol dire?».

«In inglese letteralmente strangolamento. Una strategia per privare i tedeschi di armi, munizioni, vettovaglie e abiti. Insomma, di tutto».

«In che modo?».

«È semplice: bloccando le vie di comunicazione e interrompendo i rifornimenti destinati alle loro divisioni schierate a sud di Roma. Per questo bombardano le ferrovie e i ponti».

«E i civili? Sono state colpite case, scuole e chiese anche ben distanti dagli obiettivi strategici. Perché?» domandò Giovanni sconsolato.

«Gli Alleati vogliono far reagire la popolazione contro i tedeschi e i fascisti per favorire l'ingresso delle loro truppe. Non si fidano molto di noi, sai. Fino a ieri gli italiani non erano tutti con il braccio alzato a inneggiare al Duce?».

«Già. Ma come pensano di riuscirci? Bombardandoci senza pietà? Ammazzandoci dal cielo?».

«Con la fame. Vogliono portarci alla fame» sussurrò Romeo «quello è il collante di vite disperate pronte a tutto per sopravvivere. Sai cosa ho letto ieri su un muro? *Mejo l'americani su la capoccia che Mussolini tra i cojoni*».

«Per sfuggire alla fame gli sfollati sono dappertutto. Ora nel casaletto della nostra vigna vecchia si è sistemata la famiglia del dottor Pedrini, sfollata da Pesaro» disse Giovanni.

«Lo so bene: li ho aiutati io a venire qui. Il suocero era stato il mio capitano, durante la guerra di Etiopia. A Pesaro finisce la linea Gotica dei tedeschi».

«Come conosci queste cose, Romeo?».

«Giovanni, tu devi pensare alla nostra famiglia» gli intimò Romeo, sviando la domanda.

«E a quella della comare Marilì. Dimmi, puoi fare qualcosa per ritrovare Ernesto?».

«Cercherò di informarmi su Pennisi. Ma tu, se puoi, evita le grandi stazioni».

«Per il momento, dopo l'interruzione delle linee, mi hanno trasferito al trasporto con le camionette».

«Meglio così e, mi raccomando, evitate tutti il rifugio sotto l'Abbazia di San Martino. Le chiese non sono più sicure; hanno bombardato anche i giardini Vaticani».

«Oh mio Dio!».

«Ti ricordi del tunnel dove ci nascondevamo?» gli chiese Romeo.

«Sì, al ghiaione, ma è piccolo; quando eravamo bambini, noi c'entravamo a mala pena».

«Io sono venuto qui altre volte: ho ingrandito il cunicolo e ho lasciato qualche provvista. Andate lì. Sarete più al sicuro».

«Ma tu che farai?».

«Hai promesso, vero? Dimentica quello che ti ho detto. Io torno a Roma. Forza, fatti coraggio; non è ancora finita, Giovanni».

Senza più parlare, dopo un lungo abbraccio, i due fratelli si separarono. Giovanni tornò in cantina e scavò nel punto dove Romeo aveva seppellito la cicca; era di una marca sconosciuta.

Nei cunicoli segreti delle catacombe di San Callisto il freddo penetrava dentro le ossa come una catinella d'acqua gelata. Romeo Paoletti si accese una sigaretta Nazionale tanto per scaldarsi. Le scarpe con il rialzo, gli occhiali e qualche filo grigio creato ad arte fra i capelli l'avevano trasformato nel signor Luigi. In quel luogo nessuno conosceva la sua vera identità. Anche con i suoi familiari aveva dovuto tacere. Non poteva confidarsi con nessuno. A volte, lui stesso stentava a riconoscersi. Era così divorato dalla tensione che le mani gli presero a tremare. Si alzò il bavero dell'impermeabile per ricercare un poco di calore. Doveva mantenere i nervi ben saldi; mancava così poco alla Liberazione, gli avevano detto. A breve sarebbe apparso padre Francesco con il contatto. Lui doveva controllarne l'adattabilità mimetica e dargli le istruzioni. Poi, divenuto di nuovo Romeo Paoletti, sarebbe tornato al suo lavoro in commissariato. Il tanfo dei vestiti che aveva portato per il contatto riaccese il senso di nausea. Si sforzò di ricacciarla indietro, passandosi più volte le mani sul volto. La nausea lo perseguitava: era il pensiero di quello che faceva con quegli altri, con gli agenti della sezione speciale di Pietro Koch, ad alimentarla. Si era detto e ridetto che alla pensione Oltremare, invasa dall'odore di brillantina di Koch, non sarebbe più andato.

"Come se potessi scegliere", pensò con amarezza. Non poteva più sopportare le facce fintamente pulite da bravi ragazzi di quei raffinati aguzzini. Aveva dovuto collaborare con loro. Il suo capo in persona, il commissario Caruso, lo aveva imprestato – così si era espresso – a quella Sezione Speciale per alcune missioni, come fosse un oggetto.

Dopo l'irruzione alla basilica di San Paolo fuori le Mura – una retata per arrestare gli ebrei e i partigiani che vi si erano nascosti – non ce la faceva più. Era riuscito a maciullare qualcuno di quei poveri disgraziati senza smascherarsi e poterlo salvare. Era diventato bravo a usare il guanto di ferro, fermandosi all'ultimo momento per ridurne l'impatto, così da non insospettire i suoi maestri. Si era anche trasformato nel più solerte del gruppo, il primo a proporsi di sgombrare il campo dai corpi dei moribondi che poi portava in salvo in luoghi sicuri. Rabbia e pietà, pietà e rabbia; era invaso da emozioni in un capovolgimento continuo. Si sentiva lacerato, ma doveva mantenere ancora i nervi saldi; altrimenti tutto sarebbe stato vano.

«Salve, Luigi, come va?» lo salutò padre Francesco apparso silenzioso alle sue spalle. Il prete aveva in mano un lumicino da chiesa che faceva brillare i suoi occhialetti da studioso.

«È arrivato?» domandò seccamente Romeo.

Un'altra ombra si materializzò dal cunicolo.

Il salesiano fece le presentazioni: «Luigi, lui è Tom…Tommaso».

«Piacere» disse l'altro in italiano perfetto, troppo perfetto.

«Spogliati» gli intimò Romeo senza nessun riguardo.

«Ma io…».

«Spogliati tutto».

Il nuovo arrivato guardò il prete.

«Fa come dice lui».

Tommaso iniziò a spogliarsi con gesti rapidi, strofinandosi ogni tanto le braccia per combattere il freddo.

«Levati tutto, anche quelle» gli ordinò, riferendosi al biancore delle mutande. L'altro iniziò a tremare per il freddo e per l'imbarazzo mentre Romeo lo controllava girandogli intorno, rischiarato dalla fioca luce del lumicino.

«Non ti lavare più; prendi questo e strofina bene, così, sul collo e su tutto il corpo». Gli fece vedere come, dandogli una strana mistura presa da una scatolina di latta.

«Va bene?» chiese esitante Tommaso mentre si copriva di una specie di terriccio colorato.

«Le unghie» aveva suggerito «devono essere più sporche».

«Come quelle dei nostri orfani; hai capito, Tommaso?» l'incalzò padre Francesco, indicando anche lui delle manovre con il terriccio.

«Ecco i vestiti, le scarpe e la biancheria» aveva biascicato Romeo, consegnando il vestiario maleodorante.

«Tanto bianca questa biancheria non è!» Tommaso cercò di scherzare per nascondere il disgusto mentre si rivestiva.

«Non stiamo giocando. Un errore e siamo tutti persi, capito?» sibilò Romeo.

«Su, su, Luigi. Tommaso non voleva offenderti. Allora, che ne pensi?» chiese il prete cercando, con lo sguardo acuto dietro gli occhialetti, un cenno di assenso.

«Uhm, può andare» sentenziò Romeo, continuando a girare intorno a Tommaso per captare qualche stonatura nella sua trasformazione.

«Avrai solo pochi minuti. Scegli una sola parola banale che ti colleghi a tuo padre. Loro erano compagni di collegio».

«L'abbiamo concordata insieme, io e padre Francesco».

«Non ditemela, meglio ridurre il rischio».

«Ecco l'indirizzo; leggi e brucia tutto».

Tommaso accese un prospero, bruciò l'appunto e poi, con la brace, infiammò una sigaretta. Offrì le altre a Romeo e a padre Francesco. In silenzio i tre gustarono il sapore di quella novità.

«Luigi, lo vuoi?» domandò il giovane a Romeo, porgendo il pacchetto di sigarette.

La tentazione di prenderlo fu, per un attimo, fortissima. No. Troppo pericoloso. Alla fine, Romeo aveva preso una sigaretta, una sola: gli aveva tolto il filtro e poi l'aveva nascosta in fondo al pacchetto di Nazionali. L'avrebbe fumata fra qualche giorno in un posto sicuro, si era detto per consolarsi.

Scrippelle ’mbusse
Marigiò

Roma, marzo 1984

«Dottoressa, la lettera è arrivata» disse il portiere dell’albergo Dea Atena.

Marigiò era tornata a casa. Per il momento, aveva deciso di fermarsi in un albergo nel pieno centro di Roma; meglio evitare lo scontro diretto con i suoi fratelli, che pure l’avevano invitata a soggiornare da loro.

Con le mani tremanti prese la lettera con il timbro dell’ospedale Santi Cosma e Damiano. Tutto dipendeva da quella lettera e il resto da lei, *of course*.

«Mi può prenotare una telefonata per gli Stati Uniti, per favore?» chiese al portiere.

Il telefono squillò mentre era sotto la doccia. Lasciò, senza nessun senso di colpa, una lunga stria bagnata sul pavimento lucidissimo.

«*Hello* Peter, come va?».

«Io bene, e tu? Come è andata?».

«Come può andare un funerale? Quando ci sei tu dentro, hai una sensazione strana; è come percepire ogni cosa attutita, come ovattata» gli rispose stringata.

«E con i tuoi fratelli? Avete parlato fra voi?» chiese Peter.

«Non ancora. Sono tornata anche per questo».

Era arrivata alla chiesa direttamente dall’aeroporto. Si era messa vicina alla porta, in attesa del carro funebre. I partecipanti l’avevano

guardata con curiosità, cercando di interpretare la sua espressione assorta, lo sguardo lontano, le parole sussurrate a labbra dischiuse. Suo fratello Martino si era avvicinato. Tremava per la commozione; il viso era segnato da rughe profonde e la voce farfugliava smarrita. Come un automa, lei lo aveva preso sottobraccio ed erano entrati. Sua sorella Silvana era in piedi nell'ultima fila – con l'abituale abbigliamento scuro e l'immutabile pettinatura cotonata – e la guardava con lo sguardo di Medusa, quello che l'aveva accompagnata per tutta una vita. Per un istante aveva temuto che sua sorella volesse farle una scenata davanti a tutti, anche se l'occasione era drammatica e assurda. Appena seduta, era stata inondata da una nausea sfiancante. L'odore dell'incenso si era insinuato nelle narici, nella testa, nel corpo, dilatandosi e amplificandosi a ogni respiro, come un invasivo messaggero di morte. Ebbe la premonizione di essere prossima a svenire o, peggio ancora, di non avere le forze per trattenersi e rigettare lì, davanti agli altri, quello che aveva dentro.
Un piccione, entrato da chissà dove, non aveva smesso un istante di esibirsi in artistici voli dissacranti. Per un attimo, aveva sperato di potersi trasformare in quell'uccello solo per osservare le cose da lontano: il feretro, i fiori, le panche, le persone, che apparivano con contorni sfuocati, in un continuo movimento. Il tubare invadente del piccione aveva sovvertito il ridicolo ossimoro del prete – la morte che è vita eterna – in echi ovattati, rimbalzanti tra le colonne della chiesa. Dopo la funzione, era uscita dalla chiesa boccheggiando. Aria; aveva bisogno di aria. Poi, assieme ai lunghi respiri, aveva iniziato a biascicare qualcosa. Aveva ritrovato le parole dell'infanzia per una preghiera, nella speranza di un miracolo. "Madonnina mia, fa che non sia vero, che sia solo un sogno", aveva ripetuto tra sé fino a stordirsi. Si erano avvicinate delle persone per le condoglianze – vicini di casa, amiche di sua madre – che non era riuscita a ringraziare per la loro cortesia. Aveva emesso solo un penoso balbettio, incapace di ripescare nella memoria le parole giuste, quelle più adeguate alla situazione. Si era sentita una fuggitiva in un vicolo cieco. Era arrivata in albergo stremata.

Marigiò appoggiò la cornetta del telefono sulla poltrona. Si tolse l'accappatoio bianco e si rimirò nuda nel grande specchio della camera. Il suo corpo era tonico, senza un filo di grasso, i seni sodi e alti come quelli di una ragazzina. Controllò le sottili rughe agli angoli dei suoi occhi verdi. "Non dimostro ancora la mia età", pensò, ricordando il tagliando dei quaranta che si avvicinava. "Ora basta; mi devo riprendere. Ho la lettera: dovrò solo aprirla. Se la risposta sarà quella sperata, nessuno mi potrà fermare".

«Ehi, ci sei?» si sentiva chiamare da lontano attraverso la cornetta. Marigiò riprese il telefono.

«Sì, sì. Mi stavo asciugando i capelli e… la lettera è arrivata».

«Aprila, *come on*».

«Okay». Lei armeggiò con la busta, tenendo la cornetta del telefono sulla spalla. Qualche goccia d'acqua aveva già macchiato la scritta.

«*Darling*, è successo qualcosa? Perché non dici niente?».

«Peter, mi hanno equiparato gli anni di servizio maturati in America. Potrò partecipare al concorso. È tra pochi giorni».

«Ah, allora è fatta, se è questo che vuoi» disse lui con voce delusa. «Con i tuoi titoli e le tue capacità sarà uno scherzo avere quel posto. Tu hai un *impact factor* altissimo. I tuoi articoli sono nelle migliori riviste internazionali del settore».

«In Italia impattano altre cose, te l'ho spiegato, come le conoscenze personali e queste, dopo tanti anni di vita all'estero, io non ne ho».

«Ha telefonato Tom, voleva sapere dei titoli», aggiunse lui.

«Lo richiamerò per ringraziarlo: se non fosse stato per la sua rete di amicizie, non ce l'avrei mai fatta».

«A proposito; corre sempre più insistente una voce che lo riguarda».

«Che voce?».

«Te ne parlerà lui stesso. Chiamalo».

«Lo farò. Ora sono stanca; sai il fuso orario, il funerale…».

«Il quaderno? Lo hai letto?».

«Non ancora. Lo farò dopo, Peter; ora sono molto stanca. *Good night, darling*».

«Dai, scrivi», stava dicendo Marigiò alla sua amica Andreina. Le aveva telefonato per distrarsi un poco. Le aveva proposto di passare qualche ora insieme e di preparare una ricetta, una di quelle che in America non era riuscita a fare bene, sperando di rivivere i momenti di serenità e le tante risate liberatrici che avevano condiviso da ragazze. Si augurò che tornare indietro nel tempo, a un passato senza troppi problemi, fosse una buona strategia.

«La penna, la penna non c'è mai quando serve» le rispose la sua amica dall'altra parte della cornetta.

«Le stesse parole... ah... ah... dici sempre le stesse parole al telefono» la canzonò Marigiò «come quando ti telefonavo per i compiti».

«Ridi, ridi, sai. Ecco, ho la penna: forza, detta la ricetta», propose Andreina. Si era messa seduta sulla poltroncina, con una gamba piegata sul bracciolo per poggiare il blocco degli appunti.

«Scrivi. Ricetta per le *scrippelle 'mbusse*: brodo di carne oppure di dadi...» Marigiò iniziò a dettare. «Il pollo arrosto ce l'hai? È il segreto di mia nonna Maricò che fa fare sempre un figurone», precisò.

«Chissà come era venuto in mente a tua nonna, che viveva in quel paesino, di fare delle cose così...».

«Così raffinate vuoi dire? Guarda che allora i nobili se la passavano bene, sai».

«I nobili, parassiti della società. Così avremmo detto qualche anno fa; ti ricordi, Marigiò?».

«Tempo passato. Dai, scrivi, così questa sera ci facciamo le famose *scrippelle 'mbusse*, quelle che ci preparava mia madre per consolarci dei brutti voti a scuola».

«Tu le hai mai fatte in America?».

«Ci ho provato, ma il segreto della ricetta sta nella qualità del pecorino, introvabile negli USA».

«... e quindi pecorino abruzzese, la dose per due; sto prendendo nota» precisò diligentemente Andreina «tanto i miei ragazzi in questi giorni stanno dal padre. Avevo sperato di passare del tempo insieme a te, che tu venissi a stare qui, e non in albergo».

«Lo so e ti ringrazio ma, come ti ho spiegato, ho varie cose da fare ...»

«Capisco. Ci vediamo alle sette così alle otto tutto sarà pronto» disse Andreina.

«Finiamo la ricetta. Okay; va bene il brodo di dadi, se non hai altro. Poi il pollo arrosto da immergere rapidamente nel brodo bollente, giusto per dare un buon sapore caramellato».

«Fin qui abbiamo tutto».

«Le *scrippelle* le sai fare, ma non dimenticare...».

«Il pizzico di sale?».

«Uffa, mi sembri mia madre quando, quando…» Al pensiero di sua madre, Marigiò sentì la parte più profonda di sé solidificarsi all'improvviso, bloccata come nel gioco della bella statuina.

Si rifiutò, di nuovo, di pensare che l'amore verso sua madre sarebbe rimasto orfano, senza più la persona da amare. Capì che il corso della vita la stava trascinando con prepotenza al punto di rottura. Iniziò ad ansimare. Avrebbe voluto gridare, liberarsi. Uscirono solo dei rantoli soffocati.

«Come… uhm… come è andata ieri al funerale?» le chiese esitante Andreina.

«Riepiloghiamo la ricetta per sicurezza» balbettò Marigiò. «Si fa una miscela con farina, latte e uova, come per fare delle crêpes, e si lascia riposare».

«Cos'hai provato vedendo i tuoi fratelli?» tentò di insistere l'altra.

«Si mette un filo d'olio nella padella poi, con un mestolino, si versa un poco di composto, ruotando in modo da spanderlo uniformemente».

«Dovrai parlare con loro, lo sai».

«Si lascia colorire e poi si gira con la manovra…».

«Che ti ha insegnato tua madre Marilì». Andreina non era riuscita a fermarsi in tempo. Il silenzio all'altro capo del telefono diventò assoluto.

«E poi?» riprese lei con voce esitante.

«E poi si cospargono una per una con il pecorino grattugiato, si arrotolano e si mettono nel piatto. Ma che domanda fai! E dopo…» la voce di Marigiò s'incrinò di nuovo «… dopo si versa il brodo bollente sopra. Sopra, come la terra che copre mia madre. Non l'ho vista, sai, Andreina. Sono arrivata tardi; avevano già chiuso la bara, sono arrivata tardi. Non la vedevo da dieci anni e ora…».

«Non ti amareggiare; è colpa del viaggio: ci vuole tempo per venire dall'America».

«Non ho avuto più tempo per lei; non ce l'ho fatta».

«Su, non parliamone per telefono. Prendi l'autobus, un taxi, quello che vuoi, ma vieni, presto».

«Finalmente. Oh, che gioia! Entra, accomodati, Marigiò», disse Andreina all'apparizione della sua amica. Non smetteva di toccarla, di accarezzarla, per accertarsi che lei fosse davvero lì dopo dieci anni. «Come stai bene!» si complimentò, osservando il suo corpo snello.

«Anche tu, stai bene, Andreina», mentì l'altra sottraendosi alle sue smancerie. La vergogna e l'imbarazzo provati durante la telefonata stavano sfumando, per fortuna.

«Ma va, che dici? Forse avrei bisogno di qualche tuo consiglio per questi» disse lei, indicando i fianchi eccedenti. «Non credi?». Anche questa volta l'aveva fatto. Come in un rito consolidato, Andreina aveva dovuto mettersi in posizione subalterna perché il loro rapporto iniziasse a funzionare.

«Magari ne parleremo più tardi, dopo aver mangiato; va bene?» le rispose Marigiò, guardandosi intorno. «Dimmi, hai spostato qualcosa? La casa mi sembra più grande».

«Quando sono tornata a vivere qui, dopo la separazione, ho voluto rinnovare un poco. Un modo per spazzare via il passato».

«Ci sei riuscita bene ma la tua poltroncina, quella dei compiti per telefono, è sempre la stessa?».

«Sì, assolutamente. Quella doveva rimanere al suo posto».

«Questa villetta è davvero deliziosa», si complimentò Marigiò.

«E pensare che da bambina mi vergognavo a dire che abitavo alla Garbatella, considerato allora un quartiere malfamato».

«Invece ti sei ricreduta dopo quell'articolo di architettura che ne parlava come un eccellente esperimento architettonico e sociale».

«Hai notato anche tu come ogni casa o villetta è stata costruita in modo diverso dalle altre, con i giardini pieni di fiori e di alberi da frutto. Venne pure Gandhi in visita qui. Se penso a…» Andreina iniziò a raccontare «a come ci rimase mia nonna quando la deportarono qui, quasi campagna allora, lei che abitava in Borgo Pio, vicino a San Pietro. Girava e rigirava il foglio con l'indirizzo: Via… Lotto… e piangeva, piangeva».

«E poi quando arrivò…».

«Quando arrivò col tram 22, l'unico che giungeva fin qui, con pacchi, pacchetti e valige, io e mio fratello piccolissimi e mia madre appena rimasta vedova…».

«A proposito, tuo fratello come sta?».

«Lavora tanto ma è un poco ingrassato, si vede che è di famiglia. Ma tu, Marigiò, come fai a mantenere questa forma?» le chiese con una punta d'invidia, continuando a scrutarla.

«Mah, niente di speciale. Io e Peter facciamo tanta attività fisica e stiamo attenti al mangiare, preferendo piatti italiani».

«Sembra così facile ma non sarà solo così, vero? Non è che avete qualche segreto e non vuoi dirmelo?» domandò con un tono complice.

Lei raggelò: era certa, assolutamente certa, di non aver lasciato trapelare nulla su Peter. Tante persone le invidiavano quel marito così bello, *a gorgeous man*, – atletico, occhi azzurri e capelli biondissimi – e tanto affezionato a lei. Nessuno sapeva del loro patto, nessuno conosceva la loro vera vita.

Doveva cambiare argomento, sviare ogni insinuazione. Era stata brava per così tanti anni!

Continuò a fare delle battute idiote tanto per superare il momento critico. Cibo, doveva riprendere a parlare di cibo.

«Dai, prepariamo la cena. Le *scrippelle* le hai già fatte; quindi, tra poco si va in tavola».

Si sedettero l'una di fronte all'altra, in silenzio. Sembravano aver esaurito le chiacchiere al vento, in attesa che una parola facesse scoccare la vera scintilla tra loro. Si concentrarono su quello che avevano in tavola: un piatto fondo con tre *scrippelle* a porzione, ripiene di pecorino, appena rianimate dal brodo bollente. Si osservavano di sottecchi.

"Mi sta spiando", pensò amareggiata Marigiò. "È tesa, pronta come un segugio a fiutare ogni minimo indizio del mio disagio. Spera di cancellare qualsiasi traccia dei miei cambiamenti e di inchiodarmi nel passato".

"Ha gli occhi bassi" costatò Andreina, "ma non m'inganna. Sulla tovaglia cadono gocce su gocce di brodo. Le sue mani tremano; il suo turbamento è palpabile. Io lo so perché è tornata; altro che per il concorso!" pensò con orgoglio. Non aveva mai dimenticato gli occhi stralunati e il viso segnato dell'altra, quando le aveva confidato il suo segreto.

Doveva solo cogliere il momento giusto. Con la morte di Marilì, oramai solo lei sapeva cosa c'era a Senigallia a turbare la coscienza della sua amica. C'era qualcuno in carne e ossa. "Con calma", si disse "devo procedere con calma".

"Non devo piangere adesso: non posso", si stava imponendo Marigiò. "Non ho voglia di rievocare le mie scelte, di raccontare quello che provo".

«Devo scappare», disse all'improvviso con impaccio «devo telefonare in America. Sai, è per il fuso orario».

«Le puoi fare anche qui, le telefonate» le propose Andreina. Adesso che Marigiò era in difficoltà, lei avrebbe potuto consolarla, abbracciarla e, senza apparentemente forzare, chiedere per sapere.

«Grazie, davvero, ma ti farei spendere troppi soldi. Saranno delle lunghe telefonate. Se non ti dispiace, tornerò domani per fare un'altra ricetta, che ne dici?».

«Se è questo che desideri» rispose a denti stretti. «Mi chiami? Almeno per decidere l'ora».

«Grazie Andreina. Scusami: questo momento è difficile per me», la salutò, abbracciandola sulla porta di casa.

«Lo so, non ti preoccupare».

«A domani. Le *scrippelle* erano davvero gustose».

«Va bene. A domani».

Marigiò si allontanò di tutta fretta da quella casa. Era soffocata dalle emozioni.

S'incamminò a passo veloce. Era intenzionata a raggiungere l'albergo a piedi, anche se era una lunga camminata. Doveva togliersi di dosso le sensazioni negative. E poi voleva chiacchierare in inglese con Peter e con Tom.

"Devo recuperare me stessa" pensò. Da quando aveva ripreso a parlare in italiano si sentiva fragile e costantemente indifesa, come un granchio senza il carapace. La protezione che si era costruita in un altro Paese, con le parole di un'altra lingua, si stava sfilacciando come una trama improvvisamente logora.

Aveva così a lungo sperato di trovare un po' di conforto in Andreina e invece…

"Altro che amica-sorella. Lei non ha avuto un briciolo di comprensione vera, quella che viene dal cuore, per me che sto vivendo una perdita così grave", pensò. "Vuole intaccare ogni mia difesa e poi distruggermi. Purtroppo, conosce il mio segreto. Devo stare attenta a non svelarmi troppo con lei: ho già commesso quell'errore".

Stava mettendo a fuoco i primi tasselli mancanti della sua vita. Era tornata anche per questo.

«Buonasera dottoressa, ha visto che bella serata?» le disse il portiere dell'Albergo Dea Atena.

«Bella davvero. Più tardi la chiamerò per mettermi in contatto con l'America».

«Va bene, dottoressa, aspetterò la sua chiamata» le rispose con galanteria, guardandola con insistenza.

Il malessere di Marigiò non si era placato con la passeggiata, anzi, aveva stimolato la ricerca di una compensazione. E lei sapeva bene come trovarla. Sentiva di essere una donna emancipata e libera: la nuova donna moderna. "Ho bisogno di un drink e magari anche di un dopo drink", si disse, mentre con passo deciso si avviava verso il bar dell'albergo.

Da quando aveva sposato Peter, quella era stata l'unica soluzione per i suoi bisogni: incontri anonimi con uomini con lo stesso desiderio di concludere, senza complicazioni, una serata dopo il lavoro. Marigiò si appollaiò sullo sgabello vicino al bancone del barman. Sapeva che quella era la posizione migliore per scrutare l'ambiente e far risaltare, senza apparire volgare, le gambe a stento coperte dal vestitino blu. Mise il cronometro all'orologio e aspettò sorseggiando un Alexander. I più veloci negli approcci erano gli americani: tanta sfacciataggine e regole chiare. Gli orientali li scartava a priori dopo la prima e unica esperienza a Tokio. Aveva avuto proprio paura quella volta eppure lui, il giapponese, era un collega ben noto nell'ambiente medico, ma si era rivelato un sadico a letto. I più divertenti erano gli europei anche se a volte parlavano troppo e, soprattutto, concludevano troppo velocemente.

L'ideale sarebbe stato un uomo simpatico, capace di fare qualche battuta iniziale, giusto per rompere il ghiaccio e poi di agire in silenzio. Altro requisito dell'uomo ideale era quello di accettare il condom o, altrimenti, niente da fare. Su questo punto lei non avrebbe mai ceduto. Aveva troppa paura delle infezioni.

«Dobbiamo fare il test per l'HIV» aveva detto un giorno con voce dura a Peter «e se solo tenti di rispondere di no, lo sai che me ne torno dritta dritta in Italia. Inoltre, bisogna usare sempre il condom, con tutti. Mi raccomando, con tutti», aveva insistito.

«Lo stai dicendo a me? Proprio a me? Ma come ti permetti!».

La voce di Peter si era alzata di tono, gli occhi azzurri si erano iniettati di sangue.

«Sì, lo dico a te, Peter. Non te ne dimenticare quando vai al tuo *buen retiro* di Ensenada, in Baja California».
Si era liberata; finalmente ne aveva parlato. Da troppo tempo la presenza di Juan, il suo amico messicano, incombeva su loro come una lastra di vetro acuminata, pronta a rompersi in mille pezzi.
«Ah! E tu lo farai sempre e con tutti? Con tutti quegli sconosciuti che vai a cercare nei bar? Lo so quello che fai quando esci per fare due passi la sera. Due passi, non è divertente?».
Si erano guardati con astio, poi si erano messi a urlare, ciascuno nella propria lingua. Si erano aggrediti, schiaffeggiandosi: poi erano crollati a piangere insieme.
«Che strani coniugi siamo noi due, vero Marigiò?» aveva constatato alla fine Peter, dopo aver fatto il test HIV per accertarsi di essere ambedue negativi. «Siamo due che si vogliono bene alla loro maniera» aveva risposto lei.

Un profumo l'avvolse da dietro. Marigiò guardò il suo Bulova: erano passati solo sette minuti. "Forse è un americano" immaginò, ma il profumo non era di quelli usati dagli yankee. Lei odiava il profumo maschile più portato dagli americani, *l'Old Spice*, così comune, senza personalità. Questo, invece, diventava quasi agrumato a mano a mano che si avvicinava. "Potrebbe essere un europeo, magari un italiano" pensò con curiosità. Lei avrebbe parlato solo in inglese. Era divertente ascoltare le cose che quegli uomini sconosciuti dicevano, durante o dopo, nella propria lingua pensando di non essere compresi. Marigiò conosceva bene anche il francese, che aveva studiato a scuola, e lo spagnolo che aveva dovuto apprendere a San Diego per curare gli immigrati messicani.

Il profumo era vicinissimo. Lei si girò. Gli occhi di lui erano neri, le ciglia lunghe, quasi femminili. Un ciuffo di capelli scuri cadeva disordinatamente intorno a un viso dall'espressione maliziosa. La bocca era piena, appena schiusa per lasciar passare un sorso di whisky dal bicchiere che aveva in mano. Lei distolse lo sguardo e iniziò a giocherellare con le noccioline di accompagno al drink, facendone cadere qualcuna sul bancone del bar.

Con impegno si mise a raccoglierne una per una fino a che, quasi per caso, lo toccò. Un tocco lieve che poteva passare inosservato. Lui reagì al suo segnale e sfoderò un sorriso che lei vide di sottecchi. Il contatto era stato avviato. Lui si avvicinò e, senza esitare, versò un goccio del proprio liquore nel suo bicchiere ormai vuoto. Marigiò, sorpresa, accettò quella novità. Le piacevano gli uomini sfrontati che sapevano mantenere in orizzontale quello che promettevano in piedi.

Nessuno dei due parlò. Le occhiate già dicevano: «Vuoi? Da me o da te?». Guardarono contemporaneamente le loro chiavi. Lo sguardo di lui si soffermò più a lungo su quelle di Marigiò. Anche lei preferiva la sua camera: era come giocare in casa.

Scese dallo sgabello, fece mettere il suo drink sul proprio conto – non avrebbe accettato altro che del sesso dallo sconosciuto – e si avviò alla sua camera.

Tra i condom, scelse quello al cioccolato – allo sconosciuto sarebbe piaciuto – e la taglia grande, come aveva immaginato fosse adatto a lui. Il giapponese era stato una delusione anche per le dimensioni e il condom gli andava largo.

Lo sconosciuto bussò piano. Marigiò aprì in vestaglia e fu investita dal suo delizioso odore di agrumi che la fece vacillare. Lui le si avvicinò: in silenzio, iniziò a carezzarle il viso, a lungo, come per imprimersi i lineamenti. Lei aveva una pelle morbida, chiara e liscia. Il suo tocco era stato leggero e tenero; lei iniziò ad avvertire i battiti del cuore accelerare quando lui le sfiorò le palpebre chiuse. Due dita disegnarono come un pennello la curva delle sue labbra che, sotto quel tocco, sembravano gonfiarsi come per un lungo bacio. Poi lui le prese le mani e iniziò a baciarle, senza fretta: prima il palmo, indugiando sui rilievi, negli spazi tra le dita; infine si mise in bocca, per un attimo appena, un dito alla volta. Il cuore di Marigiò si fece sentire di più.

"Non è così che deve andare. Perché non mi bacia, non mi butta sul letto e via?" si chiedeva. Sentiva le mani di lui tornare sul suo viso, dietro alle orecchie, per accarezzarla con movimenti circolari che la stavano confondendo e poi ancora sui suoi capelli corti, indugiando con lievi tocchi sulla nuca, rivestita da una peluria morbida come quella di un peluche.

Come per un istinto primordiale, anche lei mimò i suoi gesti. Gli toccò il viso: gli disegnò il contorno con le dita, poi sfiorò le palpebre chiuse che la fecero pensare subito alla pelle del pene, aumentando la sua eccitazione. Si frenò per non baciare lei per prima quelle labbra che al solo tocco le erano sembrate deliziose. E gli toccò il collo, fino all'attaccatura delle spalle muscolose e guizzanti.

La prese in braccio e senza sforzo la portò sul grande letto, dove riprese ad accarezzarla, iniziando dai piedi.

Non le era mai accaduto che uno sconosciuto dedicasse tanto tempo ai preliminari. Qualcuno, invero, tanto per far vedere di saperci fare con il sesso, indugiava più degli altri nella zona genitale e con i capezzoli. Ma lei lo sapeva bene che i maschi non vedevano l'ora di svuotarsi. Il resto era teatro, solo teatro. Prima si liberavano e meglio era.

"Presto, presto, spogliati. Ti voglio odorare tutto: la bocca, la nuca, le ascelle, i genitali. Oh, che meraviglia devi essere", lo incitava con il pensiero. Lei iniziò a gemere, mentre lo sconosciuto era intento a succhiarle l'alluce destro. All'improvviso lo squillo del telefono le sembrò osceno.

"Oh, no! No, non rispondo. Non in questo momento. Ti prego, continua", implorò muta. "Ti prego, non ce la faccio più. Ho bisogno… sono troppo tesa, ti prego…". Il telefono invadente continuava a rompere il silenzio tra loro.

Lui si era fermato e la guardava con i suoi profondi occhi neri per invitarla a rispondere, per chiudere per sempre quell'intrusione tra loro.

«Uhm, *hello*» alla fine rispose Marigiò.

«Dottoressa?».

"Il portiere? È il dannato portiere, figlio di puttana, *son of a bitch!*" s'irritò.

«Dottoressa? Mi sente? Forse l'ho disturbata, ma le telefonate per l'America…».

«*I'm tired now. Tomorrow; tomorrow. Thank you*», disse concisa, mettendo giù la cornetta.

«*Son of a bitch!*» sbottò.

«*Are you american?*» le chiese lui in un inglese poco più che scolastico. «*My name is Fabrizio*» si presentò, porgendo la mano.

«Marigiò» gli rispose, stringendola. Si guardarono, e poi iniziarono a ridere per l'assurdità della situazione. Presentarsi educatamente dopo quello che stavano facendo da sconosciuti! Non riuscivano più a fermarsi. L'atmosfera magica si era spezzata.

Alla fine, lui si alzò dal letto con un sospiro: le prese le mani, vi posò un bacio, quasi un baciamano ottocentesco e, con un ultimo sorriso, uscì dalla stanza.

«Stupida, stupida! Perché non hai parlato? Un po' di sesso ti avrebbe fatto bene stasera, Stupida. Da quanto tempo non eri attratta così da un odore maschile?» si sfogava ad alta voce, mentre si bagnava la faccia in fiamme. Avrebbe potuto concludere da sola, inebriata dall'odore maschile che ancora aleggiava nella stanza e nel letto: era brava a farlo. Aveva avuto un ottimo maestro. Decise, invece, di reagire. Doveva tornare ad essere la Marigiò degli ultimi tempi, quella precisa e organizzata.

Alzò la cornetta del telefono.

«Dica dottoressa» rispose il portiere con voce un poco roca, non più galante come prima.

«Mi può chiamare questo numero per cortesia? Grazie».

Era appena uscita dalla doccia grondante d'acqua quando il telefono iniziò a squillare. Non pensò neanche per un momento che fosse lo sconosciuto, Fabrizio; ormai l'incanto non c'era più.

«*Hello, dear*».

«Tom, Tom. Finalmente!».

Torta al cioccolato
Maricò

Penne, maggio 1914 e indietro nel tempo

Maricò aveva deciso di lavarsi i capelli prima del ricevimento; la giornata soleggiata era ideale per farli asciugare all'aria.

La signora marchesa di San Vito aveva degli invitati speciali per la serata e lei non doveva sfigurare tra tale compagnia di rilievo.

Applicò in testa l'impacco di sua invenzione: un tuorlo d'uovo, un cucchiaino di miele e un cucchiaio d'olio profumato al rosmarino per dare vitalità ai suoi capelli; una spruzzata d'aceto nell'acqua del risciacquo ne avrebbe esaltato poi la lucentezza. Impaziente di affacciarsi alla finestra, accelerò le operazioni e alla fine si risciacquò più volte con l'acqua della bella brocca di ceramica fine.

Si mise al solito posto, seduta sul secondo gradino della grande finestra della sua camera, all'ultimo piano del palazzo San Vito. Era bella quella camera con il grande letto di ciliegio con le cortine color crema e il mobile per la toilette pieno di cassettini e ripiani; da lassù, poteva vedere quasi tutto il paese di Penne senza essere vista.

"Sono così felice di vivere qui, in questo palazzo, accanto alla mia amica Argene", pensò.

Con il gomito appoggiato sul davanzale e la mano sotto il mento, ripensò agli avvenimenti che le erano accaduti negli ultimi anni.

Riprovò lo stesso brivido di paura che aveva sperimentato quando si era resa conto di essere la sola sopravvissuta della sua numerosa famiglia. Era il 1904.

"Mio padre, il mastro Luigi Evaristi, era rimasto annichilito: la perdita dell'ultimo figlio maschio, il solo che potesse tramandare il suo nome, gli era intollerabile" ricordò. "Si ritirava, durante le ore libere dal lavoro, nel suo studio a rimirare per ore la foto della nostra famiglia, quando genitori e figli erano vivi e felici.
Io, dopo aver vagato nella casa vuota, mi mettevo seduta sulla mia sediolina impagliata vicino alla porta chiusa dello studio, con l'orecchio teso per captare un cenno o un comando di mio padre.
A volte smettevo addirittura di respirare nella speranza di udire, tra i singhiozzi, mormorare anche il mio nome.
In quella casa non c'era nessuno di familiare o un conoscente intimo che potesse dirmi qualche parola di rassicurazione. Nessuno mi abbracciava. Mi mancavano terribilmente le mie sorelle. Loro erano state come delle madri per me, che avevo quasi dimenticato la mia, morta quando ero piccolissima. Per trovare un poco di conforto, andavo a cercare il loro odore tra i vestiti riposti nella cassapanca così come, prima della tragedia, facevo annusandole abbracciata alle loro ginocchia".

"Il ricordo fa male, quasi un dolore fisico", pensò, scrollando i capelli al sole. Alla solitudine si erano associate le incombenze domestiche di sopravvivenza.

"Io, una bimbetta di otto anni, pur non avendo avuto nessuna indicazione, mi ero assunta il compito di accendere all'alba il fuoco nel camino dell'ampia cucina, soffiando forte e sventolando con un ventaglietto di piume di gallina per alimentare la fiamma sotto il bricco. Mio padre beveva ogni mattina una grande tazza di caffè d'orzo accompagnandola con due spesse fette di pane tagliate da una grossa pagnotta: quello che avanzava lo dava a me.
A pranzo mangiavamo il solo piatto che lui fosse in grado di cucinare. Era tutto contenuto nella grande padella di ferro, in cui cuoceva la carne, le salsicce, oppure un pezzo di lardo, aggiungendo il pane nel sugo che si formava. Nessun pasto gustoso sarebbe mai stato preparato in quella casa. Non vi era domestica a Penne che avrebbe messo a repentaglio il suo onore lavorando nella casa di un uomo senza una moglie. La mia vecchia balia Nannina veniva a ritirare la

biancheria da lavare una volta al mese. Pulita e stirata la lasciava sull'uscio di casa."

"All'epoca mio padre aveva cinquantuno anni: era ancora un bell'uomo", ripensò. "Aveva i capelli castani appena spruzzati di bianco, gli occhi scuri ammantati da un velo di malinconia e i baffi, sempre perfetti e impomatati, curati ogni sera con il tirabaffi. Anche durante quel doloroso periodo, prima di uscire di casa, spazzolava gli abiti stazzonati, si sistemava l'orologio d'oro nel taschino del panciotto, poi prendeva il cappello di feltro dall'attaccapanni. Si rimirava brevemente nello specchio all'ingresso e con piglio deciso, quello dei tempi buoni, afferrava il bastone da passeggio preferito con il pomo d'avorio intarsiato.
Io ero già pronta alla porta d'ingresso. Mi vestivo da sola; i bottoncini della veste nera non erano combacianti; gli stivaletti erano malconci ma ben lustrati. Solamente i capelli tradivano la mia inesperienza: li lasciavo liberi, in riccioli neri ribelli, incapace ad acconciarli in una treccia.
Le due mani si univano e così io e lui iniziavamo, in totale silenzio, il percorso verso la scuola elementare. Lì mio padre si scrollava di dosso il suo torpore, riprendeva la sua funzione di maestro e dava inizio alle lezioni.
Ero contenta di stare in quell'unica classe dove si mescolavano i bambini dalla prima alla quarta elementare. Mio padre mi aveva imposto una regola: a scuola lui era il signor maestro e come tale mi dovevo a lui rivolgere, mentre io non avrei mai dovuto mettermi in mostra. Non era stato un grande sacrificio rimanere in disparte; il mio premio giornaliero era stato la sua mano che s'intrecciava alla mia durante il breve tragitto dalla scuola a casa".

"Con il tempo fui al corrente delle chiacchiere che i paesani sussurravano, osservando la strana coppia", ricordò.

Il mastro pareva rimpicciolito per quel suo procedere a testa bassa, con le spalle divenute d'un tratto curve. «*Lu mastre s'ignirrichite*» avevano decretato. «*E la bardàsce? Sta allanganate assai*» avevano bisbigliato, valutando la magrezza della ragazza. Lo spettacolo di quell'uomo dignitoso ma distrutto, che teneva per mano la piccola tutta vestita di nero, sembrava un monito per la felicità di chiunque. In modo discreto un cornetto di corallo era sempre disponibile, nelle tasche degli uomini o appuntato sul petto delle donne, per un tocco salvifico contro la mala sorte, la jettatura o l'invidia.

Poi, un giorno, mio padre mi aveva convocata nella sala grande. «Mi risposo. Avrai una nuova madre: donna Nicoletta Ferranti» aveva detto, parlandomi di nuovo.

"Dopo tanti mesi di solitudine, mi sentii quasi felice. Forse la nuova presenza femminile poteva riportare un poco di vita nella casa di Fontemanente", avevo pensato.

"Donna Nicoletta aveva accettato quella sistemazione con la rassegnazione che le era abituale, da quando le era stata preclusa la vita monastica per una forma di tubercolosi, poi superata. Era prossima alla mezza età, ma sembrava non essere mai stata donna: nel suo fisico asciutto non si riusciva a intravvedere una rotondità, né un accenno di seno; i suoi capelli erano già ingrigiti e il volto intessuto di sottili rughe. Gli abiti neri, che indossava sempre, le conferivano le sembianze di una lugubre prefica. Tuttavia, il senso del dovere che aveva innato e che si era fortificato in convento, la fece subito agire: chiamò le domestiche, riaprì tutte le stanze della casa, fece pulizia. Ogni giorno ci faceva trovare un pasto adeguato".

"Poi definì per me i miei compiti domestici: dovevo continuare ad accendere il fuoco, aiutarla nella sistemazione degli armadi, iniziare a cucinare; e poi ancora: rammendare, stirare le trine, e lavare le stoviglie dopo i pasti. L'acqua no; non sarei andata mai più alla fonte dell'acqua Ventina. Quell'abitudine popolana che mio padre aveva bizzarramente permesso alle figlie, era del tutto disdicevole per una ragazza per bene. Per distrarci, ogni sera avremmo recitato il rosario".

"Che illusione sperare in un nuovo calore familiare! Che dolore confermare il detto che una matrigna non avrebbe mai amato una figliastra", rammentò con pena. "Da donna Nicoletta che dovevo chiamare 'signora Madre' non ho mai ricevuto un tocco materno né una carezza. Da lei, con il viso sempre imbronciato, non ho mai avuto una parola di incoraggiamento o di lode, solo degli sguardi malevoli. Solamente una volta quello sguardo era apparso sorpreso.

Avevo appena compiuto dieci anni il giorno in cui avevo sostituito una domestica nel preparare la sfoglia della pasta.
Pur non avendolo mai fatto, avevo visto tante di quelle volte il procedimento che mettere le mani nella farina, impastare, tirare e stendere mi venne naturale, come se i gesti si fossero fissati nel corpo oltre che nella mente. Feci una pasta sottilissima e tesa. Mio padre si complimentò a lungo".
«Allora anche io possiedo una qualità», mi ero detta in un sussurro.

"Per difendermi dalla malinconia della solitudine, mi ero immersa in un mondo fantastico, favorita dai racconti di mio padre che recitava a memoria alcuni brani di letteratura classica o stralci dei romanzi più importanti, condividendo con i personaggi sia i dolori che i desideri.
Mentre ero occupata a sfaccendare parlavo con loro. Oh, ero bravissima a interpretare più parti di quelle meravigliose storie. La mia memoria le aveva incamerate con facilità: ricordavo sia le parole che l'intonazione che mio padre usava per declamare.
Mi immedesimavo nei vari personaggi, sia maschili che femminili, in quelli che, di volta in volta, sentivo più vicini al mio animo. Nelle scene sentimentali, che raramente mio padre mi raccontava, mi baciavo il braccio, per ravvivare il ricordo di sentirmi amata. Il mio braccio destro era il tesoro degli abbracci delle mie sorelle o addirittura dei baci di mia madre.
Il mio romanzo preferito, quello che chiedevo a mio padre di ripetermi in continuazione, era *Il conte di Montecristo*.
Donna Nicoletta che mi osservava mormorare a bassa voce, con il viso lieto, immaginava che fossi in una continua preghiera. Annuiva, sperando che mi facessi suora e che andassi via di casa".

"Devo sgretolare i ricordi. Ormai quel passato non può più farmi male", si disse Maricò. Aveva i capelli ancora umidi; le gocce scendevano dai riccioli neri lungo la schiena, bagnando la camicia di lino.

Il tempo scarseggiava. Strofinò la folta capigliatura con un panno di lana. Doveva svegliare Argene dal suo riposino pomeridiano, e farsi aiutare da lei a preparare la torta al cioccolato e il piatto speciale per la cena.

Ergoterapia si chiamava questo coinvolgimento della marchesina Argene di San Vito in cucina: un poco di lavoro fisico era lo stimolo giusto per la sua melanconia. Questa iniezione di energia si rinnovava ogni giorno, da quando Maria Concetta Evaristi, detta Maricò, abitava a palazzo San Vito.

Era stato il dottor De Dominicis, tornato dalla Germania con quelle teorie rivoluzionarie, a favorire il rapporto tra le due giovani.

"Chissà come è andato davvero l'incontro tra mio padre e il dottore. Ho sentito tante di quelle chiacchiere in giro. Versioni diverse e contrastanti. Ciò che importa è che da quel momento la mia vita è cambiata. Era il 1908", rifletté.

Dopo quattro anni dal nuovo matrimonio, Luigi Evaristi si sobbarcava volentieri il fastidio del viaggio. Appena arrivato in una certa piazzetta del paese vicino, sentiva un guizzo di giovinezza fremergli dentro. Per il decoro, le finestre di quella casa dovevano rimanere chiuse; a indicarne l'uso vi era una piccola maiolica di Castelli con l'immagine di una donnina inserita con discrezione nel muro.

«Una doppia; stavolta è una doppia, cara Marietta» s'inorgoglì, riconsegnando la marchetta.

«Ah, siete sempre bello come un giovanotto, eh eh, e anche in forma come un giovanotto, caro mastro» lo adulò la grassa tenutaria, squadrandolo.

Il vestito *marron*, seppure datato, gli calzava a pennello conferendogli un'eleganza che lo ringiovaniva. I capelli, tagliati all'Umberto, erano solo un poco più brizzolati.

«Con la moglie che ho, ogni tanto mi ci vuole un poco di gioventù», le rispose soddisfatto, arricciandosi i baffi.

«E non siete il solo stasera» gli sussurrò la donna. «Ecco, sta scendendo il dottor De Dominicis, il medico del vostro paese, ma per lui è una singola. Viene spesso, sapete, da quando è diventato vedovo».

«Dottore, anche voi? Come va, siete forse in veste professionale?» chiese il mastro.

«Mastro Evaristi, che fortuna avervi incontrato! Da tempo volevo parlarvi di una proposta, ma non osavo» disse lui, rimettendosi gli occhialetti dalla montatura d'oro sul naso a punta.
«Dite, dite pure. Adesso sono nello stato migliore per ascoltarvi, voi mi capite?» sottolineò, arricciandosi di nuovo i baffi.
«Ecco, vedete, ho in cura, con modesti risultati in verità, una persona che...».
«È forse la marchesina di...?».
«Sì, è proprio la marchesina Argene di San Vito che, da quando le è morto il padre in quel terribile incidente, si è ammalata di melanconia: non mangia quasi nulla e non si alza nemmeno più dal letto. La marchesa, sua madre, è disperata. Mi sono consultato con illustri colleghi, ho provato una nuova cura con i globuli Ruggeri e il Palladion, farmaci nuovissimi, ma non ho avuto molto successo» si confidò sconsolato il medico.
«I nobili sono di natura cagionevole, non come i figli del volgo», costatò il mastro.
«Poi un giorno, vedendo vostra figlia, ho avuto un pensiero» continuò il dottore.
«Mia figlia Maria Concetta? Maricò?»
«Sì, vostra figlia Maricò. Credo che in lei ci sia qualcosa di speciale e non mi riferisco solo ai santini, ormai storia passata. No, è la sua voglia di vivere. Lei, la più piccola e gracile, è stata l'unica della famiglia a sopravvivere».
«Ah, non riaprite quelle ferite. Ancora il mio pensiero va a quei meravigliosi figli che ho perduto. Mi sembra di sentire tuttora le loro voci felici nella mia casa». Luigi Evaristi s'intristì a tal punto che rimpianse di aver accettato le chiacchiere del medico. Era andato nella casa chiusa per ravvivarsi e non per immalinconirsi, che diamine!
Ormai i due uomini avevano indossato i cappelli per avviarsi di buon passo verso la stazione delle carrozze a nolo.
«Ma ora avete un altro figlio, il piccolo Arduino, che così chiamaste in ricordo dell'altro», proseguì il medico.
«Già, il piccolo Arduino» disse Luigi Evaristi «se sopravvivrà: è figlio di due vecchi».
«Sapete, ho incontrato qualche volta Maricò con il bambino e la balia al giardino della Ringa. La ragazza sembrava felice di dedicarsi

a suo fratello: lo alzava in alto, lo faceva ridere e, pensate, gli cantava le canzoni».

«Maricò canta? Non l'ho mai sentita cantare. E canta in pubblico? Oh, che svergognata!».

«Non vi adombrate; lei cantava piano, quasi un sussurro, con una voce dolcissima» gli disse il medico, pentendosi di tale confidenza.

«Ditemi dottore, cosa c'entra questo con la vostra proposta?».

«Ecco, in quel momento ho visto negli occhi di Maricò una luce. Sembrava quasi felice» continuò il dottor De Dominicis «anche se, immagino, con quello che vi è accaduto, povera ragazza, e poi, forse, i rapporti con donna Nicoletta non saranno idilliaci».

«Mia moglie sa gestire bene la casa, ma ha il cuore inaridito», precisò il mastro. «Prima di sposarmi era una zitella tutta casa e chiesa. In lei non vi è alcuna traccia di femminilità. Anche la nascita di questo figlio non sembra averla addolcita. Pensa, invero, a mettere già da parte i soldi per il suo futuro. È diventata ancora più economa: mi lesina perfino i sigari», aggiunse per cercare la comprensione dell'altro.

«E la dote di Maricò?» domandò il medico, pur sapendo delle ingenti somme perse dal mastro per lo scandalo della Banca Romana.

«Come vi dicevo, dottore, di denari me ne restano ben pochi; ho un figlio piccolo da crescere e quindi…».

«Quindi non ci sarà la dote per la ragazza. Senza la dote, Maricò non potrà mai sperare in un matrimonio adeguato».

«Già, già; ma è ancora presto per parlare di matrimoni, mia figlia non ha nemmeno dodici anni».

«Tra poco terminerà la scuola tecnica; quali progetti avete per il suo futuro?».

«Maria Concetta vorrebbe diventare insegnante ma…».

«Ma l'istruzione costa e voi avete un figlio piccolo».

«Insomma, dottore, cosa volevate dirmi?».

«Ho parlato con la signora marchesa» disse il medico a bassa voce «e, dopo qualche tentennamento, ha accettato la mia proposta».

«Su via, di quale proposta si tratta?» Il mastro si stava irritando perché quelle chiacchiere ritardavano il suo ritorno.

Il dottore si tolse gli occhiali già puliti e iniziò a pulirli di nuovo, per prendere tempo. Sapeva quanto il mastro potesse diventare irritabile.

«La proposta è che Maricò vada a vivere in casa dei San Vito» disse d'un fiato «diventando...». Lasciò la frase in sospeso, tanto l'altro avrebbe ben capito a cosa mirava.
«A casa San Vito, diventando la dama di compagnia della marchesina? No, mai. Meglio maritata a un villano che la rispetti!» sbottò il mastro. Era sceso dalla carrozza e aveva gli occhi lampeggianti.
«Su via, mastro Evaristi, calmatevi» il medico cercò di trovare le parole giuste. «La proposta non è questa. Maricò è di buona famiglia, è istruita; sarebbe quasi una sorella per la marchesina. Sono pressappoco coetanee. Potrebbe completare gli studi assistendo alle sue lezioni. Viaggerebbe con loro» aggiunse, pensando che più di così non poteva fare.
Il mastro rimase pensieroso per un po'; l'altro lo scrutava.
«Mia figlia viaggerebbe con loro?» volle accertarsi Luigi Evaristi.
«Certamente. Maricò potrebbe conoscere il mondo».
«Uhm, ma solo col mio permesso!».
«Solo con il vostro permesso, s'intende» si affrettò a precisare il dottore, ormai sollevato.
«La gente... cosa dirà la gente?» chiese alla fine il mastro con un certo timore.
«La gente? Voi pensate alla gente e non a quella povera figliola senza affetto. Se qualcuno mi chiederà alcunché, io dirò la verità e cioè che spero che un poco dell'energia di Maria Concetta si trasmetta alla marchesina. Questo dirò».
I due si guardarono, con scetticismo.
«E...uhm, in cambio di questa energia?».
«Il compenso, caro mastro? Il compenso sarà accantonato per formare la dote che sarà corrisposta a Maricò quando ella cesserà di abitare con loro. È una proposta ragionevole: non credete?».
«Ragionevole davvero», borbottò. I baffi arricciati senza sosta avevano perso la piega. «Dovrò parlare con lei».
«Accetterà; io credo che accetterà» disse il dottor De Dominicis.
«Perbacco. Una figlia deve ben ubbidire al suo genitore!».

Nella grande cucina del palazzo San Vito, Maricò declamava ad alta voce tutti gli ingredienti ad Argene; l'esile ragazza bionda li controllava seguendo la ricetta con il dito sul grande libro di cucina.

«Torta al cioccolato: cioccolato, burro, zucchero, farina, uova, liquore, lievito...».

«Ma sai tutto a memoria?».

«È come recitare le preghiere» fece Maricò, allontanando con uno sbuffo i riccioli neri che le sfuggivano dalla cuffia da cuoca. «Quando inizi col primo ingrediente, gli altri vengono da soli. Ma la cosa più difficile è?»

«È?»

«È l'esecuzione, curiosina, perché nell'esecuzione ci sono quei trucchetti che rendono i piatti straordinari. Per esempio, se faccio questa torta come di regola, cosa pensi che verrà?».

«Verrà una torta al cioccolato?».

«La solita torta al cioccolato; ma se io cambio qualcosa, non negli ingredienti, ma nell'esecuzione?».

«Diventerà la tua golosa torta al cioccolato».

«Brava. Innanzitutto, sbatto i tuorli con lo zucchero fino a formare una crema spumosa come quella dello zabaione; aggiungo il liquore e poi il cioccolato e il burro, ingredienti che avrò già sciolto a bagnomaria; infine la farina mescolata al lievito e per ultimo le chiare d'uovo montate a neve fermissima. E poi...».

«Poi si mette in forno dopo aver versato l'impasto in una teglia imburrata e infarinata, non è così?». Argene era felice di mostrare la propria conoscenza all'amica.

«Brava. Ma, prima di mettere la torta nel forno ben caldo, conservo un poco di questa crema – un bicchiere, non di più – per dopo».

«Per farne cosa, Maricò?».

«Vedrai, vedrai...».

Le due ragazze si muovevano con naturalezza nella grande cucina.

Argene aveva preso a girare intorno all'amica, stropicciando l'angolo del grembiule bianco inutilmente indossato per proteggere l'abito di seta color panna.

«Uhm che buon profumo, mi sta venendo un languorino... È pronta Maricò? Dimmi di sì, ti prego».

«Quasi; manca poco, non sento ancora l'odore giusto».

«Solo tu sai individuare il punto di cottura dagli odori, senza nemmeno assaggiare».

Maricò sorrise, orgogliosa del complimento.

«Possiamo sfornare: è pronta. E ora il mio trucchetto. Prendiamo quel bicchiere con la crema che abbiamo tenuto da parte e lo versiamo piano piano sul composto. La crema assorbita renderà più morbida la torta. Ora lasciamola raffreddare».

«Ma io ho fame».

«Fame tu? Uccellino che non sei altro! Aspetterai come una brava marchesina deve saper fare».

Le due ragazze iniziarono a ridere senza riuscire a fermarsi. Da dietro la porta della cucina odorosa di cioccolato, la signora marchesa di San Vito tirò un sospiro di sollievo, mentre con la mano destra si assestava l'elaborata acconciatura del tutto perfetta.

Elvira di San Vito amava molto i viaggi all'estero che ben si confacevano al suo status e, d'altra parte, erano ritenuti un'ottima occasione per conoscere dei buoni partiti per Argene.

Nel maggio 1914 erano da poco ritornate a Penne; in serata avrebbero avuto ospiti di riguardo.

Per loro era stata organizzata la novità dell'anno acquisita durante la permanenza parigina. "Madame de Linnée ha lanciato la moda del contrasto rustico-raffinato a tavola: piatti francesi e uno della regione. Io non posso comportarmi diversamente. Non vorrei sfigurare con le mie pari", così rifletteva mentre si stava preparando per la serata nella sua bella stanza rinnovata in stile Liberty.

Un abito color glicine, che ricordava lo stile Impero, con una scollatura appena accennata, era la tenuta adatta a valorizzare i suoi colori: capelli d'oro e occhi cerulei. La collana che le fasciava il collo e gli orecchini pendant di ametista erano gioielli di Lalique, magici per mascherare la pelle non più tonica del collo delle signore.

"Un matrimonio tra i conti di Pietra Secca e la mia casata sarebbe una benedizione per i miei affanni di madre", si ripeté mentre si rimirava allo specchio. Si mise un poco di belletto per ravvivare il colore delle labbra e delle guance. "Così va bene", si disse. "Solo un accenno di rosato, senza eccedere. Non voglio confondermi con quelle signore che credono di sembrare giovani. Che birbante il contino Maurizio! Farmi certi complimenti. Alla mia età, poi!" pensò sorridendo al ricordo.

Sperava molto nell'incontro della serata. Aveva invitato i fratelli De Pico che ospitavano nel loro palazzo il contino Maurizio di Pietra Secca, loro compagno di studi a Chieti. Il dottor De Dominicis e suo fratello don Santino avrebbero completato la compagnia, tanto per smorzare l'eccesso di gioventù. La marchesa sospirò a lungo, finalmente libera dal bustino che il grande sarto francese Paul Poiret aveva appena abolito per tutte le donne.

"Sì, può andare" si compiacque, rimirando la *mise*. Poi il pensiero andò a Maricò. La ragazza cominciava a preoccuparla. "Ho sbagliato a trattarla con eccessiva familiarità" rimuginò. "Lei si è illusa di appartenere al nostro ceto. Deve stare al suo posto" concluse, tentando di scacciare il rancore ingiustificato che ormai avvertiva verso la giovane.

"Tra poco tutto terminerà. Argene si sposerà e Maricò… Oh, basta! Per lei troverò un bravo uomo; ormai ha anche la dote" si disse, mentre con la mano destra si assestava l'acconciatura perfetta.

«Ora prepariamo le *scrippelle 'mbusse*», disse Maricò ad Argene.

«Faremo un figurone, in associazione ai piatti francesi, cucinati dal nostro *monsù*», aggiunse lei.

Tra le numerose novità che la signora marchesa aveva riportato dalla Francia c'era, infatti, il *monsù*, il *monseigneur*. Questi era un cuoco francese di rango, colui che dirigeva la brigata di cucina.

Ogni giorno, alle dieci in punto, Maricò arrivava nella grande cucina del palazzo; si metteva seduta su un alto sgabello, pronta a osservare l'opera del cuoco. Annotava, su un piccolo taccuino, la scelta degli ingredienti e delle spezie, i tempi di cottura e gli abbinamenti fra i vari cibi. Si erano compresi facilmente lei e lo strambo omino azzimato. Per la cena in onore del contino di Pietra Secca avevano scelto, con il permesso della signora marchesa, il piatto speciale *le plat campagnard* da servire agli ospiti prima delle portate ufficiali, come era di moda a Parigi.

«Fra tre ore arriveranno gli invitati. Dobbiamo fare presto» disse Maricò.

«La voce. Che voce avrà il contino Maurizio? Sarà maschile e raffinata, come il suo volto?» chiese Argene.

«Lo accerteremo presto. Comunque, ho saputo dalla fantesca dei De Pico…» iniziò ad accennare.

«Che cosa hai saputo?».

«Ho saputo dalla fantesca che il contino Maurizio di Pietra Secca ha una bella voce tenorile».

«Oh, me lo immaginavo! Che bello! Lo sai quanto sono attratta dalla voce delle persone».

Maricò tralasciò di riferire di un'altra voce che riguardava il contino Maurizio: quella di uno scandalo soffocato dal conte, suo padre, circa una signorina di ben altro ceto; scandalo di cui le domestiche ciarlavano con maliziose allusioni mentre andavano alla fonte. Quel tragitto permetteva alle donne di comporre un giornale orale dove far risaltare le notizie più recenti e i pettegolezzi più intriganti. Anche Argene aveva diritto ai sogni prima di affrontare la realtà. Ormai le due giovani erano consapevoli che il loro tempo insieme stava per concludersi. Il viaggio a Parigi era stato fatto con lo scopo di presentare la ragazza in società. In breve tempo Argene era diventata una debuttante fra le più ammirate. Il suo ingresso nel salone da ballo della contessa de Maille era stato citato persino nelle cronache mondane. Quella sera numerosi spasimanti si erano fatti avanti; tra questi, il contino Maurizio di Pietra Secca che aveva colpito la marchesa per la sua giovanile franchezza.

Mentre spignattava con la marchesina, Maricò rifletteva sui pericoli che potevano sorgere per lei durante la serata. Temeva che un complimento o uno sguardo da parte di qualche giovane della compagnia, potesse risvegliare la terribile occhiata che la marchesa le aveva indirizzato un giorno a Parigi, precisando in modo irreversibile la sua posizione.

Era accaduto nella hall del Lutetia, l'albergo più bello della città. Lì era ospite anche la famiglia del loro accompagnatore nel *Gran Tour*, il conte Bartoli, il fratello della marchesa, che aveva due figlie in età da marito da presentare in società. Ripensando a quell'episodio nella hall, Maricò percepiva come appannati i dolci ricordi dei giorni trascorsi a Parigi insieme alla compagnia. La curiosità che quella magica città risvegliava negli ospiti stranieri sembrava inesauribile; nessuno era sfuggito al contagio. La folta comitiva aveva partecipato alla messa nella cattedrale di Notre Dame e poi aveva visitato il Museo del Louvre dove erano sigillate, come in un forziere, la bellezza e la creatività del mondo. Erano anche saliti sull'ultima meraviglia della tecnica moderna: la grande Tour Eiffel. Tutti i partecipanti della comitiva, arrivati in cima alla terrazza panoramica, dopo una salita di mille gradini, erano rimasti attoniti dalla sorpresa. Da tale altezza potevano gustare la vista della Ville Lumière a 360 gradi, come fossero sospesi nel cielo. Qualcuno aveva riconosciuto la collina di Montmatre, un altro il Louvre, un altro ancora l'Arc de Triomphe. Erano scoperte che provocavano vertigini. Tra quella compagnia, Argene e Maricò si riempivano il cuore di fremiti e la mente di novità: stavano crescendo. Il futuro appariva roseo e promettente. Tuttavia, lo sguardo della marchesa quel giorno, nella hall dell'albergo parigino, aveva risvegliato Maricò dall'illusione di una vita senza complicazioni.

"Ero scesa nella hall dell'albergo festosa, quel giorno" ricordò. "Il solito ricciolo mi faceva disperare sfuggendo, capriccioso, dal cappello ma quella imperfezione non poteva essere stata la causa di quello sguardo", si era detta allora.

Lei non poteva immaginare come l'aveva vista la marchesa: una giovane dal corpo sinuoso, la bocca carnosa che si apriva con un sorriso disarmante su una corona di denti perfetti. Una bellezza; Maria Concetta Evaristi era diventata una vera bellezza. Maricò non aveva nemmeno udito il commento di due dame sul fascino delle figlie della marchesa di San Vito, così diverse tra loro.

La nobildonna non era riuscita a trattenersi e aveva chiarito alle curiose: «La ragazza bruna non è mia figlia. Che diamine, si vede che è la dama di compagnia!». Le parole, accompagnate da uno sguardo di disprezzo, intercettato da Maricò, avevano reciso qualunque legame tra loro. All'improvviso lei si era resa conto della sua reale condizione e del pericolo che poteva correre. Il suo mondo poteva disintegrarsi in un attimo. Da allora non aveva dimenticato la sensazione provocata da quello sguardo.

«Argene, devi essere più precisa con le *scrippelle 'mbusse*» disse Maricò, ritornando al presente.

«Ai suoi ordini, signor generale!» fece l'altra sull'attenti, innescando le solite, salutari, risate.

Amicizia
Marilì

San Martino al Cimino, 25 novembre 1944

Nella grande casa dei Paoletti, a San Martino al Cimino, il freddo invadente raggelava ogni cosa. Aveva iniziato a nevicare a larghi fiocchi che aleggiavano in bizzarri mulinelli, pennellando di bianco tutto il paese. Un silenzio ovattato smorzava i rari rumori esterni alla casa; la luna piena non emetteva che una modesta, fioca, luce.

«C'è… c'è qualcuno?» sussurrò Lucia intimorita. Aveva percepito uno scricchiolio, poi più nulla. Il silenzio la rassicurò: era sicura di aver chiuso tutte le porte e le finestre con il chiavistello, come faceva anche di giorno. Troppe donne sole erano state aggredite da disperati o dai disertori. Riprese a lavorare al baluginio di un mozzicone di candela mentre la mente andava indietro di anni, quando la sua vita era stata felice. Da mesi sperava nel ritorno di suo marito. Un refolo freddo si avvicinò. Per lo spavento e la sorpresa Lucia si punse un dito, facendo cadere i miseri panni che stava rammendando. Li raccolse lesta, ma un lembo si era impigliato su degli scarponi che si stavano muovendo. Represse a stento un urlo. Alzò lentamente lo sguardo che si soffermò su due occhi scuri in un viso smagrito. Quegli occhi appartenevano alla sola persona che riusciva a entrare in quella casa nonostante i chiavistelli.

«Giovanni? Allora sei veramente tu. Oh, sei tornato; sei vivo, Giovannino mio!» disse, abbracciandolo forte. Lo accarezzava, lo baciava con piccoli baci dappertutto. «Ma non ci hai fatto avere nessuna notizia per tutto questo tempo!» lo rimproverò subito dopo.

«Non vi hanno avvertito del mio trasferimento a Verona?».

«Verona? No, nessuno ci ha detto nulla».

«Eppure, mi ero tanto raccomandato! Tra colleghi cerchiamo sempre d'informare le famiglie. Comunque, ora sono qui, Lucia mia. Brr; fa freddo qui dentro».

Giovanni iniziò a battersi sulle braccia con vigore. La divisa nera da ferroviere, seppur pesante da indossare, era del tutto inutile a proteggere dal freddo.

«Ma Verona è stata bombardata».

«L'aeroporto, quello è stato bombardato, non la ferrovia» cercò di rassicurarla. «E poi gli alleati mica ci prendono sempre a bombardare: sono un poco imprecisi 'sti inglesi o *'mericani*. Magari sono dei ragazzetti che al tirassegno fanno fiasco. Su via, non ci pensare, vieni qui».

Si strinsero forte, con le ossa sporgenti che dolevano nell'abbraccio nonostante i vestiti sovrapposti. Lei lo tastò meticolosamente mentre lo cingeva. Non riconosceva più quel corpo che era stato muscoloso a forza di spalare il carbone e che la faceva rabbrividire di piacere.

«Quanto sei magro, Giovanni. Ma almeno sei vivo», disse con un sospiro.

«Tu stai bene?» le chiese lui, percependo le mani gelide tra le sue. La moglie che tutti gli invidiavano – la svedese era soprannominata – era ridotta a uno scheletro. Due enormi occhi azzurri risaltavano nel viso emaciato mentre i capelli biondi sembravano stoppia secca.

«Noi ce la caviamo. Tu dici che li *'mericani* non ci prendono? Quando sento di nuovi bombardamenti, la pancia mi si aggroviglia dalla paura».

«Non dare retta alle voci. Qui state al sicuro. Romeo è tornato?».

«Una volta di passaggio, ma lui era così stravolto che non ha nemmeno salutato la moglie ed è fuggito via».

«Ti ha detto qualcosa?».

«No, non mi ha detto nulla; anzi, ora mi ricordo: ha parlato di gente al… tira, mi sembra dicesse tirassegno o qualcosa del genere, ma lo diceva con una faccia, ma una faccia che mi ha gelato il cuore».

Giovanni rimase senza fiato. Le voci che circolavano, sempre più insistenti, sul massacro delle Fosse Ardeatine, allora erano vere. Non sapeva come e se suo fratello fosse coinvolto, ma Romeo era sempre troppo informato e questo lo spaventava.

«Dimmi, vuoi mangiare? Hai fame?» gli chiese sollecita, anche se avrebbe potuto offrirgli solo una misera zuppa di castagne.

«No, ho già mangiato. Sono un poco stanco, vorrei dormire. Prima, però, guarda qui» le disse, mostrando una bisaccia unta con un piccolo rigonfiamento da cui si sprigionava un odore quasi dimenticato.

«È quello che penso? Lì dentro c'è davvero quello di cui sento il profumo?».

«Apri e vedrai» la incoraggiò. Lucia aprì la bisaccia lentamente alla luce della luna: rabbrividì di felicità. Uno strofinaccio stinto avvolgeva un pacchetto incartato con la carta oleata. Lo prese e lo odorò a lungo, per imprimersi bene la traccia inebriante di quella leccornia. Con gli occhi chiusi, inalando l'aroma di grasso speziato, pensò ai piatti che avrebbe potuto cucinare, ai sughi che avrebbe voluto fare; la pancia cominciò a brontolare in modo imbarazzante, ma lei continuò: quei sogni a occhi aperti le stavano dando una felicità inaspettata. Aprì il pacchetto: c'erano due salsicce rosee, come il profumo prometteva. La fame la fece quasi impazzire; stava per mettersi in bocca la prima, tutta intera e cruda. Giovanni cercò di fermarla mentre lei alzava le salsicce sopra la sua testa per non farsele portar via, più preziose di una corona d'oro.

«Aspetta Lucia: potresti star male. Guarda che c'è anche un pezzo di formaggio e un poco di pane».

Di malavoglia lei lasciò le salsicce sul tavolo, ma si leccò la mano con le loro tracce odorose ancora e ancora, prima di prendere un pezzo del pane nero con un velo di muffa e una briciola di formaggio. Sapeva bene che, se avesse mangiato velocemente, e qualcosa di più delle misere minestre preparate da Marilì, sarebbe stata male fino a vomitare; ormai il suo stomaco, come quello di molti altri, si era rimpicciolito. Dopo il primo morso al pane ripulito, tornò a odorare le salsicce: quel tozzo di pane vecchio le sembrò un boccone divino. "La fame è terribile" meditò, odiando i rettangoli grigi delle tessere annonarie, così preziosi che qualche falsario si era messo anche a stamparne.

«Sai qualcosa di Ernesto?» domandò. Da mesi Lucia non faceva altro che pensare alle sorti dello scomparso Ernesto e al futuro di Marilì, rimasta inebetita dal trauma del bombardamento.

«Il marito della comare risulta ancora disperso; un nostro collega l'ha visto uscire un attimo prima che la bomba centrasse l'alloggio dei ferrovieri alla stazione Ostiense».

«Sarebbe stato meglio se fosse morto! Non è un buon marito per lei. Prima del bombardamento Marilì mi ha accennato qualcosa, mi ha detto…».

«Che cosa ti ha raccontato?».

«Cose… insomma… cose da donne».

«Ho capito. Le solite lagne femminili. Comunque Ernesto è un grande lavoratore».

«In casa non conta spalare il carbone».

«Ti riferisci al suo carattere?».

«Diciamo al caratteraccio: sempre a urlare, a litigare. No, lui non è un buon marito per lei; meglio morto», insistette.

«Ma che dici, Lucia, non pensi a Marilì e ai bambini?».

«Ci penso, ci penso sempre. Dopo quell'orribile giorno del bombardamento, lei non ha detto neanche una parola, niente; neppure un bah. Se ne sta muta con lo sguardo fisso a guardare lontano con uno strano sorriso. Pensa che cosa assurda, Giovannino mio, mi sembra che lei sia più felice così com'è, persa nel suo mondo ovattato».

«Forse ricorda la sua vita da ragazza».

«Chissà. Marilì ha sempre raccontato molto poco della sua vita prima del matrimonio. E poi fa una cosa davvero strana: se trova la menta nei campi sta lì a odorarla per ore, mentre la povera Silvanella piange attaccata al suo seno con il latte acquoso».

«Voi mangiate poco, troppo poco» disse lui rattristandosi.

«Le provviste di Romeo sono finite da tempo, ma noi ci arrangiamo per integrare le misere razioni della tessera con qualche scambio alla borsa nera».

«Anche tu?» fece Giovanni.

«Ebbene sì, anch'io, che cosa credi? A che cosa servono le lenzuola ricamate se poi muori di fame?» rispose risentita. Non sapeva più come arrabattarsi senza olio, senza zucchero, senza niente.

Quando erano ancora a Roma, avevano cercato di ricorrervi il meno possibile alla borsa nera. I prezzi erano diventati proibitivi. L'ultimo sacchettino di zucchero, sì e no duecento grammi, che avevano preso al mercato nero di Tor di Nona, era costato 70 lire, come due giorni di paga. Si erano arrangiati con l'orticello segreto ricavato da Giovanni ed Ernesto sotto un vagone rovesciato in un binario secondario della stazione Ostiense. Fagiolini, carote e patate, non mancavano di spuntare in quel fazzoletto di terra che nessun altro aveva scoperto e depredato.

«Scusami, fai bene. A proposito, ti ricordi quanto erano buone le patate del nostro orticello?» domandò, leggendole nel pensiero.

«Ad averle le patate! Ci stanno sfamando le castagne: farina di castagne, castagne bollite, arrostite; castagne tutti i giorni, ma la pancia si gonfia e borbotta. Prova; metti la mano qui. Senti come borbotta?».

«Su, via. Non ci pensare» la rassicurò abbracciandola.

«Quando torniamo a Roma?» chiese speranzosa. «Adesso la città è libera. Gli alleati sono arrivati, finalmente. Sono passati anche qui a San Martino. Alcuni ci hanno regalato delle scatolette con la carne. La fine della guerra è a portata di mano; non è così?».

«La guerra non è finita, come noi speriamo», le disse «l'Italia non è stata ancora liberata del tutto. La fame è tanta e la disperazione fa fare brutte cose, molto brutte. Hanno razionato anche la legna. Credimi, Lucia, voi donne e i bambini state meglio qui».

Lei rimase in silenzio, delusa. Voleva tornare alla sua vita precedente e stare con suo marito e non con Marilì che non era in grado di reagire al pericolo.

«Giovanni, sono preoccupata per i bambini».

«Il dottore Pedrini li ha visitati, non è vero?».

«Ha detto che Enrichetto nostro parlerà; prima o poi parlerà: è stata la paura a bloccarlo. Ma sono i figli di Marilì a preoccuparmi. Martino, povero piccolo, ha avuto due volte le convulsioni».

«Forse ha battuto la testa nel bombardamento».

«Silvanella sta deperendo giorno per giorno» lei continuò. «Ormai il latte annacquato di Marilì non basta più e io... non so più che fare» piagnucolò, stringendosi negli scialletti di lana sovrapposti come a proteggersi dal destino, oltre che dal freddo.

«Vieni più vicino, Lucia mia; ora non ci pensiamo. Stasera dormiamo stretti, stretti. Ho bisogno di un poco di calore».

Si addormentarono allacciati, vestiti com'erano, sulla panca della cucina con una rozza coperta militare che li copriva appena. Per la prima volta da mesi dormirono di un sonno rasserenante.

La luce dell'alba penetrò assieme al gelo nella cucina ormai fredda, sciogliendoli dall'abbraccio. Un urlo lacerante li risvegliò completamente.

Giovanni e Lucia corsero nella direzione del grido, al piano di sopra, dove nel grande letto dormivano tutti insieme le madri e i figli. Marilì urlava guardandosi stupefatta fra le gambe. I bambini appena svegli urlavano di paura toccando il sangue che veniva da lei.

«Giovanni, Marilì sta male!».

«Che cos'ha? Perché tutto quel sangue?».

«Non lo so. Ma sta male. Corri, vai a chiamare il dottor Pedrini».

«Vado, vado».

«I bambini, Giovanni; porta giù i bambini da tua cognata. Oddio, tutto questo sangue...».

«I bambini... Ginetta... il dottore... vado».

Giovanni corse tra i sentieri che conosceva a menadito dall'infanzia, scavalcando mucchi dell'ultima neve e scivolando sui rigagnoli gelati. Con la coda dell'occhio vide tra i tronchi secchi un movimento: allungò la mano. Aveva afferrato un gatto spelacchiato che si agitava con misere forze. "Lo mangeremo", pensò contento. Arrivò in un baleno al casaletto; il dottor Pedrini non perse tempo: agguantò la sua borsa, riempita dei medicinali che Romeo gli aveva procurato, e iniziò a correre dietro Giovanni. La sopravvivenza della famiglia Pedrini era legata alla generosità dei fratelli Paoletti.

Marilì continuava a urlare in una pozza di sangue; il suo volto era pallido, gonfio, teso in uno sforzo terribile, mentre la pancia, che negli ultimi tempi si era gonfiata tanto anche a lei, sembrava volesse scoppiare. Lucia cercava di tamponare alla meglio quel mare rosso che avanzava, stracciando le lenzuola e imprecando: «Maledette castagne, maledette!».

Il dottor Pedrini, arrivato trafelato, le trovò cosi: una in lacrime, l'altra stremata e pallida. Per un lungo momento tutto si fermò. Poi Marilì emise un grido acutissimo; il fiotto di sangue nascose appena una testa ramata che usciva dal suo corpo.

Il parlottare di sottofondo risvegliò Marilì dal suo torpore. Sentiva confusamente delle voci agitate accanto a lei.

«Ma insomma, Lucia, come hai fatto a non accorgerti che lei, che... Su, via: tu sei una donna, dovevi pur capire...».

«Non sapevo niente, niente! Ormai siamo così magre che nessuna di noi usa più le pezzuole. E poi, te lo ripeto: da quel dannato giorno del bombardamento lei non ha più parlato. Non ha detto più nemmeno una parola. Lo capisci, Giovanni?».

"Perché Lucia è così disperata?" si domandò Marilì.

Un ultimo dolore e un fiotto caldo la risvegliarono completamente. La placenta scivolò fuori.

«L'emorragia si fermerà, speriamo», si augurò il dottor Pedrini, tirandosi giù le maniche arrotolate della camicia. «Ma tenetela bene al caldo» continuò, mentre tastava preoccupato il polso alla puerpera.

«Anche il tempo ci si è messo contro», aggiunse Giovanni amareggiato «non mi ricordo di un novembre così freddo».

"Perché sono tutti preoccupati? Che cos'ho fatto?" pensò Marilì.

«Giovanni, prendi tutte le coperte. Poi fatti dare un poco di brace da tua cognata Ginetta, così mettiamo anche il prete nel letto. Il calore di quello scaldino l'aiuterà». La voce di Lucia era, al solito, piena d'energia.

«Ci vorrebbe un brodo, un buon brodo per farle recuperare le forze», propose il dottore, guardando il gatto ormai immobile in mano a Romeo. «Io posso darvi due uova e un pezzetto di formaggio che mi hanno appena regalato. Ci potreste fare…».

«Una… strac… cciatella» iniziò a dire Marilì con voce rauca. Il suono della sua stessa voce la sorprese, chissà perché.

«Oh, non è possibile! Avete sentito anche voi?» chiese Lucia stupita, guardando gli uomini che annuirono. Abbracciò forte Marilì per trasmetterle il suo calore: «Dimmi, parla ancora…».

«Si potrebbe fare una stracciatella» disse lei con un filo di voce.

«Oh, Signore mio, ti ringrazio. Marilì si è ripresa».

Lucia s'inginocchiò alzando gli occhi al cielo, facendosi ripetuti segni della croce.

«Finalmente è arrivata una buona notizia, anche se…» disse Giovanni guardando l'esserino che Marilì aveva a fianco.

«Un figlio, anzi una figlia, è un segno di speranza» disse il dottore, mentre controllava la testina ramata. «La bimba è perfetta: è tutto a posto».

«Giovanni, brindiamo alla vita» propose Lucia.

«Con che cosa che non c'è più niente?».

«Ecco, prendo un poco d'acqua e con due dita d'aceto facciamo un brindisi. Datemi il bicchiere. Un poco a Giovanni e questo a lei, dottore, e un dito a Marilì. Brindiamo e cerchiamo di dimenticare la guerra».

«Marilì?» domandò Lucia con voce esitante «Marilì, adesso parli, è vero?».

«Grazie Lucia, amica mia», le rispose con voce flebile.

«Il dottor Pedrini è tornato a controllarti. Ha detto che stai meglio e che l'emorragia si è fermata».

«L'emorragia? Perché?».

«Uhm... lo vedi perché» le disse, indicando la bimba dalla testolina rossa al suo fianco.

Marilì guardava sconcertata la bambina, senza riuscire a collegare quell'essere estraneo a se stessa. «Come... com'è successo?» chiese attonita «non riesco a capire». Non si era accorta di nulla. Non ricordava nulla, tranne la percezione di un profumo e una traccia di felicità. Scosse la testa.

«Lucia, com'è successo?».

«Questo dovrei chiederlo io a te, Marilì!» le rispose risentita. «Noi ci siamo sempre raccontate tutto, non è vero? Siamo più di due comari; noi due siamo amiche».

Maria Luigina Pennisi e Lucia Paoletti abitavano a Roma, al palazzo dei ferrovieri di via Benzoni al civico 5, in due appartamenti allo stesso pianerottolo.

«Noi siamo quasi sorelle, Lucia».

«Marilì, tu mi hai raccontato che Ernesto dopo quella volta, insomma...» non riuscì a proseguire. La memoria si era inceppata su quell'episodio che non riusciva a scacciare.

Era accaduto due anni prima. Lei stava canticchiando *Ba, Ba, Baciami piccina sulla bo, bo, bocca piccolina* quando aveva sentito una porta sbattere con violenza e la voce imprecante di Ernesto. Poco dopo, un bussare sommesso si era trasformato in un lamento. Aveva aperto a Marilì con il viso coperto di sangue e la mano sulla pancia dolorante.

«Comare! Che ti è successo? Oddio, quanto sangue, sei caduta? Su, entra».

Sostenendola con un braccio, si era affrettata a chiudere la porta. L'aveva condotta sul letto matrimoniale perfetto e senza una piega. «Presto, sdraiati qui. Insomma, che ti è successo?» domandava, mentre ripuliva la ferita fra i capelli. «Ecco, ora va meglio. Dimmi, qualcuno ti ha fatto del male? Su, su, amica mia, racconta come stanno le cose. Ho sentito Ernesto arrabbiarsi con te. Forse è per la divisa?».
L'altra aveva continuato a tacere, raggomitolata sul letto con le mani sulla pancia.
«Lo sai che per ravvivare il colore nero della divisa adesso metto l'infuso d'edera? Molto meglio del concentrato di bile che faceva una puzza infernale» aveva ciarlato per alleggerire la tensione.
«No, no» sussurrava Marilì.
«Allora lui ti ha sgridato per qualche altra cosa che non hai fatto?».
«Il bambino… è per il bambino…».
«Il bambino? Martino?».
«Il bambino ma non Martino; capisci, ora, Lucia?».
«Il bambino, non Martino…» Poi, all'improvviso, aveva compreso: la sua amica era di nuovo incinta, beata lei.
«Ernesto non è contento di un nuovo figlio?».
«Un altro figlio, se nascerà; lui mi ha picchiata anche alla pancia».
«Che violento».
«Lui mi ha detto che con me…».
«Ti ha detto…»
«Mi ha detto che con me non c'è gusto. Che… che… ogni botta è un figlio».
«Ma se tu hai solo Martino… Oh! Allora ti ha picchiato altre volte?» aveva domandato incredula.
«Ne ho perso un altro perché mi ha obbligata, mi ha portata da…».
Marilì non era riuscita a proseguire. La sua coscienza la richiamava di continuo, facendola piombare in un senso di colpa senza assoluzione. "Dovrei smettere di pensarci" si disse, mentre di nuovo ricordava. Il fatto era avvenuto in un lurido scantinato invaso dall'odore acre di vino; le si era incistato dentro, aggrovigliato in un presente continuo e assillante.

Ernesto mi strattona malamente; io cerco di sfuggire. Con una manata toglie i fiaschi e le damigiane che coprono il tavolo. «*Assìttete*», mi ordina «*e aprì 'sti cosse sinnò sò mazziate*». Una voce femminile ripete sguaiata: «*Tiene scuorno? Aie voluto o' pisce? Mò sputa 'a spine!*» mentre mi obbliga a bere un intruglio amaro con due dita di vino. Sono intontita. Ah, che dolore quel ferro che mi buca dentro! Le contrazioni sono più forti di quelle del parto. Mio Dio, che vergogna. Dopo, nella confusione, nello stordimento, sento la voce sguaiata precisare: «*Nu guaglione*».

«Lui ti ha fatto fare questo? Ma è peccato. Peccato mortale! Almeno ti sei confessata?».

«Sono andata da don Santino a Santa Galla. Ho fatto la penitenza che mi ha dato ma...»

«Ma cosa?».

«Mi ha detto anche che come moglie non mi posso rifiutare quando lui... quando lui, per forza... e se io rifiuto... faccio peccato, perché il matrimonio è il rimedio alla concupiscenza. Così mi ha detto don Santino». Finalmente Marilì era riuscita ad aprirsi. Il resto della storia della sua vita, di quello che era stata, l'aveva seppellito assieme ai ricordi di sua madre.

«E don Santino che ne sa della vita degli sposi? Lui fa il prete e non sa niente dell'amore, tranne quello che è peccato e peccato mortale!».

«Comunque oggi ho detto a Ernesto che se mi tocca un'altra volta o vuole fare... io l'uccido!» aveva dichiarato con uno sguardo duro e determinato.

«Che dite, comare?» l'aveva ripresa, dandole del *voi* come non le accadeva da tempo.

«Lo uccido, col bisturi di mio padre. Ho ancora tutti i suoi ferri».

«Oh, Marilì, smettete di pensare a queste cose. Ora calmatevi. Se ce la fate, vi accompagno a casa prima che Martino si svegli». Abbracciate, avevano percorso i pochi metri che separavano i loro appartamenti. Da quel giorno non si sentirono più le grida di Ernesto. Silvanella nacque prematura quattro mesi dopo, il 30 luglio 1943, pochi giorni dopo la caduta di Mussolini, quando tutti credevano che la guerra fosse finita.

«Marilì, amica mia, quando mi raccontasti di Ernesto, di quel giorno che...» chiese Lucia.

«Quel giorno che lui mi picchiò e io rischiai di perdere Silvanella» precisò lei.

«Ecco... tu mi dicesti che da quel giorno lui... insomma non ti si è più avvicinato, è così?».

«No, mai più; lo avrei ucciso. Credimi, Lucia; lo avrei fatto».

"Allora ricorda, ricorda tutto", pensò sollevata.

«E... uhm... è successo che qualcuno, qualcun altro ti abbia molestato?».

«No, no! Assolutamente», affermò. Senza conoscerne le motivazioni, Marilì sentiva lievitare dentro di sé un vigore interiore che credeva perduto. Le parole le uscivano facilmente.

«Che avresti fatto? Lo sai che gli uomini, se vogliono, ti prendono con la forza e tu non puoi fare niente? È... stato forse qualche tedesco?».

Finalmente Lucia l'aveva detto. Era stato il suo primo pensiero quando aveva visto la testolina rossa della bambina. L'esercito tedesco che occupava Roma si era incattivito con la popolazione che percepiva ostile. Le aggressioni alle donne sole potevano capitare, ma sia lei che Marilì non erano mai da sole quando uscivano per fare la fila per il pane e gli altri generi. Con le donne del palazzo si riunivano in un gruppetto, sperando nella protezione dell'unione.

«Un tedesco? Ma che dici? Brr che freddo. Lucia, perché fa così freddo?» le domandò, rabbrividendo.

«Fa freddo perché siamo alla fine di novembre e nella casa dei nonni Paoletti a San Martino al Cimino. Giovanni ci ha portato qui, con la camionetta delle suore, dopo il bombardamento del nostro palazzo, a Roma, in via Benzoni, ti ricordi? Dimmi, ti ricordi?».

Marilì non rispose. Sentiva in testa una grande confusione: ricordava cose lontane, ma nulla di quello di cui parlava Lucia. Il bombardamento? Ma quale? La bambina, com'è venuta la bambina? Che cosa è accaduto? rimuginava mentre gustava le ultime cucchiate di brodo con la stracciatella.

«Dove stanno Martino e Silvanella?» le venne da chiedere.

«Non ti preoccupare; i tuoi figli sono al piano di sotto, da mia cognata Ginetta, la moglie di Romeo». Lucia capì che non era il momento di insistere con lei.

La neonata iniziò a frignare. Marilì l'avvicinò al seno e la piccola prese subito a succhiare. Un attimo dopo madre e figlia si guardarono negli occhi, a lungo, come per riconoscersi. "Non è possibile. Non è possibile; i neonati non ci vedono", si disse frastornata, osservando quegli occhi dalla sfumatura azzurrina. Nonostante lo smarrimento in cui si trovava, intuiva che l'esserino sconosciuto attaccato al suo seno le stava donando qualcosa. Toccò le sue piccole mani, contando le dita a una a una. "Un tocco e un'ubriacatura. Sono in preda a un sortilegio", pensò. Il mento prese a tremarle; gli occhi s'inumidirono, mentre un calore interno s'irradiava dilatandosi per tutto il corpo. Emozioni misteriose le filtravano nel cuore, come l'acqua tumultuosa di un torrente primaverile. Sentiva il suo corpo diventare vigoroso, possente, ricco di una forza inesplorata. Un senso di onnipotenza la stordì come uno schiaffo. Non aveva provato nessuna di quelle sensazioni con gli altri figli.

"Devo ricordare, devo ricordare", pensò, mentre la bambina la riempiva di gioia succhiando il latte miracolosamente arrivato.

L'uomo giunto al casaletto dei Pedrini sembrava morto, tanto era stato torturato. Respirava appena con il torace in frantumi per le percosse e il volto ridotto a una maschera informe; la gamba destra cadeva a penzoloni. Romeo Paoletti era stato di poche parole.

«Ecco, dottore, lo sistemiamo qui, in questa intercapedine che si può facilmente mascherare» aveva detto, lasciando quel carico umano in fin di vita.

«Ma come farò a curarlo? Non ho le medicine adeguate» aveva provato a dire il dottor Pedrini.

«Queste sono delle medicine nuove per combattere l'infezione e poi ci sono garze e bende; e queste altre sono fiale di morfina per smorzare il dolore. Ha tutto quello che le serve, dottore».

«Ma dovrà pure mangiare il pover'uomo. Per riprendersi».

«Queste sono provviste per il pover'uomo», aveva aggiunto Romeo sarcastico «e queste per la vostra famiglia» aveva concluso, mentre scaricava dalla spalla due zaini colmi di cibo. Poi, prima di andare via, prendendo il dottore per il bavero gli aveva intimato due ordini.

«Non parli mai col ferito, ha inteso? Ho detto mai. Poi si ricordi di sotterrare le fiale delle medicine usate. È una precauzione d'importanza vitale. Siamo intesi?».

Il dottore aveva annuito, atterrito.

Romeo era tornato dopo due mesi, di nascosto, senza nemmeno salutare la sua famiglia.

"Uno sforzo ancora e poi tutto finirà", si era ripetuto. Aveva costatato la ripresa del ferito e, come un pacco, se l'era caricato sulle spalle, portandolo via.

Prima di andare, aveva suggerito al dottor Pedrini di trasferirsi con la sua famiglia nella grande casa dei nonni Paoletti.

«Lì fa meno freddo e sarete più al sicuro».

Il ’68
Marigiò

Roma, marzo 1984

«Buongiorno. Vorrei lasciare questa busta per la stanza ventisei, per cortesia» disse Marigiò al portiere dell’albergo. Aveva deciso all’ultimo momento di lasciare un biglietto in bianco allo sconosciuto che, se avesse voluto, avrebbe capito. “Non può finire così. No. È stato troppo inebriante”, pensò.

Aveva dormito male, dopo. Solo una telefonata l’aveva rasserenata con una notizia sorprendente: Tom Vannucci sarebbe arrivato a Roma per un incarico politico prestigioso! Aveva conosciuto Tom in ospedale a San Diego, al capezzale di suo figlio Kevin, il genetista con cui da anni collaborava negli studi sul diabete. Lei voleva bene a quel giovane collaboratore, senza sapere perché; per un’istintiva simpatia o forse per il cognome italiano, chissà; ormai lo considerava quasi un fratello minore. Per una bizzarria del destino, proprio il genetista Kevin Vannucci non trovava un donatore geneticamente compatibile per liberarsi dalla dialisi, ormai necessaria dopo un terribile incidente automobilistico che lo aveva privato dei reni e immobilizzato per mesi. In ospedale lei e Tom si erano incrociati tante di quelle volte che erano diventati amici, accomunati da uno sfuggente rimpianto della loro italianità. Lui era stato in Italia durante la guerra e accennava a quel periodo con un certo non so che di misterioso ed emozionante. A volte si divertivano a parlare in italiano, quasi a fare un piccolo dispetto a Kevin che quella lingua non la conosceva. Quando alfine il giovane era stato dimesso dall'ospedale, lei e suo marito Peter erano stati invitati a villa Vannucci a Palm Springs. La casa era piena di opere d'arte moderna: Picasso, Rothko, Warhol, un museo privato nel deserto, tranne due ritratti a olio che ritraevano, in pose classiche, due donne ormai scomparse: una bruna, la madre di Kevin, e l'altra con una capigliatura infuocata, la madre irlandese di Tom.

«Cara Marigiò, ti farò un sequenziamento del DNA per vedere se hai anche tu qualche gene irlandese», le aveva dichiarato Kevin Vannucci, vedendo i suoi capelli accendersi con i colori del deserto.

"Basta ricordi", si stava imponendo Marigiò. Doveva scrollarsi la sensazione di una parvenza di famiglia come quella che si era costruita con i Vannucci in America. Lei la sua famiglia l'aveva qui in Italia, purtroppo.

«Mi scusi. Ho fretta. Potrebbe prendere questa busta, per favore?» insistette con il portiere affaccendato.

«Me la dia. Vediamo. Uhm stanza ventisei: è il dottor Marini» disse lui, ponendo la busta nella sua casella.

"Dottor Marini? Fabrizio è un medico?" si chiese con disappunto.

«Guardi che il dottore è appena uscito. Se si affretta, dottoressa, fa in tempo a prendere il primo pulmino per il Congresso; altrimenti il secondo arriverà tra cinque minuti».

«Congresso?» domandò invano all'indaffaratissimo portiere.

Il cartellone con le indicazioni della manifestazione era, invece, ben visibile nella hall. Molte persone erano lì davanti a consultare orari e programmi del VI Congresso Mondiale sul Metabolismo. Per curiosità si avvicinò anche lei. Cercò nella lista degli interventi il suo argomento e il nome del relatore. Lavorava da tanti anni sul problema del rapporto tra l'insulino resistenza e il diabete tipo 2 che ormai era diventata un'esperta di fama internazionale. Ricordò le interminabili discussioni con Peter sull'argomento mentre osservavano i topi resi diabetici da un eccessivo ingrassamento. Alla fine, era stato facile collegare le medesime conclusioni agli esseri umani; negli USA c'era un tasso di obesità impressionate. La curiosità la fece mercanteggiare con se stessa per qualche minuto, mentre il suo *time schedule* della giornata iniziava a traballare. Decise che, in fin dei conti, poteva rimandare la ricognizione nel reparto di endocrinologia dell'ospedale Santi Cosma e Damiano, quello del concorso. I suoi occhi avevano registrato l'immagine di un uomo dal ciuffo nero da un finestrino del primo pulmino che filava via.

Il pulmino numero due era arrivato in ritardo; le rimostranze chiassose dei congressisti crearono una tale confusione che lei riuscì a sgattaiolare dentro il palazzo dei Congressi senza il badge regolamentare.

"Starò pochi minuti, solo per curiosità", si disse convinta. Si sedette in fondo alla sala.

«I meccanismi dell'azione dell'insulina, seppur complessi, sono stati chiariti dal biochimico...» Il relatore procedeva spedito, Marigiò lo ascoltava con piacere.

«E possiamo, quindi, aggiungere che l'obesità e l'insulino resistenza sono interconnessi, come si può osservare nel grafico 1 e 2, secondo gli studi di Pearce and Pearce...».

Pearce and Pearce erano lei e Peter. "I primi riconoscimenti della loro ipotesi e poi i graduali successi internazionali", ricordò. Una soddisfazione impensabile per lei che era stata destinata a tutt'altro.

«E più dettagliatamente M.G. Pearce ha precisato il valore predittivo dell'obesità viscerale per l'insorgere di disturbi metabolici quali il diabete tipo 2, le dislipidemie e le malattie cardiovascolari...» continuava il relatore. Le citazioni dei suoi studi erano corrette e spiegate in modo chiaro.

«La pancia, cara mia, è la pancia che fa venire l'insulino resistenza o forse è il contrario? Tanto fa lo stesso, non pensi?» le sussurrò una congressista seduta al suo fianco. Lei annuì sorridendo.

«E infine un mio pensiero». L'oratore fece una pausa a effetto, mentre con la mano destra si aggiustava il ciuffo disordinato di capelli neri. «Dobbiamo trovare delle parole semplici per comunicare questi concetti ai nostri pazienti che...».

Marigiò si alzò di scatto urtando la collega chiacchierona, mentre le ultime parole dall'altoparlante l'accompagnavano all'uscita. Doveva assolutamente fuggire via, prima che Fabrizio la vedesse. Ormai si era fatto tardi; cambiò programma: sarebbe andata a trovare suo fratello Martino.

Luisa, sua cognata, l'accolse con un sorriso: «Ciao, Marigiò, entra».

«Scusami se sono venuta in anticipo, ma...».

«Non ti preoccupare, mi fa piacere la tua compagnia. L'altro giorno, al funerale, non è stato possibile scambiare nemmeno qualche parola. Possiamo pranzare insieme: stavo apparecchiando» disse, trafficando nel tinello alla tirolese. Comunicava sempre un senso di serenità, Luisa, con il suo viso tondo e il corpo robusto, trattenuto a stento in un vestitino verde.

«Luisa, cos'è questo buon profumino?» chiese annusando l'aria.

«Non dirmi che non lo riconosci? Forza, odora» propose, alzando il coperchio della pentola fumante.

Un aroma inconfondibile invase il naso di Marigiò e i ricordi tornarono prepotenti.

«Mi sembra ma non è ancora il tempo. Se non sbaglio si dovrebbe fare a fine aprile. Non ci sono ancora i carciofi né i piselli».

«Allora ti ricordi!».

Luisa era soddisfatta di aver preparato quella sorpresa per sua cognata. Si era ben organizzata, scovando addirittura le primizie, per avere tutti gli ingredienti.

«Non dirmi che è proprio la minestra *virtù*?» chiese sbalordita.

«Sì, è proprio quella! Tua madre la faceva così bene».

Marigiò ricordava tutto il rituale dello stanare qualche legume rimasto nelle buste o nei barattoli di casa. La parte più complicata della lunga preparazione era la ricerca delle verdure e delle erbette. Alcune dovevano andare a cercarle nei campi verso l'Appia Antica.

«Oh, Luisa, grazie; sono anni che non la mangio».

«Allora, assaggia questa. È senza pasta. Devo stare attenta; ho un po' di glicemia», precisò.

«Fammi vedere le tue analisi. In America una mia consulenza costerebbe un mucchio di dollari».

Si pentì subito di quello che aveva detto; in Italia *it's not polite* accennare ai soldi.

«Dopo; ne parliamo dopo pranzo. Ora non pensiamoci».

Mangiarono in silenzio, godendo i sapori dei legumi, delle spezie e delle verdure.

«Sai, mi ha fatto un certo effetto vederti al funerale sottobraccio a Martino. Sembravate vicini, emotivamente intendo. Non è così?» le chiese Luisa tra una cucchiaiata e l'altra. Marigiò annuì: anche lei si era sentita vicina a suo fratello, che non vedeva da dieci anni.

«È da troppo tempo che non v'incontravate più di persona» continuò. «Tra di voi solo qualche lettera e le telefonate di rito alle feste o per motivi di salute. Non trovi che sia un po' poco, per un rapporto tra fratelli?».

«Hai ragione. Non è per scusarmi, ma quando vivi così lontano ti abitui a non aver bisogno dei parenti. Anche la mamma di Peter la frequentiamo poco, non credere».

«Tua madre, invece, veniva qui quasi tutti i giorni negli ultimi mesi».

Marigiò non sapeva nulla delle piccole quotidianità della vita di sua madre. Stupita, domandò: «Veniva per incontrare le tue figlie, non è vero? Le ho intraviste al funerale, sono diventate delle belle ragazze».

«No, figurati! Loro non sono mai in casa. Tua madre veniva per parlare con me. Sai cosa mi ha raccontato a proposito di questa minestra?».

«Che gliel'aveva tramandata sua madre, la nonna Maricò?».

«Sì, certo. Pensa che tua nonna Maricò aveva immaginato che attorno alla minestra *virtù* ci dovesse essere dell'altro».

«Tipo?».

«Aveva pensato che ciascuno di noi ha una o più virtù nel proprio carattere, che poi la vita forgia o modifica. Lei aveva individuato per se stessa la virtù dell'obbedienza».

«L'obbedienza? Ma l'obbedienza può essere sottomissione, incapacità di reagire. Non mi pare proprio una virtù, piuttosto mi sembra una debolezza».

«Forse il suo pensiero va inquadrato nel periodo in cui è vissuta, non credi?».

«Già, forse è così. Io non l'ho mai conosciuta. È morta dopo la nascita di Martino. So qualcosa di lei solo dai racconti di mia madre e dalle sue foto in bianco e nero».

«Anche tua madre si è riconosciuta delle virtù, sai. Era sicura che se un giorno tu fossi tornata – l'ha tanto sperato, non sai quanto – lei ti avrebbe detto così, come lo disse a me: *«Le virtù sono sette. La nonna ne ha individuata una, la mamma due come la figlia; la nipote completerà»*.

Marigiò avvertì un nodo alla gola, un sudore gelido imperlarle la fronte e la vista offuscarsi.

«Immaginava che, prima o poi, tu avessi dei figli o magari una figlia» continuò Luisa, senza essersi accorta del suo turbamento.

«Le sue virtù, quelle di mia madre, quali erano?» balbettò.

«Le virtù che tua madre aveva individuato in sé erano la pazienza e il perdono, anche se ti possono sembra... ehi, Marigiò che hai?» chiese, osservando il suo viso impallidire e il suo corpo afflosciarsi. «Marigiò, Marigiò! Stai male, mi senti? Rispondi!».

«Oddio, che faccio?» si domandava Luisa mentre la sosteneva da sotto le ascelle, per non farla cadere. L'aveva adagiata sulla panca della *stube* tirolese, mettendole due cuscini sotto le gambe. «E adesso? L'aceto; ma certo l'aceto. Mia madre l'usava sempre quando qualcuno sveniva».

Prese un fazzoletto bagnato con un poco di aceto e iniziò a passarlo sulle mani e sulla fronte di sua cognata.

«Sto meglio, Luisa, grazie» la ringraziò con voce esitante Marigiò, quando si riprese.

L'altra continuava a frizionarle le mani.

«Tu mangi poco, troppo poco; io lo so: è per la linea, non è vero?».

Luisa aveva fatto la sua diagnosi. «Ecco cosa succede a pensare alla linea! Lo dico sempre alle mie figlie che spiluzzicano e non mangiano niente» insistette ancora.

Marigiò si mise seduta, respirando a fondo. Sua madre aveva ricordato le sue virtù: pazienza e perdono. Un'ondata di stordimento la riassalì prepotente.

«Come ti senti? Sei ancora pallida».

«Va meglio, non ti preoccupare. Sei stata brava a mettermi i cuscini sotto le gambe. Si chiama posizione Trendelenburg. Serve per far ritornare il sangue al cervello».

«Beh, è stato un onore soccorrere una dottoressa».

«Grazie, davvero. Forse è la stanchezza: non ho ancora smaltito il fuso orario e ho avuto tanto da fare...».

«Se non te la senti di aspettare Martino e vuoi andare a riposare al tuo albergo, possiamo rimandare l'incontro a domenica prossima. Ho invitato a pranzo anche Silvana, così potrete parlare della casa».

«Dobbiamo parlare della casa di mamma e decidere cosa farne».

«Marigiò, te la senti di camminare? Vuoi che ti chiami un taxi?».

«No. Penso che un poco d'aria mi farà bene. Grazie di nuovo per la minestra e... a domenica» disse sulla porta, abbracciandola.

«A proposito, dimenticavo» aggiunse Luisa. «Queste sono le chiavi della casa di tua madre. Puoi prenderle». Un mazzo di chiavi con il vecchio e noto portachiavi di cuoio era sulla mensola all'ingresso.

«Okay. Magari ci vado uno di questi giorni. Grazie, Luisa».

Marigiò si diresse alla stazione della metropolitana Garbatella, lì a due passi.

Sciopero, così era scritto sul cartello della stazione silenziosa. Fece rapidamente dietro front e come un automa si diresse verso via Benzoni numero 5: la casa di sua madre.

Erano passati dieci anni da quando l'aveva lasciata. Aprì la porta lentamente. Fu investita dall'odore di chiuso, dall'odore di morte. Come un tuono che segue il fulmine, dopo attimi sospesi d'illusoria normalità, così le emozioni bloccate dopo il funerale parvero gridare prepotenti. L'impatto fu deflagrante. Il bozzolo che aveva costruito per imprigionare la parte più fragile di se stessa iniziò a disgregarsi. Di colpo la linea del tempo sembrò trapassarla, dividendola tra un prima e un dopo che aveva voluto rinnegare. Il suo cuore prese a battere all'impazzata: cominciò ad annaspare come dopo una lunga corsa. Rimase a lungo inebetita. Si era illusa che con la volontà tutto si può rimediare e invece il passato era lì ad attenderla senza sconti. La luce del giorno filtrava tra le persiane chiuse, evidenziando una lama di pulviscolo sospeso che liberò le prime lacrime.

«Mamma… mamma», sussurrò, sciogliendo il grumo di dolore. Un lieve fruscio la sorprese all'improvviso. Il cuore si arrestò per un attimo. Il ronzio alle orecchie si trasformò nello scivolare lieve di sua madre sul pavimento lucido con le pattine. «Mamma? Sei… sei tu?» domandò speranzosa. Le mura rimasero silenziose.

Si mise a inspirare profondamente, per rintracciare l'odore di sua madre: un misto di iodato, segno del suo lavoro d'infermiera, e di borotalco Felce Azzurra. Era l'odore della sua presenza in casa che la rassicurava da bambina.

Era rimasta per chissà quanto tempo in mezzo al corridoio, svuotata di ogni energia, con il viso bagnato; poi, traballante, aveva aperto le persiane della sala da pranzo, del bagno e della cucina. Quelle della camera di Marilì, no. Non era riuscita nemmeno a posare la mano sulla maniglia della porta. Non se l'era sentita di entrare lì, di invadere lo spazio di sua madre dopo averla rifiutata per dieci anni. Aveva provato dei brividi al solo guardare la porta chiusa, temendo che ancora vi aleggiasse qualche traccia dei giorni della sofferenza e del dolore, come un'impronta che non si cancella nemmeno con la scomparsa della persona.

"Forse sono brava a curare solo gli estranei, altrimenti avrei dovuto precipitarmi qui per starle vicino e accudirla", aveva pensato con amarezza. Il dolore si era fatto così intenso che aveva deciso di andare via subito. «Non voglio rimanere intrappolata qui. Sono stata così brava a disciplinare le mie emozioni», ripeté sicura a voce alta, anche se si sentiva sfinita. Avrebbe voluto dormire di un sonno sconfinato e liberatorio.

Solo per un'ultima curiosità aveva aperto la sua stanza di ragazza – uno stanzino, con una finestrella per l'aria che dava sul pianerottolo.

Era rimasto tutto come prima: l'armadio conteneva ancora i suoi libri di studio e qualche romanzo; in un cassetto c'erano i suoi pigiami e la biancheria intima. Il letto appariva appena fatto, con la copertina azzurra che le piaceva tanto. Sul tavolino, dove per tanti anni aveva studiato, c'era in bella vista la sua feluca rossa, distintivo dello studente di Medicina, coperta da un cellofan trasparente. Senza pensarci, si era messa in testa quel cappello di feltro a punta in stile medioevale, addobbato con i vari ammennicoli: un ciuccio, una siringa, una scatola di medicine, una confezione di preservativi; nel cordoncino c'erano appesi tanti *scalpi* di vario colore e il fischietto di ordinanza. Si era seduta sul suo lettino, con gli occhi chiusi. Un'ondata di emozioni accantonate si rianimò dall'angolino buio dell'oblio. I ricordi riaffioravano come lampi, riuscendo a rischiarare il suo vissuto. Il passato stava diventando di nuovo il presente.

"È il sedici marzo 1968. Sono nella piazza della Minerva: sto andando di corsa a lezione di Fisiologia. Seguo tutte le lezioni con una gioia immensa: mi sento una miracolata a poter frequentare l'università. Per questo non mi faccio distrarre dal problema del Vietnam o del razzismo, tanto riguardano gli americani. Tuttavia mi piace il ribelle Ernesto Che Guevara, che somiglia un poco, appena un poco, al vichingo che mi ha scalpato due anni prima quando ero ancora una fetente matricola. Ci penso sempre a qual ragazzo, il più bello mai incontrato, con i capelli biondi, lunghi come quelli dei capelloni e occhi azzurri come lapislazzuli. Ecco che sento urlare tra la folla accalcata sotto le scalinate della facoltà di Lettere: «I fascisti, cazzo!

Andate via, via!» Alcuni ragazzi vestiti malamente, senza la giacca e la cravatta del bravo studente, spostano con grida e spinte la folla studentesca, incitandola a non mescolarsi con i fascisti che stanno occupando la facoltà. Tante ragazze con i cappottini leggeri, i capelli cotonati e i tacchi a spillo cinguettano elettrizzate davanti alla facoltà, finalmente piena di ragazzi. L'aria non ancora primaverile è frizzantina ma, nel contempo, emana un calore elettrico davvero insopportabile.

«Che succede? Perché non si passa?» domando a un barbuto con un giaccone sporchissimo.

«Sei cretina? Certo sei di Lettere! Ma davvero non lo sai quello che stanno facendo questi merdosi di fascisti?» mi dice in tono di disprezzo. Mi pento di avergli parlato, disgustata dal suo odore.

«Quelli menano: ecco cosa fanno i fascisti. Non ti ricordi di Paolo Rossi? L'hanno buttato giù dalla scalinata. Poveraccio, io lo conoscevo; era un mio collega di Architettura» precisa, e intanto incita la folla: «Spostatevi! Avete capito? Ehi ragazze, andate via! Ma tu stai ancora qua?» mi domanda arrabbiato «Allora sei cretina al quadrato, hai capito che i fascisti menano?» mi urla il barbuto puzzolente per sovrastare i rumori della massa giovanile urlante.

Io non reagisco: rimango lì a guardare la folla studentesca che, come un'ameba, si sposta oscillando nella piazza, dalla facoltà di Lettere verso quella di Legge. Non mi ci raccapezzo. Fino a qualche giorno fa, il primo di marzo 1968, non erano stati insieme i fascisti e i comunisti a Valle Giulia? Non avevano attaccato insieme la polizia che voleva sgomberare la facoltà di Architettura? Pure Pasolini mi aveva confuso le idee, dicendo che stava dalla parte dei celerini, considerati dei poveracci, mentre aveva bollato gli studenti come dei piccolo borghesi.

«Senti, cretina, vattene prima che ti succeda qualcosa» mi dice il barbuto in tono più gentile. «Ma sei vuoi capirci qualcosa, puoi partecipare ai nostri collettivi; vieni a via dei Reti 38».

«Grazie», rispondo. E, mentre sto andando via, sento una voce mai dimenticata.

«Ascell, e che cazzo! Sempre dietro alle fiche. Vieni qui».

«Vengo subito, Marco; è che io stavo dicendo a questa cretina...» risponde il barbuto, sull'attenti.

La voce è quella del vichingo che mi aveva scalpato, con la barba più lunga e un bastone in mano. Sembra un attore maledetto con un liso maglione celeste e un paio di Levi's 501.
Ma non mi ha nemmeno notata, tutto preso a coordinare la lotta armata. "Per due anni ho sperato di incontrarlo, almeno alla festa della matricola, e lui non mi nota", penso disorientata. Sento strilli, invocazioni e il gracchio delle sirene della polizia. Sono così delusa che non riesco a muovermi, eppure accanto a me la folla urlante è come impazzita. Vedo dei ragazzi, che non sembrano affatto degli studenti, correre rabbiosi con i manganelli nascosti sotto le bandiere, assieme a persone adulte che li indirizzano verso la facoltà di Giurisprudenza, mentre la polizia, chiamata dal rettore, penetra con le camionette nella Città Universitaria. Alfine, realizzo di essere in pericolo. Dalle finestre di Giurisprudenza iniziano a piovere gli oggetti più disparati sulla folla raggruppata di sotto: sedie, lumi, panche. Molti ragazzi del Movimento Studentesco sono centrati ad arte e il sangue scorre a fiumi. I giovani gridano per le ferite, i celerini gridano per bloccare gli studenti, i fascisti assediati dentro la facoltà gridano contro tutti.
Ecco che dalla finestra del terzo piano viene gettato un lungo tavolo di legno. Un ragazzo della folla ne è colpito sulla schiena. Sento addirittura il rumore delle ossa rotte. Il mio cuore perde un battito; penso che sia morto, prima di vederlo portar via dai suoi compagni. «Maledetti fascisti!» grido anch'io mentre mi allontano di corsa. Arrivo all'istituto di Fisiologia tremante ma decisa. Cercherò di rivedere il mio vichingo di cui so anche il nome, Marco."

"Dovrei andare via subito", aveva pensato. Il passato l'aveva svuotata delle ultime forze. Non sarebbe stata in grado di camminare. Si era stesa sul suo lettino. «Solo per qualche minuto, lo giuro», aveva ripetuto più volte «Lo giuro… Mamma… Marco…».

Aveva dormito malissimo per dodici ore. Si era svegliata definitivamente alle quattro di mattina dopo l'ultimo sogno nel quale compariva, sovrapponendosi, l'immagine di due uomini con la barba bionda: Peter e Marco.

"Devo assolutamente fare un caffè per svegliarmi", si disse, mentre con le mani tremanti stringeva la piccola caffettiera. Alle sei era pronta; non albeggiava ancora. S'incamminò a piedi per raggiungere il suo albergo anche se era un lungo tragitto. Aveva bisogno di fare un poco di attività fisica per scaricare il peso dei ricordi; doveva recuperare la Marigiò degli ultimi dieci anni. In fin dei conti lei era la dottoressa M.G. Pearce, la donna precisa e razionale. Si propose di stilare una doppia lista: da una parte avrebbe scritto le situazioni dolorose che, prima o poi, avrebbe dovuto affrontare, dall'altra quelle gradevoli o almeno di recupero emotivo.

Innanzitutto, poteva fare la turista a Roma. Ormai si era liberata dal 'callo al bello' tipico degli italiani, e godeva nello stupirsi delle meraviglie della sua città. "Sì, questa è davvero una buona idea" si disse. Erano quasi le sette e l'alba stava per dare inizio alla sua rappresentazione. Decise di prendersela comoda e di salire sul colle oltre Tevere. Dalla terrazza del Gianicolo si godette tutto lo spettacolo del sole rosato che illuminava la città come un faro cinematografico, palazzo per palazzo, finché Roma fu tutta dorata.

Al bancone della *conciergerie,* il portiere dell'albergo Dea Atena stava chiacchierando con una persona. Lo riconobbe subito il dottor Fabrizio Marini. Lei aveva fretta di salire in camera, di farsi un bagno caldo, di telefonare, di riprendersi la sua vita più recente e rassicurante. Lui, al rumore dei suoi passi, si girò guardandola a lungo. Si soffermò sulla sua chiave, ancora in sede nel pannello dietro al portiere; abbozzò un sorriso stirato.

"Ebbene, che vuoi? Perché mi guardi? Pensi che abbia passato la notte fuori? E a te cosa importa? *Son of a bitch*!" stava pensando, mentre lui continuava a guardarla.

«Vuole la sua chiave, dottoressa?» le chiese il portiere, interrompendo quella tensione.

«Sì, grazie» fece lei in italiano, mandando all'aria ogni strategia e tattica.

«E poi ci sono tanti messaggi. Molte persone l'hanno chiamata ieri sera, per ultima una certa signora Andreina anche pochi minuti fa» insistette il portiere.

«Mi dia la chiave e i messaggi, prego».

Dal telefono della hall chiamò subito Andreina. «Sono rimasta da mia cognata», aveva iniziato a scusarsi «e sai come vanno queste cose;

poi mi sembrava troppo tardi per telefonare. Mi dispiace che tu ti sia preoccupata. Certo che ci risentiamo. Ti chiamo io. Non so ancora quando, ma ti giuro che richiamo io», affermò, concludendo così la sua *apologize*. Andreina l'avrebbe messa nella lista delle situazioni pesanti. Quando erano insieme, avvertiva nell'aria lo scoccare della domanda fatale.

Infine, prese le sue cose e si avviò, percependo l'occhiata di Fabrizio che la seguiva.

Andò in camera e decise che, al posto del bagno caldo, avrebbe fatto una nuotata nella piscina riscaldata al piano terra. Portava sempre un costume e la cuffia in tutti i suoi viaggi. S'immerse con sommo piacere nell'acqua a temperatura perfetta. Iniziò a nuotare a bracciate regolari, seppure brevi, per le scarse dimensioni della piscina. Stile libero, rana, dorso, e poi ancora libero, rana; stava per girarsi per il dorso quando una mano le tolse la cuffia liberandole i capelli. La sorpresa la fece boccheggiare nell'acqua bassa del viraggio. Un profumo maschio, agrumato, l'avvolse.

"*My God*, è lui!" pensò.

Fabrizio era lì, con il suo piccolo costume blu che non nascondeva nulla, con i capelli bagnati che scuoteva liberi. «Sono americana», si burlò di lei, facendole il verso «così hai detto, vero, cara la mia dottoressa Pennisi?». All'albergo aveva dato il suo cognome italiano per le comunicazioni del concorso.

«Sono anche americana io, in effetti» si sentì di rispondere.

«Sei qui per il congresso?».

«Congresso? Oh, no». Era sicura di essere andata via in tempo, prima che lui la vedesse. Fabrizio si era avvicinato pericolosamente: solo pochi centimetri di stoffa elasticizzata li dividevano.

«Ti ho aspettato tutta la notte, sai» le sussurrava «sono passato e ripassato per vedere se la tua chiave era stata ritirata» mentre si stringeva a lei. Il suo desiderio era inequivocabile e a lei venne voglia di strusciarglisi contro.

«Sono rimasta fuori» bisbigliava, cedendo all'abbraccio.

Aveva chiuso gli occhi mentre lui, incoraggiato, aveva abbassato le bretelle del costume e iniziato a baciarle i capezzoli.

Iniziò ad ansimare: aveva una voglia pazzesca di lui; voleva baciarlo sulla bocca e poi dappertutto, ma aspettava a prendere l'iniziativa.

"Dovrei fermarlo... sono quasi a metà del ciclo", realizzava con l'emisfero destro.

Lui le scostò meglio il costume, quel tanto per far entrare il suo sesso che scivolò in lei come risucchiato da un vortice.

«Oh è perfetto!» esultò in un sussurro. Si sentiva felice; per la prima volta dopo tanti anni si sentiva felice. Non pensò più a nulla quando alla fine lui la baciò. La sua bocca profumava di caffè.

"E... se avesse qualche malattia?" ragionava con l'emisfero sinistro, mentre continuava a baciare, a odorare, a stringersi a lui. La sua vagina stringeva ritmicamente il suo pene in sintonia con i battiti del suo cuore; lui sorpreso e felice di questa sua reazione l'abbracciava più forte, affondando sempre più profondamente in lei, ruotando il bacino. Ogni tanto interrompevano i baci per guardarsi, per specchiare il desiderio e il piacere dell'uno nell'altro. Baciandosi e ondulando insieme nell'acqua tiepida, lei arrivò all'orgasmo quasi subito. Stava ancora abbandonandosi agli ultimi tremiti quando anche lui, guardandola con aria di possesso, esplose in lei. Si abbracciarono felici; tra loro scorrevano gli sguardi smarriti di chi ha scoperto qualcosa di straordinario e inatteso. Si sentiva così emozionata da non riuscire a staccarsi dall'abbraccio. Si riprese; percepì il pericolo che qualche ospite mattiniero potesse sorprenderli nella piscina. Si staccò con fatica da Fabrizio, si risistemò il costume. Nondimeno continuavano a guardarsi con uno sguardo carico di tenerezza.

"Perché mi sento così? Non è la prima scopata strana che faccio. È stato il bacio. Senza dubbio è stato il bacio", rifletté.

"Marco diceva che per fare sesso non era necessario baciarsi, ma se ami qualcuno il bacio è meglio del sesso. Maledetto Marco e il '68!" pensò, rabbuiandosi.

Marco l'aveva baciata otto mesi dopo che lei aveva iniziato a frequentare il *pensatoio*, come veniva chiamato quel lurido buco a via dei Reti 38. In quegli otto mesi si era risvegliata al sesso.
Aurora la bella addormentata nel bosco, così l'aveva rinominata Marco, quando si era accorto di lei.

«Ehi, dottoressa, ti senti bene?» le stava chiedendo Fabrizio. Era disorientato; aveva percepito il suo allontanamento.

«Sto bene» gli rispose Marigiò tornata nel presente. «Sto benissimo». Lui continuava a guardarla con i suoi occhi scuri in uno stupore smarrito.

"Se continui a guardarmi così ti bacio" pensò, trasmettendo questo pensiero a lui che le prese il volto fra le mani e iniziò a baciarla delicatamente. Le labbra le stavano diventando sempre più turgide mentre quelle maschie indugiavano sfiorando e poi combaciando con le sue. Le loro lingue si muovevano con sapienza antica; i loro sapori si mescolavano di nuovo, riconoscendosi perfetti l'uno per l'altro. I suoi battiti cardiaci sembravano rimbombare nella piscina vuota. Era senza fiato, senza forze, senza difese. All'improvviso, si staccò dal bacio e si mise a tremare piano, a piangere senza lacrime. Lui l'abbracciò forte, accarezzandole la testa.

«Sssh. Ci sono io, non temere. Ho saputo dal portiere dell'albergo di tua madre; mi dispiace. Quando perdi l'ultimo genitore non sei più figlio, non ti senti più protetto; è così».

In una frase, questo sconosciuto l'aveva consolata come ancora nessun altro aveva fatto. Si sciolse dall'abbraccio, uscì dalla piscina e si mise l'accappatoio.

«Grazie, Fabrizio. Ora scusami, vado in camera: sono stremata».

«Ci vediamo ancora?» chiese lui speranzoso, ancora in acqua.

«Forse» disse lei, senza girarsi.

Marigiò se ne stava di fronte al gruppo marmoreo di Apollo e Dafne del Bernini. *Il piacere dietro il quale corriamo o non si raggiunge mai o, se si raggiunge, mostra di avere un gusto amaro*, così era scritto sul basamento.

"Sembra che parli di me e Fabrizio" rifletté. Non aveva smesso un istante di pensare a lui. Doveva toglierselo dalla testa: "In fin dei conti non era stato che *one night stand*, la storia di una notte" si ripeteva per tacitare uno strisciante senso di predestinazione. "E se invece fosse lui l'uomo con cui raggiungere l'unione unica e perfetta?" fantasticò. Che domanda assurda! Da anni aveva messo da parte le aspettative del cuore e aveva fatto bene, senza alcun dubbio. Le emozioni le erano costate troppo; condividere le affinità elettive e l'amicizia con Peter era stata la scelta migliore. Eppure, percepiva che l'incontro con Fabrizio era stato unico e speciale, capace di innescare già la nostalgia.

"Non ci devo pensare" si impose mentre girava e rigirava intorno al gruppo marmoreo per convincersi che non c'era altra soluzione che fuggire o trasformarsi in un'altra cosa, come Dafne in una pianta di alloro. Un custode stava osservando con sospetto le sue manovre.

"Che cosa posso fare per dimenticarlo? Ho addosso ancora il suo odore. Lo sento forte, come se fosse qui accanto" si disse convinta.

«Dottoressa, anche tu qui?» chiese una voce maschile dietro di lei, mentre una mano si posava sulla sua vita, mimando il gesto di Apollo che tratteneva Dafne.

«Tu?» chiese incredula a Fabrizio. "Io ti sto pensando, anzi non faccio altro da ore e tu appari dal nulla? Le mie emozioni sono in grado di far comparire un corpo e degli odori? No! Non è possibile".

«Mi stai per caso seguendo?» aggiunse piccata.

«In verità no. Il congresso ha organizzato questa visita al Museo Borghese, dopo la conclusione dei lavori. Ogni tanto accade. Volevo chiederti una cosa» le sussurrò Fabrizio abbracciandola da dietro «Sei sposata?».

«Ho appena firmato le carte per il divorzio, in America», gli rispose. Fabrizio la girò, per vedere meglio l'espressione dei suoi occhi. Lei distolse lo sguardo, ma allungò la mano verso il ciuffo nero spettinato per sistemarlo, e poi di nuovo scompigliarlo. Lui sorrise sorpreso.

«E tu?» gli chiese.

«Separato e senza figli, purtroppo o per fortuna» rispose lui con una punta d'amarezza. «Non so quali sono i tuoi impegni a Roma, ma io dovrò tornare qui tra qualche giorno; potremo rivederci...».

«Lascia stare, Fabrizio. Va bene così». Le parole le uscirono sicure e senza ripensamenti. Una parte di lei ne fu quasi stupita, ma non poteva tradirsi: stava morendo dalla voglia di baciarlo davanti a tutti. "Il destino si può indirizzare", pensò con orgoglio.

«Okay, okay. Si dice così negli USA, vero?» constatò deluso. «Ho l'aereo tardi questa sera. Almeno verresti a cena con me?».

«Uhm, va bene. Ma niente domande personali. Prometti?».

«Prometto, lo giuro. Ti va di camminare? Se ti senti stanca, prendiamo un taxi».

«Stanca? Nient'affatto. Mi piace tanto camminare» dichiarò lei, di nuovo piena d'energia, sperando solo di non crollare. S'incamminarono, tenendosi per mano, dentro Villa Borghese con l'intento di raggiungere a piedi l'albergo Dea Atena dove il dottor Marini doveva ritirare i suoi bagagli.

«Sai, quando frequentavo l'università io e mio fratello abitavamo non lontano da qui» iniziò a raccontare Fabrizio.

«Ah sì? In che anno?».

«Io arrivai nel 1967, mentre mio fratello era già qui da due anni. Lui faceva Architettura. Ora è un architetto famoso e lavora con mio padre, collaborando con vari studi sparsi per il mondo. Io sono pugliese. Conosci la Puglia?» continuò lui.

«In verità no. Sono stata in giro per il mondo, ma l'Italia la conosco poco. Dovrò recuperare».

Lui si propose come guida parlando con trasporto di città, di opere d'arte e di straordinari panorami. Lei pensò che sarebbe stato bello averlo come compagno di viaggio. S'immaginò a contemplare insieme a lui il mare azzurro della Puglia, anzi a immergercisi dentro, abbracciati l'uno all'altra.

"Che assurdità" le ricordò la sua parte razionale, e l'immagine di loro due avviluppati nell'acqua svanì, disintegrandosi come una bolla di sapone. Nella vita reale lei e Fabrizio stavano camminando, mano nella mano, avvolti da un'aria limpida e calda, in un'intimità straordinariamente più profonda dell'incontro tra i corpi. Solo con Marco aveva camminato tenendosi per mano, si ricordò a un tratto.

«È a Valle Giulia, qui vicino, che praticamente è iniziato il '68. Ma questo lo sai sicuramente; tu c'eri allora e l'hai vissuto il '68, non è vero?» le chiese Fabrizio.

«Eccome», gli rispose sincera «mi ha rivoluzionato la vita». Marigiò ebbe la tentazione di confidarsi con lui, quasi uno sconosciuto. Non aveva nessuna amica o amico con cui aprirsi liberamente. La separazione in scomparti che aveva deciso dopo la storia con Marco valeva anche per le confidenze: ad Andreina non aveva parlato della vera natura del rapporto con Peter. A Peter aveva taciuto l'inconfessabile segreto di Senigallia; a Tom e a Kevin aveva mostrato solo la facciata del medico di successo; ai suoi fratelli non aveva mai confidato nulla di sé. Era sola, terribilmente sola.

«Che tempi quelli!» continuò lui. «Mio fratello mi trascinava dietro come un ragazzino ignorante qual ero. Il primo libro che mi mise in mano fu quello di Marcuse».

«*L'uomo a una dimensione*» precisò Marigiò, «l'ho letto anch'io». Era stato uno dei primi libri che Marco le aveva fatto leggere quando la saracinesca di via dei Reti 38 si era sollevata.

Era andata a quell'indirizzo il giorno dopo il 16 marzo 1968. Non vedeva l'ora di rivedere il suo vichingo. Non capiva per quale misteriosa ragione ne fosse così attratta, lei che disdegnava tutti, compreso Enrico, il figlio della comare Lucia che l'adorava da sempre. Tuttavia, a quel numero di via dei Reti aveva trovato solo una saracinesca abbassata che chiudeva malamente un ambiente silenzioso. La portiera del palazzo accanto le aveva detto che i compagni erano fuori per i volantini, guardando con disprezzo la sua divisa da ragazza per bene, quasi una pariolina – gonna grigia e twin set grigio – con il regolamentare filo di perle al collo. Si era sentita così a disagio dopo quell'occhiata che si era imposta di fare dei cambiamenti.

«Erano necessari dei cambiamenti» stava ricordando Fabrizio. «Ti ricordi lo slogan *Vietato Vietare*?»

«Sì, benissimo». Era la sintesi di tutto quello che i giovani rifiutavano: la famiglia, la società, le regole. Quello slogan lo aveva sentito così vero che, all'epoca, aveva avuto l'impressione di averlo creato lei stessa.

«Pensa che mio fratello, dopo Valle Giulia, stanco di stare a guardare, prese la sua Cinquecento e con dei suoi amici andò a Parigi per capire cosa stesse succedendo. Mi telefonò eccitato; troppe cose stavano accadendo nel mondo: la morte di Martin Luther King…».

«E l'inizio dei negoziati a Parigi tra gli americani e i vietnamiti per porre fine alla guerra del Vietnam» aggiunse lei, ripescando senza fatica nei ricordi. Quella stupida guerra era stata il primo collante della rivolta studentesca. Tutti i giovani erano compatti contro l'imperialismo americano nel Vietnam; tutti i giovani cantavano la canzone di Joan Baez *We Shall Overcome*.

«Ehi, ma sai tutto!» Fabrizio la guardava sorpreso, felice di aver trovato un'interlocutrice attenta e informata. Troppe volte, quando lui accennava a quel periodo, i suoi amici tagliavano corto o al massimo sghignazzavano ambiguamente sulle occupazioni studentesche. Anche Fabrizio non aveva dimenticato la sua occupazione alla Sorbona.

In un'aula deserta, infilato in un vecchio sacco a pelo mai lavato dalla Seconda Guerra Mondiale, aveva fatto l'amore per la prima volta nella sua vita con una francesina con cui amoreggiava in uno scadentissimo francese.

«In quell'atmosfera era impossibile stare solo a guardare. Mio fratello mi disse di raggiungerlo subito».

«E tu eri a Parigi in quei giorni? Beato te!» sospirò lei affannata. Aveva la sensazione che il cuore pompasse al doppio del suo volume. Il tocco di quella mano maschile produceva un alone caldo e impalpabile, vibrante nell'aria. Percepiva il proprio corpo e la mente che si dilatavano a dismisura. "Come ho fatto a vivere senza queste emozioni? Sono solo sopravvissuta" pensò. "Come un cactus nel deserto con poche e impreviste gocce d'acqua".

«Sì, presi il treno notturno con le cuccette e arrivai alla Gare de Lyon alle dieci di mattina: era il 9 maggio. Finalmente non avrei saputo più le notizie solo attraverso la radio o le telefonate di mio fratello. Anch'io volevo partecipare di persona».

«Dimmi, sono curiosa: mi ricordo di uno studente di ritorno dal Maggio francese che raccontava di assemblee in aule gremitissime, di una grande partecipazione. Era vero?».

«Altroché! Eppure, pensa che lì le università sono… erano grandi, confortevoli, mica come qui da noi. Noi non ci saremmo lamentati al loro posto».

Marigiò avvertiva il desiderio di lui di baciarla, di accarezzarla. Distolse lo sguardo da quegli occhi neri che non cessavano di scrutarla dentro. S'impose di ignorarlo. Non voleva lasciare lo spazio a parole private che non avrebbe più controllato. Il piccolo pertugio che si era aperto rischiava di incunearsi nel bozzolo. Con la scusa di prendere un fazzoletto, lasciò la sua mano e si ritirò nella sua protezione.

«Allora, vai avanti, racconta» gli disse con voce sicura.

«Allora…» continuò lui malvolentieri «il giorno dopo partecipai agli scontri del quartiere latino. La polizia francese picchiava duro, davvero duro. Guarda qui» disse, mostrando una piccola cicatrice sul sopracciglio sinistro. «I *flics*, i poliziotti francesi, erano abituati alle sommosse coloniali e non andavano per il sottile. Invero, anche noi rispondemmo facendo le barricate e rovesciando le macchine» sottolineò con orgoglio.

«E poi…?».

«E poi, dopo che tutti, tramite le radio, seppero della brutalità della polizia, si sollevarono anche i sindacati degli operai contro il governo; così avvenne il più grande sciopero generale di tutti i tempi. Non puoi immaginare com'era Parigi invasa pacificamente da milioni di persone che formavano una catena umana con le braccia intrecciate, gli uni agli altri, a urlare: «*Ce n'est qu'un debut. Continuons le combat!*».

«Non è che l'inizio; continuiamo a combattere» ripeteva sottovoce, ricordando la Marigiò urlante di allora.

«E poi?» lo incalzava.

«E poi, per farla breve, dopo gli scioperi degli operai della Renault, la Sorbona fu riaperta e quel vecchio barbagianni di De Gaulle fu, per l'ennesima volta, rieletto. Così va il mondo».

«Allora vuoi dire che il '68 non è servito a niente?» chiese Marigiò.

«Tanta energia giovanile male organizzata ha condotto anche al terrorismo e agli anni di piombo, non lo dimenticare».

«Ma anche al femminismo».

«E alla libertà sessuale…» aggiunse lui intenzionalmente.

«Altrimenti non saremo qui, vuoi dire?».

Sorrisero senza guardarsi, imbarazzati per la prima volta.

«Ehm… Marigiò, che ne dici di andare a cena a Fiumicino?».

Davanti a un invitante piatto di crudi di pesce e una bottiglia di vino bianco ben freddo parlarono solo di cibo, di vino, di musica. La canzone preferita di Marigiò era *Michelle* dei Beatles e quella di Fabrizio era… *Michelle* dei Beatles.

«Non vale! Tu mi copi. Io dico che mi piace questo o quest'altro e, guarda caso, questo o quest'altro piace pure a te. Non vale!» scherzava Marigiò.

«Ti faccio notare che del vino ne ho parlato io per primo. Cosa ci posso fare io se adoro lo Chardonnay che è anche il tuo vino preferito?» le ribatteva lui.

«Ora ordiniamo un piatto ma lo scriviamo su un pezzetto di carta per vedere chi copia, va bene?» disse Marigiò e lui accettò. Sembravano due scolaretti in competizione.

Confrontarono i loro bigliettini e poi scoppiarono a ridere. Furono servite due profumatissime zuppe di pesce. La serata volò tra battute, risate e sguardi. Tra loro scorreva una corrente di energia vitale che s'ingigantiva a ogni stretta di mano.

«Tra qualche giorno sarò a Roma, potremmo vederci e...» Fabrizio provò a proporre a Marigiò, mentre l'altoparlante dell'aeroporto chiamava il suo volo per Bari.

«È stato bello, davvero bello, Fabrizio, ma va bene così» gli rispose.

Non si poteva permettere un seguito: troppi problemi l'attendevano; non poteva aggiungere anche Fabrizio.

«Buon viaggio Fabrizio e... grazie di tutto».

«Grazie anche a te» rispose lui di malavoglia.

Si girarono contemporaneamente: lui per prendere il volo, lei per tornare a Roma. Nessuno dei due guardò indietro.

Le dîner
Maricò

Penne, maggio-settembre 1914

Maricò non aveva detto una parola dall'inizio della cena, le *dîner*, com'era chiamato alla francese il pasto serale. Non voleva attirare l'attenzione di nessuno. Aveva scelto il vestito più semplice del suo guardaroba – un virginale abito color cielo – e acconciato la sua rigogliosa capigliatura nera in un'anonima treccia bassa.

«Complimenti, signorina Maria Concetta, queste *scrippelle 'mbusse* sono davvero squisite», così la omaggiò il barone Gaetano De Pico, dopo il primo boccone.

«Squisite» confermò il taciturno Mario De Pico che aveva evitato di guardarla dall'inizio della serata. I due fratelli erano in frac, con la gardenia all'occhiello, come gli altri ospiti.

Il profumo del brodo si era insinuato dappertutto nella grande sala da pranzo del palazzo San Vito.

Sentori di aromi sconosciuti, assieme a un'impercettibile traccia di pollo caramellato, aleggiavano nell'aria come a sottolineare la provenienza non comune di quel liquido prezioso. Fragranze invitanti circondavano la lunga tavola al centro della sala, ricoperta da una finissima tovaglia di fiandra, addobbata con piatti di Capodimonte, bicchieri di cristallo Baccarat e numerose posate d'argento. *Le plat campagnard* era la prima pietanza presentata, come convenuto con il cuoco francese. Sarebbero seguiti piatti con pesci e carni come *le gros Poisson de mer à l'Hollandaise, le Boeuf à la Bourguignon* e tanto altro ancora.

«A me che ho ricordato gli ingredienti non dite nulla?» s'intromise Argene, irresistibile nell'abito da sera.

«I complimenti si devono al nostro *monsù* che ha fatto un consommé speciale», precisò la marchesa.

Maricò sentì un alito gelido posarsi su di lei. Del suo lavoro con il cuoco francese, il *monsù*, non doveva rimanere traccia. La distanza tra lei e la marchesa s'ingigantiva a ogni parola. Sperò che la conversazione volgesse presto su altri argomenti ad esempio la politica, com'era solito accadere a tavola dei nobili.

«Allora ci vuole un brindisi!» propose il dottor De Dominicis, alzando il calice.

«Un brindisi fa sempre bene e riscalda gli animi, non è vero?» aggiunse il contino Maurizio di Pietra Secca, sussurrando all'orecchio della marchesina Argene che rideva senza sapere perché. Il contino, non pago, iniziò a guardare intensamente Maricò seduta davanti a lui, accarezzando, con un movimento lento e allusivo, la gardenia all'occhiello del frac. Lei si accorse dello sguardo appena in tempo. Rimase di proposito con gli occhi pudicamente bassi: non voleva intercettare le occhiate maliziose di Maurizio, né sentire lo sguardo della marchesa su di sé.

«Don Santino, siete molto silenzioso questa sera; qualcosa forse vi turba?» domandò la padrona di casa al suo vicino, mentre con occhio vigile controllava Argene e Maurizio in conversazione.

«In effetti, signora marchesa, sono un poco preoccupato. Un mio confratello di Roma mi ha riportato delle notizie sulla salute di Sua Santità Pio X», disse il prete con voce turbata. «Pare che il Santo Padre sia molto malato».

«Avrà dei medici valenti al suo capezzale, non vi preoccupate don Santino» gli disse Maurizio con parole garbate che sembravano avere la solita sfumatura d'insolente ironia.

«Da medico, concordo con il contino» s'intromise il fratello del prete, il dottor De Dominicis, che in tenuta da gran sera quasi soffocava «e i benefici potrebbero arrivare anche senza l'intervento di santi» aggiunse sardonico.

«Non sarete agnostico anche voi, caro dottore?» lo canzonò Maurizio. «Attenzione a come parlate, se non volete incorrere nella commissione di censura del *Sodalitium Pianum*!» disse avvicinandosi ancor più ad Argene.

«Mi ritengo un uomo moderno e credo nei progressi della scienza, ma non rinnego la religione come fanno i modernisti» specificò il medico, sistemandosi il panciotto troppo stretto. «Io non ho nulla da temere».

«Allora questo nuovo decreto del Papa non riguarda nessuno?» insistette Maurizio «Non certamente voi, don Santino, santo di nome e di fatto». Tutti gli invitati erano a conoscenza del carattere di don Santino che mai si sarebbe ribellato all'autorità ecclesiastica, lui che era sempre deferente verso i nobili quanto altezzoso con i miseri.

«Pongo di nuovo la domanda: in questo paese non c'è nessuno che debba temere la terribile commissione papale alla ricerca di modernisti senza Dio?» Ormai il contino Maurizio era lanciato; gli altri tacevano cercando di capire dove volesse andare a parare. «Eppure ieri ho ascoltato un discorso, in piazza del Municipio, a dir poco scandaloso» continuò. «Un oratore esaltava i valori della scuola, dell'istruzione e del sapere per tutti; capite, per tutti!» Fece una lunga pausa a effetto, mentre la sua mano stringeva forte la manina di Argene.

«Oh mio Dio!» sospirò la marchesa. "Quel giovane va troppo veloce", pensò spaventata, vedendo il rossore sul viso di Argene a quel contatto intimo.

«Su via, marchesa, non agitatevi» intervenne il dottor De Dominicis, guardando bonariamente Maricò che manteneva gli occhi bassi. «Il contino non conosce il nostro mastro Evaristi e non sa del suo amore per la scuola. Il suo vigore oratorio lo accomuna a quello di un socialista, è vero, ma vi assicuro che così non è».

«Maricò, ieri era il tuo giorno di libertà e sei andata a trovare i tuoi familiari. Hai ascoltato il discorso di tuo padre?» la interrogò la marchesa con un tono che non ammetteva repliche.

«Dai, Maricò riferisci del discorso. Tu li impari sempre a memoria. Su, avanti, dicci qualcosa» l'incalzò Argene, per camuffare l'agitazione del contatto con Maurizio. Tutti erano al corrente che lei non mancava mai di presenziare ai discorsi pubblici del mastro Evaristi.

«Signorina Maria Concetta, vorreste essere così gentile da ripetere il discorso di vostro padre per tutti?» chiese con gentilezza Gaetano De Pico «Ieri ero in piazza assieme al mio amico, il contino di Pietra Secca, ma mio fratello Mario mancava. Solo così potremo giudicare serenamente».

«Forza, Maricò; non farti pregare. Ormai dovresti sapere che in società non sta bene comportarsi da primadonna» insistette la marchesa.

Scossa da una forte emozione interna, lei si alzò in piedi e iniziò a declamare il discorso di suo padre:

«*Una scuola che si apre, un carcere che si chiude. La scuola, questa grande educatrice delle anime…*» Le parole le uscivano facilmente dalla bocca, la voce era sicura, mentre si spauriva per la vergogna. «*Questa forza che piega i caratteri più protervi e più restii alla libera esplicazione, alla bontà e allo sviluppo…*».

Il cuore le tamburellava senza sosta ma nulla del suo turbamento appariva all'esterno, mentre proseguiva a declamare il lungo discorso di suo padre.

Osservava gli astanti annuire pensosi, come sempre accadeva alle vibranti parole del mastro Evaristi. Sapeva già quali reazioni avrebbe suscitato la tirata conclusiva.

«*Mentre il figlio del volgo, cresciuto sui marciapiedi, non può che ricevere la sola educazione della disonestà, assistendo a scene turpi e demoralizzanti. Egli non potrà che venir su che con le stigmate della delinquenza nel sangue diventando, prima o poi, un eroe della malavita che andrà a popolare le patrie galere*».

«*Per buona sorte, il figlio del volgo ha un'unica via di riscatto: la scuola, il solo mezzo con il quale le nazioni moderne e civili possono porre un argine alla delinquenza invadente*».

Così concluse con slancio degno di suo padre.

«Brava!» l'applaudì entusiasta il dottore De Dominicis.

«Bene, bene» si associò don Santino. «Che vigore!» disse Maurizio verso l'oratrice. Lei arrossì per l'ambiguità del complimento. Un cenno del capo fu l'assenso della marchesa, un risolino quello di Argene.

«Ora so di cosa si tratta e concordo con vostro padre» aggiunse Mario De Pico, accarezzandosi la barba nera che portava lunga come i capelli, alla Garibaldi.

«Ti avevo accennato una sintesi al mio ritorno, caro Mario», disse suo fratello Gaetano «ma la signorina è stata così...».

«Così passionale nel declamare, che il discorso ha tutt'altro significato» disse Mario, guardando per la prima volta Maricò con i suoi occhi scuri, umidi come quelli di un cerbiatto.

«Comunque, secondo me, cara marchesa, questo è un discorso da socialisti. Se si diffonderanno queste idee, il volgo, per dirla con le parole del mastro, soppianterà la nobiltà» fece sornione il contino Maurizio, sicuro di fare breccia nelle paure della marchesa. «Ma forse voi siete mitridatizzata, cara marchesa, non è vero?»

«Che intendete dire?» fece lei, mentre la mano destra andava sempre più spesso a controllare la pettinatura perfetta.

«Mitridatizzarsi, dal re Mitridate che prendeva ogni giorno una piccola quantità di veleni nel caso qualcuno lo avesse voluto avvelenare» volle chiarire il dottore.

«Quindi, per premunirvi dai veleni della rivoluzione, voi avete iniziato tenendo in casa la figlia di un socialista, nevvero?».

A quelle parole la marchesa divenne grigia in volto mentre Argene sorrideva compiaciuta.

Maricò avrebbe voluto fuggire lontano da quella casa che ormai non era più la sua.

"Sciocca, sciocca e illusa. Perché ho creduto a una nuova vita? Come ho potuto pensare che il loro fosse vero affetto?" si ripeteva, osservando il viso deridente di Argene, della sua amica Argene.

Un silenzio imbarazzante stava calando sui convitati quando don Santino parlò: «Ritornando al Santo Padre, voi tutti sapete quanto è stata importante la riforma di Sua Santità. Ora i giovinetti possono accedere alla Santa Eucarestia a sette anni; troppe vite si spegnevano senza aver incontrato il Sacro Corpo di Cristo» sottolineò, congiungendo le mani.

«Non è abbassando l'età della Comunione che si salvano le anime e le vite. Si dovrebbero cambiare le condizioni di vita e migliorare l'apporto alimentare. Questo servirebbe!» affermò Mario De Pico, accompagnando le parole con lo sguardo fiero e il mento proteso.

"È quello che ha sempre sostenuto mio padre, che è un liberale", pensò Maricò. Osò alzare gli occhi su Mario: era come se lo vedesse per la prima volta. La scoperta fu così repentina che solo l'abitudine a dissimulare le sue emozioni l'aiutò a non tradirsi. Con quell'unica occhiata, si era accorta dello sguardo penetrante del giovane su di lei.

«Anche tu, caro Mario, sei un socialista, ah ah, lo sappiamo. Facile pensare così dall'alto del vostro palazzetto baronale, secondo per sfarzo solo...» sussurrò Maurizio «a quello dei San Vito, ovviamente», concluse baciando elegantemente la manina di Argene.

«Oh mio Dio!» esclamò con orrore la marchesa, vedendo l'audace gesto di Maurizio. «Voi un socialista!» affermò rivolta a Mario De Pico, tanto per mascherare la sua agitazione. In realtà di politica non ne capiva molto, ma di certo sapeva che ognuno deve stare al proprio posto. "Maricò, devo sistemare al più presto Maricò", pensava. "Altrimenti il veleno mi morderà, mi... mi mitra... insomma mi avvelenerà, come ha detto quel diavolo di ragazzo impudente. Oh, quante preoccupazioni per il cuore di una madre sola! Chiederò consiglio a don Santino", si rincuorò.

«Meglio cambiare argomento. A proposito, caro don Santino, è da tempo che non recitiamo il rosario insieme; vorreste venire domani dopo il vespro?» chiese con un certo affanno la marchesa.

«Con piacere, marchesa, con piacere» fece il prete, certo che con il rosario avrebbe recitato ben altre novità.

Le scarpine buttate disordinatamente qua e là e il bel vestito a terra senza cura testimoniavano l'agitazione di Argene.

«Che ne dici? Forza, Maricò, dimmi cosa ne pensi? Maurizio non è fantastico? Così elegante, raffinato».

«Io... ecco...».

«E forse tra breve ci sarà la proposta. Ci pensi: diventerò Argene di Pietra Secca. Le iniziali APS sul corredo saranno così eleganti! Oh, come sono felice!» esplose ridendo. «Vieni, balla con me» s'impose, trascinando a forza Maricò in un accenno di valzer. «Là, là, là... e poi andremo ai balli, e lui mi stringerà forte. Me l'ha detto a *le dîner*, sai, che non vede l'ora di stringere il mio vitino... là, là, là...» sospirò, sognante, alla fine delle giravolte.

«Non sono cose da dire a una signorina per bene» le fece osservare pacatamente Maricò.

«Ah sì? E tu cosa ne sai? Ho visto le occhiate che ti lanciano gli uomini, occhiate peccaminose, come dice mia madre, ma...» precisò maliziosamente «nessuno ti ha fatto la proposta, intendo dire la proposta di matrimonio».

«Quando tu ti sposerai, io sarò libera dal mio impegno e allora qualche giovane mi chiederà in moglie» disse Maricò, scegliendo bene le parole e il tono per dirle.

«Allora sarai vecchia: hai già diciott'anni e, se non ti sposi entro i venti, tutti ti diranno zitella. Ah ah, la bella Maricò zitella», la canzonò con un sarcasmo che non le apparteneva.

All'improvviso Maricò capì che la sua amica Argene era stata infettata dal contino Maurizio e che l'infezione si sarebbe aggravata con le cure della marchesa.

«Sono contenta per te, cara Argene» disse Maricò. «Se la proposta di matrimonio arriverà presto, come tutti si aspettano, io ti aiuterò fino al fidanzamento che precede di poco il matrimonio. Va bene?».

L'altra s'irritò. Uno sguardo torvo era apparso all'improvviso, cancellando la gentilezza che l'aveva illuminata durante la serata.

«Uffa, fai come vuoi!» sbottò. Le volse le spalle per mettersi la camicia da notte di lino. Non lo faceva mai. La loro intimità era assoluta e inusuale. Si girò per vedere l'espressione di Maricò che teneva gli occhi bassi.

«E poi che cos'è tutta questa fretta? Se invece mi servissi fino all'ultimo giorno?».

«È che, in effetti, ho un problema di famiglia…».

«Tu? Che problema? Non hai detto nulla, finora».

«Il problema è la mia matrigna che…».

«Buona quella donna Nicoletta, che non ti ha mai voluto un poco di bene. Quanto hai sofferto per la sua acredine! Lo hai forse dimenticato?» le disse sdegnata Argene.

"No. Non ho dimenticato. Ho solo accantonato i brutti ricordi", pensò Maricò.

«È che… da quando siamo tornate da Parigi…».

«Ah, Paris, Paris… Maurizio mi ha detto che dobbiamo assolutamente recuperare l'occasione di Parigi». Oramai la marchesina non l'ascoltava più, persa di nuovo nelle sue fantasticherie.

«La mia matrigna non sta bene. Invero sta piuttosto male e mio padre vorrebbe che l'aiutassi, com'è mio dovere di figlia» aveva detto tutto d'un fiato.

Il giorno prima il mastro l'aveva convocata nella sala grande e aspettava una risposta. La sua vita sarebbe cambiata di nuovo.

«Oh chi si rivede, la *mademoiselle de Paris*!» così donna Nicoletta l'aveva canzonata, quando lei era tornata alla casa di Fontemanente carica di regali. Il tailleur parigino color tortora con il capello in tinta, la faceva sembrare più donna e così estranea all'ambiente paesano.

«Finalmente sei tornata!» aveva esclamato il piccolo Arduino abbracciandola forte. Quel bambino era l'unico essere che l'amava senza condizioni. Quando Maricò tornava in quella casa nel suo giorno di libertà, ogni due settimane, era solo per quel bambino biondo. In quell'unico giorno si annullavano gli altri di inevitabile lontananza: loro due giocavano, ridevano e lei cantava. Come le piaceva cantare! A casa dei San Vito un'istintiva prudenza le aveva fatto nascondere questo suo dono: troppe capacità sembravano irritare Argene e la marchesa. Anche le nozioni che lei apprendeva rapidamente con i precettori, le aveva mascherate con titubanza e sbadataggine. Si era permessa di essere se stessa solo quando si dedicava alla cucina e durante i discorsi di suo padre.

«Mali, Malì co cò» così la vezzeggiava il suo fratellino, con le prime parole usate per chiamarla, anche se ora parlava benissimo. Era tanto intelligente che il padre aveva deciso di educarlo precocemente.

«Parigi è la capitale della Francia; Lima è quella del Perù; Madrid della Spagna e...».

«Bravo, bravissimo; ogni volta mi fai una sorpresa. Oggi sai già le capitali del mondo! Vieni qui, che ti devo dare tanti, tanti baci».

Il bambino corse tra le braccia della sorella che possedeva l'amore e le tenerezze che mancavano a sua madre, donna Nicoletta.

«Mi canti *Le funtanelle*?».

«Non vuoi vedere prima i regali?».

«Dopo, dopo; voglio sentire *Le funtanelle*» disse Arduino, mettendosi in braccio a Maricò. Il bambino sapeva che la sorella doveva cantare pianissimo per non farsi sentire dagli altri.

«Stai comodo, Arduino? Quanto sei cresciuto e come pesi!» constatò con soddisfazione.

«Sì, sto comodo. Forza inizia Mali, Malì co cò!» insistette lui, sistemandosi bene tra le braccia di Maricò.

Prese il bambino per le braccia e iniziò a girare mentre lui rideva nient'affatto impaurito. Iniziò il canto con un tono bassissimo:

«Tutte le funtanelle se sò sseccate.
Pover'amore mi'! More de sete.
Tromma larì lirà llarì llallera,
tromma larì lirà, vvivà ll'amore!
Amore mi tè set'e mmi tè sete.
Dovèlle l'acque che mme si purtate?
Tromma larì lirà llarì llallera,
tromma larì lirà, vvivà ll'amore!
T'ajje purtate 'na ggiarre de crete,
nghe ddu' catene d'ore 'ngatenate.
Tromma larì lirà llarì llallera,
tromma larì lirà, vvivà ll'amore!»

Si fermò per riprendere fiato e l'equilibrio.

«No, ancora, ancora Mali, Malì co cò» chiedeva con insistenza Arduino.

«Brava, ma brava; quante volte ti ho detto di non parlare in dialetto ad Arduino?».

La voce tagliente di suo padre le arrivò dritta al cuore, bloccando il volo a mezz'aria. Erano stati sorpresi nella stanza del bambino, lontana dalle zone più abitate della casa.

«Scusatemi, padre, era per far divertire il piccolo…» cercò di giustificarsi Maricò «e poi questa canzone è della nostra regione» aggiunse umile.

«È pur sempre in dialetto» fece lui, testardo.

«Sapete, padre, che l'ultima moda di Parigi è quella di presentare un *plat campagnard*, cioè della regione o del paese, ai *dîner* ufficiali?» si affrettò ad aggiungere Maricò, sperando di ammorbidire l'irritazione di suo padre.

«Ma ti ascolti mentre parli? *Campanar… dinè…* Chi ti credi di essere, una marchesina anche tu? Ho fatto male, malissimo, a concedere il mio permesso per Parigi» concluse, sistemandosi l'orologio d'oro nel panciotto.

«Vi ringrazio ancora di quello che avete fatto per me, padre, dato il veto di donna Nicoletta» rispose con voce sommessa. Il vestito francese non la proteggeva più: era tornata a essere la figlia di Luigi Evaristi.

«In questa casa decido io e basta!»

«Padre, sono andata, come vi avevo promesso, a rue du Faubourg Saint Honoré a vedere dove abitava il signore de Villefort» continuò suadente, cercando di rabbonire il genitore.

«Ah, sì? Bene, bene. Ma è ovvio che quell'indirizzo sia solo una finzione letteraria di Dumas. Doveva pur far vivere i suoi personaggi del *Conte di Montecristo* da qualche parte e… com'è la via?».

«Bellissima, con ricchi palazzi e i negozi… oh! Che dire dei negozi? Sono luoghi accoglienti, addirittura con dei salottini, visitati da dame incantevoli e da signori in redingote. Ovviamente sono pieni di articoli all'ultima moda» così Maricò ciarlava, sperando di ritrovare il padre della sua infanzia solitaria.

«Poi ci siamo recati a rue Vaugirard dove abitava…».

«D'Artagnan! Lì abitava d'Artagnan appena giunto dalla Guascogna», disse Arduino tutto d'un fiato, dalla sua posizione sull'attenti che prendeva sempre davanti al genitore.

«Sai già tutte queste cose, Arduino! Che bambino intelligente avete, padre, e ben istruito» disse Maricò con convinzione, sperando di intenerire suo padre.

«È così avanti nella conoscenza che presto tenterà l'ammissione alla terza elementare a poco più di…».

«Sei anni; io ho sei anni» precisò Arduino. Anche Maricò e suo padre sorrisero all'orgoglio del bambino, che era anche il loro.

«Vieni, Maricò, ti devo parlare», dichiarò Luigi Evaristi «andiamo nella sala grande».

«Sì, padre». Di nuovo qualche notizia terribile si sarebbe abbattuta su di lei, ne era certa.

«Tu, Arduino, vai dalla signora madre; vai».

«Tua madre Nicoletta non sta bene» così iniziò a dire in quella sala, lì dove la vita di Maricò era cambiata anni prima. «Tua madre», proseguì il mastro osservando il silenzio di Maricò «è malata».

«Signor padre, che cos'ha donna Nicoletta?».

"Madre? Non la chiamerò mai madre quell'arcigna", si riprometteva tra sé Maricò.

«Cose da donne, mi ha detto il dottor De Dominicis. Cose da donne che non guariscono, mi capisci, Maria Concetta?» ripeté. «Abbiamo bisogno di te in questa casa. Tua madre dev'essere accudita».

«Ci sono le domestiche per questo» osò dire.

«Non è così semplice. Dev'essere accudita da una figlia e poi c'è il piccolo Arduino e io… ho ancora la scuola».

«Devo rimanere a casa dei San Vito fino al matrimonio di Argene; questo è il patto, lo sapete» precisò con puntiglio.

«Certo, certo. I patti si devono onorare».

Il mastro aveva iniziato il suo andirivieni nella sala, con le mani dietro alla schiena. Maricò sapeva bene cosa significava quell'atteggiamento.

«Ma si sentono voci che a breve la marchesina si sposerà e quindi…» continuò lui.

«Il patto è fino al matrimonio di Argene» ribadì caparbia, sperando che il mondo dove aveva vissuto negli ultimi anni non si sgretolasse così velocemente.

«La malattia non aspetta, ricordalo. E poi…» sussurrò «c'è il compenso».

«La mia dote, volete dire? Ho lavorato e l'ho guadagnata».

«Certo, certo, anche se dire che hai lavorato è troppo. Sei stata sempre in giro per il mondo, addirittura a Parigi!».

«È la mia dote; servirà per sposarmi».

«Ora basta! Dovrai darmi un aiuto per le cure e per l'onorario del medico».

«Anch'io dovrò sposarmi; con la dote ci sarà qualche partito adeguato a me».

«Stai al tuo posto!» sibilò suo padre con il viso vicinissimo al suo. «Non sognare. Troverò io il partito giusto e poi ricorda il tuo dovere di figlia».

«Il mio dovere? Ho fatto tutto quello che voi avete voluto» sussurrò con voce strozzata.

«Per quello che noi abbiamo fatto per te sei obbligata, come figlia, a dare un aiuto. La settimana prossima, se non sarà annunciato il fidanzamento di Argene, andrò io stesso a parlare con la marchesa. Ora puoi andare» disse congedandola. «Devo ripassare il mio nuovo discorso *Una scuola che si apre, un carcere che si chiude*».

Maricò era sull'uscio di casa quando suo padre la richiamò.

«Verrai a sentirmi oggi? Guai a te se non verrai» la redarguì in tono di bonaria minaccia.

«Verrò, padre. Verrò come al solito».

La luce autunnale rischiarava il camerino attraverso la finestra aperta. Al centro dello stanzino vi era una sedia impagliata con lo schienale piegato all'indietro e due sgabelli ai margini; un bacile era appoggiato in terra sotto la sedia; su un tavolino stava una grossa ampolla di vetro con un liquido verde, vicino a una sorta d'imbuto di rame con il becco sottile e lungo. La brocca di ceramica piena d'acqua era sul suo trespolo, assieme agli asciugamani di lino, al sapone e alla spugna. Un camicione pulito e il vestito di ricambio erano agganciati dietro la porta.

«Siete pronta?» chiese Maricò alla sua matrigna, donna Nicoletta.

Questa annuì con il capo. Per delicatezza nei suoi riguardi, Maricò si girò di spalle. La matrigna iniziò a spogliarsi: prima il vestito nero, le sottogonne, il corpetto e poi i mutandoni, già umidi. L'odore iniziò a diffondersi nel camerino nonostante la finestra aperta. Maricò si sistemò meglio nelle narici i tamponi impregnati di lavanda per resistere al miasma di putridume che l'avrebbe invasa. Donna Nicoletta s'infilò il camicione pulito.

«Accomodatevi per bene sulla sedia e mettete le gambe lì», disse indicando i due sgabelli «ben aperte, lo sapete, vero?» La sua matrigna eseguì le indicazioni e si mise comoda su quella specie di sedia ginecologica improvvisata dal dottor De Dominicis.

Prese l'ampolla e iniziò a versare il liquido nell'imbuto già inserito nella vagina di donna Nicoletta. Ormai erano alla ventesima lavanda vaginale, ma non una parola né un lamento erano state mai emesse dalla malata.

La medicina contenuta dall'ampolla, altro non era che un decotto di malva, arricchito di elevate dosi di laudano per i dolori. Il dottor De Dominicis era stato chiaro con il mastro: il tumore uterino di donna Nicoletta era in uno stato avanzato; si poteva solo lenire i dolori e ridurre le secrezioni purulente con un emolliente. Aveva poi dato le istruzioni a Maricò sulle modalità di esecuzione delle lavande che sarebbero state fatte ogni quattro giorni. Così lei aveva iniziato il suo apprendistato d'infermiera, accudendo l'essere che meno aveva amato nella sua giovane vita. Tuttavia, i silenzi quasi totali della matrigna, assieme alla sua rassegnazione, le avevano fatto sorgere il dubbio che quel misero corpo in disfacimento avesse bisogno di un minimo di contatto e di pietà.

Il dottore si era sorpreso della sua proposta ma aveva approvato.

Il giorno delle lavande, aveva detto Maricò, avrebbe lavato tutto il corpo di donna Nicoletta con il sapone di Marsiglia, e poi frizionato con un olio all'essenza di lavanda. Avrebbe fatto confezionare dei mutandoni, chiusi nel mezzo e rinforzati da numerose pezzuole, per trattenere le perdite. Inoltre, aveva aggiunto, in quelle occasioni ci sarebbe stato il cambio dell'abito, invece di attendere i due mesi abituali.

«Abbiamo quasi terminato, sapete?» disse Maricò, controllando nel bacile il liquido in uscita dal ventre dell'ammalata. Sembrava meno putrido e il sangue era scarso; l'avrebbe mostrato al dottore in visita nel pomeriggio.

«Ora un bel lavaggio su tutto il corpo e così profumata potrete abbracciare vostro figlio Arduino». In realtà, né Arduino né donna Nicoletta amavano quegli incontri, brevi e senza parole.

Il bambino desiderava solo passare del tempo assieme a sua sorella, tornata in modo definitivo alla casa di Fontemanente. Era l'unico a essere felice del suo ritorno.

Tutta l'operazione con donna Nicoletta era terminata. Maricò mise in ordine il camerino, portando via le cose e spargendo le preziose gocce di lavanda nell'ambiente.

Di nuovo, la sua vita era cambiata. Dopo *le dîner* tutto era precipitato. Il fidanzamento di Argene con Maurizio di Pietra Secca era stato annunciato tre giorni dopo la famosa cena con sollecita approvazione del conte Bartoli, capo della casata e zio della marchesina. Le nozze sarebbero seguite di lì a due mesi, giusto il tempo di completare il corredo e di spedire gli inviti. Alla notizia della malattia della sua matrigna, fatta trapelare ad arte dal mastro, la signora marchesa aveva liberato Maricò dagli impegni con Argene, tutta presa dal turbinio dei preparativi e dalla lista degli invitati.

Tra le due ragazze non c'era stato nemmeno un vero saluto, un addio, un arrivederci. Anni di vicinanza, quasi di sorellanza, erano stati bruciati in un frettoloso abbraccio evanescente. La linea di separazione tra loro era diventata netta e invalicabile. Maricò non era stata invitata al matrimonio, né aveva alcuna ragione per pretenderlo.

Fino a pochi mesi prima lei si era immaginata di assistere a tutti i preparativi delle nozze, dalle prove dei vestiti fino al sontuoso ricevimento il giorno della cerimonia civile. La signora marchesa non aveva fatto nessun accenno nemmeno per la cerimonia religiosa in chiesa, aperta a tutti. La sua presenza non era prevista.

Maricò era così tornata nella casa di Fontemanente in attesa, si augurava, di qualche adeguata proposta di matrimonio. Ormai aveva una dote discreta, buone maniere e un guardaroba all'ultima moda che aveva già riposto nella sua cassa, per non sciuparlo. Si era messa i vestiti delle sue sorelle e un grembiule bianco inamidato, tanto per ravvivare quel vecchiume.

Qualche tempo dopo il suo allontanamento dal palazzo dei San Vito, don Santino aveva iniziato a frequentare la casa di Fontemanente per confessare donna Nicoletta di chissà quali peccati. In quelle occasioni, dopo l'assolvimento delle sue funzioni, con in mano un bicchiere di rosolio e nell'altra un biscotto, il prete si metteva a chiacchierare pronunciando delle mezze frasi qua e là. Da una di queste Maricò aveva intuito un interesse del farmacista del paese a prenderla in moglie.

"Com'è possibile? Ho forse frainteso?" si era chiesta. Il farmacista, quello che in gioventù era stato promesso alla sua povera sorella Bettina, era ormai sposato. Sua moglie era da tempo malata, questo era noto, ma il farmacista non poteva avere dei pensieri matrimoniali con la moglie ancora viva. Maricò finse di non capire e parlò della povera donna Nicoletta, così bisognosa delle sue cure.

Era stato ancora il solerte don Santino ad aggiornarla sulle ultime novità del palazzo San Vito.

Gli invitati presenti al matrimonio di Argene con Maurizio di Pietra Secca sarebbero stati più di duecento: un grande evento sociale, aveva dichiarato gongolante. Tuttavia, il palazzo non avrebbe potuto far fronte a una tale compagnia; pertanto i giovani scapoli sarebbero stati ospitati nel palazzo del barone Gaetano De Pico, amico e testimone dello sposo.

Al nome dei De Pico, il cuore di Maricò sussultò.

«Mario» ripeté con voce tremante.

Mario De Pico negli ultimi tempi era venuto spesso a parlare con suo padre, che lo riceveva nello studiolo nel quale si era trasferito dopo la malattia della moglie.

Maricò aveva immaginato che tale assiduità la riguardasse, che Mario De Pico la volesse chiedere in sposa: non aveva dimenticato lo sguardo penetrante con cui l'aveva avvolta dopo aver declamato il discorso di suo padre, quella sera a palazzo San Vito.

Ogni giorno la ragazza acuiva l'udito, smettendo perfino di respirare nella speranza di sentire quei passi baldanzosi che aveva imparato a riconoscere. Si era rassegnata a sopportare di tutto: il dolore dell'incomprensibile perdita dell'amicizia di Argene, il peso dell'accudimento di donna Nicoletta, la fatica della gestione della casa ormai completamente nelle sue mani; tutto avrebbe potuto sopportare e forse dimenticare, ma non voleva perdere Mario. I giorni passavano e le visite del giovane continuavano senza che suo padre la convocasse nella sala grande, lì dove le avrebbe comunicato le intenzioni del signor De Pico. Fu l'intrigante don Santino a chiarire la situazione. In una sua visita si fermò a parlare con il mastro nell'atrio di casa; Maricò dalla cucina sentì la conversazione.

«Caro Mastro, ho notato qui in casa vostra la presenza di Mario De Pico», mormorò con caute parole a Luigi Evaristi «è stato, forse, un vostro allievo?».

«Ma no, caro don Santino. Come forse sapete, alcuni giovani vengono a trovarmi per aver copia dei miei discorsi» disse lui con orgoglio, sistemandosi l'orologio d'oro nel panciotto. «Serve a migliorare il loro lessico».

«Ah, i discorsi... il lessico» ripeté don Santino, un poco evasivo. «Tuttavia, ehm... mi è parso di capire che Mario De Pico, nonostante sia il fratello di un barone, ha idee diciamo, rivoluzionarie?».

«Lo avete udito pronunciare di persona queste idee? Parlate per *vox populi* o sapete dell'altro?» gli chiese con fare burbero Luigi Evaristi.

«Non vi adirate, caro mastro! È che io, insomma, ho sentito dire dal signor prefetto...» spettegolò don Santino con voce suadente.

«Se avete sentito qualcosa dal prefetto, allora dite».

«Ecco... io... ho sentito dire dal signor prefetto che Mario De Pico merita la sua attenzione e voi sapete cosa s'intende con questa frase, vero?».

«Già, già; capisco. Non ho niente da temere io, né tanto meno Mario. Egli viene qui, legge ad alta voce i miei discorsi, fino a impararli a memoria. Vi ricordo che trattasi dei miei discorsi pubblici e già declamati davanti a tutti» tenne a precisare il mastro.

«Ah, allora, se così stanno le cose… Ma egli, il De Pico, è così assiduo anche…» il prete si fece coraggio «… anche perché nutre, come dire, un qualche interesse per vostra figlia?» Finalmente don Santino era arrivato alla domanda cruciale. La signora marchesa era in attesa di notizie e lui non poteva deluderla.

«Mia figlia? Ma cosa dite mai, don Santino?» esplose Luigi Evaristi. «Egli, il De Pico intendo, mai accennò a mia figlia che, tra l'altro, giammai ha incontrato in casa mia!» La voce era su di tono. «E poi, tutti sanno che Maria Concetta ha un ben più alto compito ora». Iniziò a camminare in su e in giù, al massimo dell'irritazione. «Deve accudire sua madre; la deve accudire come una figlia. Non c'è spazio per altro; ho già rifiutato due proposte di matrimonio» precisò.

La notizia sorprese tanto Maricò che il piatto che stava asciugando le fuggì di mano, sbeccandosi. Si augurò che il rumore non avesse insospettito suo padre e don Santino. "Mio padre ha ricevuto due proposte di matrimonio e io non ne ho saputo nulla! Mario viene nella mia casa solo per i suoi discorsi? Non è possibile! A tal punto mi sono ingannata riguardo a quello sguardo la sera del *dîner*?" si chiedeva spaurita. Tese ancor più l'orecchio alle chiacchiere.

«Ben due proposte di matrimonio?» domandò il prete sorpreso.

«Sì, ben due» confermò il mastro, meravigliandosi di tanto stupore. Maricò era bella, istruita e con la dote; tanti giovani per bene avrebbero voluto sposarla ma lui, suo padre, avrebbe scelto il partito migliore per lei, a tempo debito s'intende.

«Caro mastro, è dato sapere i nomi dei proponenti?» sussurrò il prete con voce melliflua.

«No, caro don Santino. Non è dato sapere i nomi. Ci vuole riguardo per chi viene rifiutato, soprattutto se trattasi di persona di tutto rispetto» lo tacitò Luigi Evaristi.

«Ah, persona di tutto rispetto».

Don Santino non ci si raccapezzava. «Allora dato che le cose stanno così, caro mastro, vi lascio ai vostri impegni. Tornerò a trovare donna Nicoletta nei prossimi giorni» promise il prete, concludendo la sua visita. Dopo il matrimonio di Argene, don Santino non andò più a confessare donna Nicoletta.

"Devo incontrare Mario almeno una volta per capire; devo accertarmi se anche lui prova qualcosa per me", rimuginava Maricò.

Un pomeriggio un cerchietto di legno con cui Arduino stava giocando sul terrazzino di casa andò a finire ben oltre la balconata, atterrando ai piedi del suo amore.

«Arduino, vai a riprendere il cerchietto: su, da bravo» disse a suo fratello, affacciandosi con lui dal terrazzino. Mario era lì, con gli occhi neri ardenti e il portamento fiero che rivendicava la sua indipendenza nella cravatta annodata a fiocco, tipica dei socialisti. La stava guardando intensamente.

"Non mi ha dimenticata! Egli non mi ha dimenticata!" si rallegrò sospirando.

«Non ti affrettare, caro fanciullo. Te lo riporto io» disse Mario indirizzandosi lestamente verso il portone principale. Come un fulmine anche Maricò volò giù nell'androne, mentre Arduino si mise istintivamente di vedetta per controllare le mosse del mastro. Arrivarono nell'androne contemporaneamente con il fiato corto e il viso arrossato.

«Finalmente, signorina Maricò!» sospirò Mario, tremante. Le tese il cerchietto; le loro mani si toccarono sul legno del giocattolo. Un'ondata scrosciante di emozioni passò tra loro, ammantandoli. Maricò arrossì e abbassò gli occhi per nascondere il suo turbamento. Mario continuava a guardarla con l'intensità imbarazzante di una carezza. Nessuno dei due sembrava in grado di parlare, anche se di tempo ne avrebbero avuto ancora pochissimo.

«Maricò, Maricò» la chiamava Arduino con voce allarmata.

«Ho tanto sperato d'incontrarvi per potervi parlare ma...» continuò Mario, balbettante.

«Domani. Domani andrò a trovare la mia balia che abita vicino alla fonte dell'Acqua Ventina. C'è un grande olmo. A domani» gli suggerì lei.

Lui le prese le mani e le baciò; un bacio breve e intenso. Si salutarono con un ultimo, lungo, sguardo. Il mastro arrivò davanti al portone principale mentre la sagoma di Mario si allontanava.

Maricò addusse un mal di testa femminile per non dover comparire a cena. «Mario mi ama! Mi ama, mi ama», cantilenava come una nenia.

Era certa che l'emozione che aveva provato al tocco delle loro mani era stata reciproca.

"E il suo sguardo? Oh, il suo sguardo! Mi è sembrato di annegare nel lago nero dei suoi occhi. Avrei voluto accarezzare quel caro volto troppo serio, sempre perso in pensieri importanti; avrei voluto toccare la sua barba scura, imprigionandovi le dita", fantasticava, per non smettere di sognare.

Durante la notte visse e rivisse quei pochi attimi, quelle sensazioni: si addormentò in uno stato di eccitazione febbrile solo all'alba, svegliandosi poco dopo. Avrebbe rivisto di nuovo Mario da sola, anche se davvero sola non sarebbe stata. L'avrebbero accompagnata suo fratello e come *chaperon* Mietta, la figlia giovanissima della sua balia Nannina. La cara balia l'aveva invitata al matrimonio di suo figlio Giuseppe, in procinto di partire per l'America per raggiungere i suoi fratelli. Maricò e Arduino avrebbero fatto visita a Nannina mentre il mastro, nello stesso giorno, sarebbe andato fuori paese con il dottor De Dominicis per certi affari. L'occasione era irrinunciabile. Maricò aveva cambiato l'abito tre volte decidendo, alla fine, per un semplice completo color *sage*, che richiamava il verde sottobosco dei suoi occhi, con il cappello in tinta. Come dono di nozze aveva pensato a una coppia di lenzuola ricamate, presa dal corredo intatto delle sue sorelle. Il gruppo delle tre figurine aveva imboccato la strada polverosa verso la fonte dell'Acqua Ventina per svoltare, di lì a poco, in una stradina sulla destra dove sorgeva la casa di Nannina. Poco prima, a sinistra, un vecchio olmo frondoso ombreggiava una grande pietra su cui i viandanti solevano fermarsi a riposare. Maricò strizzava gli occhi per indovinare la sagoma di Mario, ma non vedendo nessuno, nel suo cuore la delusione stava per sostituire la speranza.

«Mietta, facciamo a chi arriva prima alla fonte?» chiese all'improvviso Arduino alla giovane domestica che spesso giocava con lui.

«Ma ho il pacco delle lenzuola in mano» rispose la ragazza.

«Dai, pappamolla! Lascia il regalo a Maricò e corri» insistette il bambino. Lei non si fece pregare oltre: moriva dalla voglia di correre. I due erano appena scomparsi dalla vista quando, da dietro all'olmo, comparve Mario con un libro in mano.

«Maricò, siete bellissima!» Queste furono le prime parole che Mario riuscì a dirle, con il viso adorante e gli occhi ardenti. Maricò era ferma, pietrificata come una statua egizia con le mani tese occupate dal pacco delle lenzuola: non emise una parola; la gola era secca, il cuore rimbombante. Mario le si avvicinò, le tolse il pacco dalle mani e la fece sedere accanto a lui sul masso sotto l'olmo. Non riuscivano a parlare. Mario la guardò a lungo: notò un ricciolo nero sfuggito da sotto il cappello e lo toccò. L'intimità del gesto li fece rabbrividire. Lui cercò di sistemarle il ricciolo dietro l'orecchio sfiorandole appena il viso: emise un gemito di piacere a quel tocco insperato. Lei aveva chiuso gli occhi concentrata sulle sensazioni che stava provando, ricacciando la vocina che le diceva di andare via, di staccarsi da lui. Mario le prese il viso tra le mani tremanti e, dopo un lungo attimo d'esitazione, la baciò. Lei accettò con naturalezza quelle labbra che mai avrebbe sentito estranee.

«Oh la tua meravigliosa bocca di corallo, amore mio!» mormorò Mario tra i baci.

"Mario, caro, adorato Mario", pensava, non osando ancora pronunciare quelle parole che le sembravano irreali. La sua acquiescenza incoraggiò il giovane. L'attirò forte a sé: la strinse fino a bloccarle il respiro. Tra i baci prese ad accarezzarle il collo, le spalle, il seno. I capezzoli di Maricò reagirono. Lei iniziò ad ansimare.

«Maricò, amore, amore mio unico» continuava a dirle Mario con dolcezza, mentre persisteva nel baciare e accarezzare.

"Basta! Devo dire basta o sarò persa per sempre!" si ripeteva debolmente Maricò stordita, prossima allo svenimento. Strane sensazioni si stavano concentrando sui suoi capezzoli e un imprevisto calore la stava incendiando tra le gambe. Provò un fremito di paura e di rinsavimento. Tese le braccia cercando di allontanare Mario: la sua mano destra sfiorò, casualmente o forse no, la virilità del giovane. Lui balzò in piedi, come punto da un insetto: se non si fosse allontanato il suo desiderio sarebbe esploso impudicamente lì, davanti a lei, nei pantaloni.

«Maricò, Maricò, ho vinto io, ho vinto io!» la voce non lontana di Arduino annunciava il loro ritorno. Maricò si rialzò con il viso in fiamme, il respiro affannoso: con gli occhi bassi riprese il pacco delle lenzuola e riassunse le sembianze della statua egizia. Mario riaprì il libro, *Il capitale* di Marx, poggiando una gamba sul masso.

Nessuno era passato; tutto era come qualche minuto prima, ma nulla era ormai più come prima. In quelle posizioni, statiche e innaturali per chi si era abbracciato come loro, iniziarono a parlare.

«Maricò io vi amo e voglio sposarvi» dichiarò Mario.

«Dovreste… dovreste parlarne con mio padre» balbettò lei.

«È per questo motivo che sono venuto tante volte nella vostra casa. Ho cercato di ingraziarmi il mastro, che sapevo avere delle pretese alte per il vostro matrimonio. Ormai conosco tutti i suoi discorsi a memoria. Vedete cosa non si fa per amore», precisò ridendo.

«Allora, voi, voi…»

«Mario, chiamami Mario, amore mio». Lui si sentiva quasi ridicolo nel pronunciare quelle tenere parole, mentre fingeva di leggere.

Finalmente lei fece la domanda che l'angustiava da tempo: «Mario, mi hai chiesta in moglie?».

«Non ancora, perché ho saputo che tuo padre ha già rifiutato due pretendenti, adducendo come motivo l'accudimento di donna Nicoletta, che fai con dedizione e capacità, come va dicendo ai quattro venti il dottor De Dominicis».

«Ah sì? Non lo sapevo. Quella donna, la mia matrigna, mi fa pur tanta pena».

«Che cuore hai, Maricò. Il dottore dice che potresti fare l'infermiera come Florence Nightingale, sai quella gentil donna inglese che ha organizzato il servizio infermieristico nella guerra di Crimea e…» aggiunse, sospirando «soprattutto ora che forse ci sarà la guerra. Hanno richiamato alle armi due classi di leva, tra cui la mia e quella di mio fratello Gaetano. Ma sappi che noi socialisti siamo contro la guerra», continuò Mario con orgoglio. «Tuttavia la Germania, dopo aver invaso il Belgio, ha attaccato da pochi giorni la Francia e questo mi preoccupa molto».

«Cosa potreste mai fare voi… tu» disse Maricò, arrossendo «tu, caro Mario?».

«Che cosa dici?» aveva replicato, chiudendo di scatto il suo libro. «Noi socialisti faremo una dichiarazione, anzi prepareremo un manifesto anti-interventistico. Ecco cosa faremo. Io andrò presto a Milano dai compagni, per questo scopo. La nostra povera patria non merita un'altra guerra!».

La sua voce aveva perso il tono adorante per mutarsi in un inno patriottico.

«Mietta, forza! Dai, pigrona!».

«Aspettami, sono stanca».

Le voci di Arduino e della giovane figlia di Nannina erano vicinissime; i due già s'intravedevano.

«Ho bisogno di averti vicina, Maricò. Perché tu mi sei vicina, vero? Anche tu condividi i miei pensieri?» le chiese con insistenza, guardandola intensamente.

«Certo, amore mio» promise, senza domandarsi troppo di quali pensieri stesse parlando.

«Potrò scriverti?» le chiese.

«No! Davvero no!».

Maricò, che non aveva mai ricevuto della posta indirizzata a lei, si allarmò.

«Allora come fare? Come potrò comunicare con te?» le domandò, con ansia dolorosa.

Arduino era ormai a due passi e loro due non avrebbero più potuto parlare.

«Scrivete a mio padre: lui ci legge spesso le lettere dei suoi allievi e pupilli» disse lei, d'un tratto ispirata.

«Ottima idea e...» Mario s'incamminò verso Arduino dicendole: «Le ultime tre righe riguarderanno voi, cara Maricò».

«Ma io...».

«Non vi preoccupate... Salve Arduino, come sei sudato!» Mario salutò il bambino, andandogli incontro come per caso.

«Signor De Pico, anche voi qui? Venite a festeggiare il figlio di Nannina?» domandò, pur avendo notato il viso arrossato di Maricò e l'imbarazzo del giovane.

«Veramente io... non so» farfugliò Mario.

«Venite» disse Mietta con voce affannata «mia madre sarà felice di rivedervi».

Nannina aveva allattato anche lui.

Minestra virtù
Marilì

San Martino al Cimino, aprile 1945

L'arrivo della primavera aveva portato un po' di calore nella grande casa di San Martino al Cimino; nondimeno le quattro donne vestivano ancora con gli abiti pesanti, a strati sovrapposti, con gli scialletti sulle spalle. Cucivano senza parlare, sedute intorno al tavolo della cucina illuminata dall'ultima luce pomeridiana, ciascuna presa dai propri pensieri. I gesti familiari, lo stesso corpo smagrito e il viso affilato sembravano affratellarle. Solo il colore difforme dei loro capelli e degli occhi le identificava come amiche: due teste brune e ricciolute – Marilì e Ginetta dallo sguardo di cerbiatta – e una perfetta crocchia castana intorno al bel viso di madonna di Beatrice, in contrasto con i colori nordici di Lucia.

Anche l'ultima giacca era stata rivoltata e sistemata. Per le scarpe si erano arrangiate con la vecchia sella del somaro. La pelle, ormai bruna per gli anni, era dura e robusta; le donne avevano penato molto per tagliarla e rifilarla, ma alla fine ci erano riuscite. Ne avevano ricavato un paio di scarponi buoni per una donna, e due scarponcini per i figli di Ginetta; Martino ed Enrichetto avrebbero usato quelli smessi dai bambini più grandi.

"Silvanella, devo andare a trovare Silvanella", si rimproverò per l'ennesima volta Marilì mentre cuciva. Da giorni rimuginava questo pensiero, dopo i suoi risvegli nel cuore della notte.

"Se tornasse Ernesto? E se vedesse Marigiò? Come potrei spiegare la sua presenza? Mi ucciderebbe, di sicuro mi ucciderebbe" paventò, rabbrividendo al ricordo della notte precedente. Il sogno era nitido: aveva visto suo marito Ernesto andarle incontro con un sorriso che pian piano si era trasformato in un ghigno terribile. La mano alzata era lì per piombare con forza sulla testa ramata di sua figlia, quando il terrore l'aveva svegliata un attimo prima.

«Che ne dite, *vè?*» chiese Beatrice, la moglie del dottor Pedrini, con la sua cadenza pesarese che metteva allegria. Era riuscita a ricavare una cinta stravagante combinando una corda mezza sbrindellata con alcuni rimasugli di pelle e un nastro.

«Che brava la signora Beatrice» si complimentò Lucia.

«Penso che potrà migliorare l'aspetto di quell'abito su cui stiamo lavorando» disse lei compiaciuta.

«Ben detto» approvò Ginetta.

Era stata Beatrice Pedrini, trasferitasi dal casaletto e così abile nei lavori di cucito, a proporre alle donne di rimodernare i vecchi indumenti dei nonni e dei genitori di Giovanni e Romeo. Le altre si erano fatte contagiare dalla sua voglia di fare; così tutte quante si erano messe d'impegno a rigirare cappotti e giacche e ad accorciare e sistemare i vestiti. Alcuni capi li avevano indossati loro, gli altri li avevano scambiati con i contadini per un poco di farina, un uovo o un cartoccio di zucchero. Gli scarponi da donna avrebbero fruttato un fiasco d'olio.

«Devo andare da Silvanella» annunciò Marilì «devo assolutamente andare: sono quattro mesi che non la vedo» ribadì. «Mi avrà dimenticata, la mia povera bambina».

«Ma che dite, Marilì! La bambina sta bene all'ospedale di Ronciglione», le disse Beatrice con un sorriso. «Mio marito ve l'ha detto venti giorni fa. Ha ripreso peso e tra qualche giorno potrà tornare a casa. Siate serena».

«Non ti preoccupare; lì la bambina ha da mangiare persino la carne» sospirò golosa una magrissima Ginetta.

«Basta Ginetta! Se parli ancora di cibo ti strozzo, sai» la bloccò Lucia, scherzando.

Ripresero il lavoro con gesti lenti: avevano quasi terminato.

"Devo rivedere Silvanella; che madre sono se mi faccio convincere così facilmente?" s'amareggiò Marilì. "I miei figli sono la mia forza. Ogni loro scoperta del mondo mi riempie di tenerezza: ridivento bambina anch'io. Martino si è ripreso, ma Silvanella, povera piccola, ha sofferto troppo", pensò con amarezza. Era così deperita che era stato necessario ricoverarla. Il latte che ancora le spettava era stato dato a Marigiò.

Iniziò a piangere in silenzio, senza singulti. Le altre donne fecero finta di niente, ma il suo malessere pesava nell'aria.

«Marilì, perché non ci racconti qualcosa della tua regione? Una storia, per esempio», propose Lucia.

«Che bello! Forza, Marilì, raccontaci una storia oppure una delle tue ricette» insistette Ginetta.

Le sue amiche la guardavano speranzose. Avevano imparato a reagire ai momenti bui stando insieme, sostenendosi l'una l'altra. "Non posso far pesare così la mia tristezza", pensò Marilì.

«Va bene» iniziò, schiarendosi la voce. «Dovete sapere che di questi giorni, in Abruzzo, si sarebbe fatta la minestra *virtù*».

«Ah sì? racconta!» la incalzò Lucia.

«A fine aprile...»

«Mancano ancora dei giorni alla fine di aprile, ma ormai «*è primavera...*» disse Ginetta iniziando a cantare.

«*Svegliatevi bambine...*» proseguì Lucia sottovoce «*a le cascine messer aprile fa il rubacuor...* Scusa, Marilì, stavi dicendo?».

«Dicevo che era abitudine preparare questa minestra, che poi si sarebbe mangiata il primo giorno di maggio; un modo per festeggiare la fine dell'inverno e l'inizio della primavera. Necessitano vari ingredienti che devono essere assolutamente in numero di sette».

«Mi incuriosite, Marilì. Prego, proseguite» la incitò la signora Pedrini.

«Innanzitutto, l'avrebbero dovuta preparare sette vergini».

«Addirittura! E le altre donne non la mangiavano?» s'intromise Ginetta.

«Ho detto in teoria, perché forse derivava da un rito pagano» precisò Marilì.

«Allora noi, che non siamo più vergini, come la potremmo preparare?» ridacchiò l'impicciona.

«Se lavorassi quanto parli!» la rimproverò Lucia. «Fai silenzio; sentiamo la ricetta».

Da quando la fame era costante, pareva che al solo parlare di cibo lo stomaco si placasse invece di eccitarsi.

«Grazie, proseguo. Allora per preparare la minestra *virtù* si parte dalla base, cercando sette legumi, di quelli che rimangono nei cassetti o nei sacchettini, come ceci, piselli, cicerchia, fagioli borlotti e cannellini, lenticchie e fave», iniziò a elencare.

«Qualcosa la potremmo pure trovare, ma i legumi da soli non bastano, vero?» chiese Ginetta che li avrebbe mangiati anche crudi, se ne avesse scovato qualcuno.

«No, non bastano. Infatti, ci vogliono anche sette verdure come bieta, borragine, lattuga, indivia, misericordia e...».

«Ah ah, una verdura che si chiama misericordia; questa non l'avevo mai sentita!» iniziò a sghignazzare Ginetta.

«Quando la troverò te la farò vedere. Dicevo misericordia e poi scarola e spinaci. Servono per arricchire la minestra di sapori dolci, ma con un velo di amarognolo. Allo stesso scopo si utilizzano i sette ortaggi: aglio, carote, cavolfiore, carciofi, cipolle, patate, zucchine. Infine, si profuma con le sette erbe aromatiche tipo basilico, finocchio selvaggio, menta, pimpinella, prezzemolo, salvia, sedano e poi...».

«... e poi, e poi?» chiese Lucia.

«Stavo quasi per dimenticarmi gli aromi: sale e pepe, bianco e nero, un pizzico di peperoncino, ma anche una grattata di noce moscata, un sentore di cannella, e qualche chiodo di garofano» continuò la cuoca narrante.

«Gli aromi, certo, e poi?» faceva eco Ginetta.

«Si mettono a mollo i legumi dalla sera prima e poi si lessano in un tegame di coccio con le patate, la carota e il cavolfiore e via via con gli altri ortaggi fino al disfacimento. L'ideale sarebbe cuocerli con un osso di prosciutto».

«Ah, il prosciutto! Ho dimenticato quel buon saporino, salato e dolce insieme» rimpianse la chiacchierona del gruppo.

«Ora prendo la cinta che ha appena fatto la signora Beatrice e ti ci imbavaglio» scherzò Lucia, avvicinando la cintura al viso di sua cognata.

«Insomma, fate parlare la signora Marilì! Deve completare la ricetta» disse Beatrice.

«Le dosi, non hai detto le dosi» osservò Lucia.

«Le dosi? Ogni massaia fa da sé, cercando il suo equilibrio tra i sapori. Io mi regolavo con i profumi».

«I profumi sono il vostro segreto, non è vero, Marilì?» le domandò Beatrice Pedrini.

Marilì annuì. Da quando aveva recuperato parte della memoria, era stata incaricata nella ricerca delle erbe di campagna buone da mangiare – ne conosceva moltissime – e di quelle profumate che avrebbero insaporito le loro misere zuppe.

«Allora? Vai avanti, Marilì», la incitò Lucia impaziente.

«Poi si aggiungono le verdure e infine le erbe aromatiche, prestando attenzione a non cuocerle a lungo; si perderebbero i profumi. Si lascia riposare la minestra per almeno due ore, meglio ancora per una notte. Al momento di servire si può aggiungere della pasta, tanto pecorino e un giro d'olio d'oliva novello».

«Mi è venuta una fame!» disse Ginetta senza riuscire a fermarsi.

«Sarà meglio cambiare argomento» intervenne Beatrice «ma quando avremo l'osso di prosciutto la faremo questa famosa minestra virtù, non è vero?»

Tutte annuirono.

Ripresero a cucire, pensando ai sapori che la ricetta di Marilì aveva stimolato.

La luce del tramonto stava sfumando e, con il buio incalzante, arrivò il noto brivido di freddo; quasi contemporaneamente le donne si rinserrarono nei lori scialletti di lana. Tra poco avrebbero smesso del tutto di lavorare per preparare l'acqua cotta per la cena: del pane secco spezzato messo lungamente a bollire con un poco di sale, tante erbe profumate appena spuntate nei campi e una bella fetta di lardo, ottenuta dalla moglie del dottore in cambio di una medicazione. In quei giorni la tessera annonaria non assicurava più l'apporto primario di viveri: da due mesi non mangiavano un pezzo di carne. Sopravvivevano a stento con la borsa nera e con gli scambi. Il dottor Pedrini a volte riceveva qualche uovo, un poco di zucchero o una bottiglietta d'olio in cambio dei suoi servigi medici dai contadini della zona che, in sua assenza, si accontentavano anche di un aiuto di sua moglie Beatrice. Quella misera minestra, neanche sufficiente per una persona, avrebbe dovuto sfamare le quattro donne e cinque bambini: Enrichetto, Martino, i due figli di Ginetta e anche Rosa, la figlia dei Pedrini.

Nessuna di loro si era ancora alzata per preparare la cena; una stanchezza malsana rendeva ogni gesto di un peso insostenibile.

«Forza, diamoci da fare!» Lucia incoraggiò le altre. «Tra poco i bambini si sveglieranno». Ripose il cucito e iniziò a raccogliere i rimasugli di stoffa, a spazzare gli ultimi fili caduti a terra.

«I bambini dormono ancora, per fortuna» le rispose Ginetta rimasta seduta, stringendosi negli scialletti «e anch'io ho un sonno...».

All'improvviso Marilì si alzò in piedi. «Andrò a riprendermi Silvanella» comunicò con insolito vigore «è mia figlia!» Al tono della sua voce, Marigiò si svegliò nella cesta dove dormiva e iniziò a piangere.

«Non fate così, signora Marilì. Avete spaventato la piccola» disse la signora Pedrini che andò a calmare la bambina, prendendola in braccio e ninnandola con paroline dolci. «Aspettate qualche altro giorno: siate ragionevole, Marilì. Mio marito sta per tornare; potrebbe andare lui a riprendere Silvanella».

«Ma il dottore è via da venti giorni!» esplose esasperata.

«È andato a Roma per quel posto all'Ospedale San Camillo, lo sapete», continuò Beatrice con Marigiò tra le braccia. «Per lui potrebbe essere una buona occasione di lavoro».

Marilì stava rigida, scossa da un'energia interna che sembrava sottratta alle altre.

«Andrò domani mattina e voi non mi fermerete!».

Lentamente, anche Ginetta si era alzata per aiutare Lucia. Si guardavano tra loro, cercando le parole giuste da dire a Marilì.

«Giovanni dice che...».

«Anche Romeo si è raccomandato di...».

«Non m'interessa» esplose fremente, con le braccia tese lungo i fianchi, i pugni chiusi e gli occhi verdi lampeggianti. «Giovanni, Romeo, il dottore. Tutti dicono e decidono per me. Io sono la madre di Silvanella. Andrò e basta!» riaffermò, cocciutamente.

«Suvvia, signora Maria Luigina» intervenne Beatrice, passando Marigiò nelle braccia di Lucia «Suvvia, calmatevi». Si avvicinò a lei per rassicurarla: «Siete troppo agitata; è meglio che andiate a riposare. Domani, con la luce del sole, potrete vedere le cose in maniera diversa e decidere saggiamente».

«Domani, potrebbe anche tornare Giovanni», si augurò Lucia speranzosa.

Erano in attesa di una sua risposta che tardava a venire. Lei fece un lungo respiro.

«Domani. Va bene, deciderò domani» acconsentì, ma con un piano nella testa.

Marilì le aveva trovate tutte e tre in cucina quando silenziosissima, con i vestiti in mano, si era alzata nel buio dopo aver allattato Marigiò.

«Allora io vado» affermò sgarbata, per il timore che le altre la dissuadessero.

«Intanto mangia l'acqua cotta di ieri sera» le aveva risposto Lucia, porgendole la sua parte di minestra.

«Questo è il pane della tua razione odierna, con delle cipolle cotte con l'olio: ti darà più forza» aveva specificato Ginetta, mettendole davanti il suo misero pasto per la giornata.

«Non si preoccupi per la piccola, signora Marilì», aveva aggiunto Beatrice «vede quel pentolino? Vi sta bollendo un poco di riso».

«C'è ancora del riso?» aveva chiesto incredula.

«No, ma ne tenevo un sacchettino di riserva per tempi peggiori, che mi sembra siano arrivati. Un poco d'acqua di cottura del riso e una puntina di zucchero sostituiranno la prossima poppata della piccina. Anche mio marito approverebbe» le aveva risposto compiaciuta la signora Pedrini.

«Ma devi tornare presto, prima che faccia buio, per Marigiò e per te, soprattutto per te, mi raccomando!» l'aveva pregata Lucia in singhiozzi.

Marilì non sapeva cosa rispondere a quelle amiche che forzavano la loro natura per aiutarla.

«Comunque devi essere prudente» aveva ammonito Ginetta. «Lo sai quanto è pericoloso per una donna andare da sola, anche se Romeo dice che alcune donne e, addirittura, delle ragazze fanno parte della Resistenza e dei gruppi armati. Sparano, perfino!».

«Ginetta, quando hai incontrato Romeo?» le aveva chiesto sospettosa Lucia. «Qui non si vede da tempo».

«Ecco, in effetti...» aveva balbettato. Era in difficoltà. Romeo le aveva fatto giurare di non dire nulla di quegli incontri furtivi.

Lui arrivava silenzioso come un ladro nella notte: veniva per baciare la testa dei figli addormentati e piombare in un sonno forse più sereno dopo averla un poco abbracciata. Non le raccontava nulla delle cose pericolose che faceva, solo qualche scarna notizia di ciò che stava avvenendo a Roma.

«Ne hanno presi dieci d'italiani, capisci Ginetta? Ben dieci innocenti per ogni soldato tedesco ucciso» le aveva confidato, tremando di rabbia e di paura.

«Calmati Romeo, ti prego, calmati» aveva detto, cullando il fagotto immiserito che era divenuto suo marito. «Spiegati meglio» aveva insistito.

«Sono stati i GAP a fare gli attentati contro i tedeschi».

«Ma chi sono?» aveva chiesto.

«I Gruppi d'Azione Patriottica, così si chiamano. Nell'attentato di via Rasella sono morti trentatré soldati tedeschi della divisione Bozen».

«Oh, mio Dio! E i tedeschi?».

«I tedeschi, per rappresaglia, senza neanche cercare gli attentatori, hanno rastrellato in strada dei civili, gente innocente che nulla aveva da spartire con i GAP».

«Oh, Madonnina mia! Anche i civili…».

«Dei civili, capisci, Ginetta, e li hanno caricati sui loro camion per portarli nelle cave di pozzolana delle fosse Ardeatine. Erano 335 in tutto» aveva sussurrato. «Sono stati fucilati 335 italiani. Un eccidio di innocenti».

Non erano riusciti a dirsi nessuna parola di conforto; solo un abbraccio stretto e doloroso per tutta la notte.

«Una volta, tempo fa» aveva risposto vaga Ginetta, inanellandosi un ricciolo «è passato al volo, solo per un saluto».

«Solo per un saluto… ho capito». Lucia non aveva insistito oltre. Sembrava che tutte loro avessero dei segreti inconfessabili. Anche lei aveva il suo segreto nel desiderare che Ernesto Pennisi, il marito di Marilì, risultasse morto.

"Qual era, invece, il segreto di Marilì? Perché non le aveva mai raccontato le ragioni del suo matrimonio con il ferroviere Ernesto così diverso da lei, figlia di un medico?" Questo rimuginava Lucia, completando i calzoni per la sua amica.

«Abbiamo pensato a qualche soluzione per te, perché tu sia più sicura mentre sarai sola in strada», aveva sentenziato Ginetta. «Innanzitutto, devi sembrare un uomo».

«Un uomo? Ma che dici, Ginetta?».

«Un uomo, signora Marilì. Un uomo che cammina da solo non lo infastidisce nessuno» aveva aggiunto seria Beatrice.

«Un uomo? Ma si capisce che sono una donna! Come posso sembrare un uomo, io?»

«Cara Marilì, da quanto tempo non ti vedi spogliata?» le aveva chiesto Lucia.

«Mah, non so». Erano molti mesi che non si denudava. Si lavava a pezzi come tutte, con una pezzuola appena bagnata per evitare di sentire troppo freddo. La sera si metteva a letto rabbrividendo, poi si toglieva rapidamente i vari strati dei vestiti per infilarsi la camicia da notte. Non si specchiava da tanto tempo.

«Sei diventata così magra che sembri un ragazzo» aveva continuato Lucia. «Toccati, avanti! Toccati i fianchi che non ci sono più, le braccia magre. Hai solo due mammelle da giovinetta che scompariranno sotto i vestiti. Tieni: ho riadattato questi pantaloni; indossali».

«Così sembrerà un vero uomo, Marilì, o meglio un ragazzo, un bel ragazzo» l'incoraggiò la signora Pedrini. «La devo chiamare, per caso, Mario?».

Marilì si era tastata come Lucia le aveva suggerito. Era solo pelle e ossa. Si toccò il seno scarso ma miracolosamente pieno di latte per Marigiò.

«Forza, Marilì, mettiti i pantaloni e poi questo maglione grigio sopra la camicia».

Lucia le aveva dato i vestiti che tutte avevano collaborato a modificare. Lei indossò quei capi maschili che le stavano a pennello.

«Ma questa balza che cos'è?».

«Per riprendere Silvanella è meglio che ti presenti come la sua mamma e, quindi, guarda cosa accade» mostrò Lucia. In un secondo la balza nascosta sotto la cintura si trasformò in una gonna leggera, colorata, lunga fino a coprire i pantaloni.

«Come vi è venuto in mente?» aveva chiesto, ammirata.

«Beatrice, sono idee di Beatrice, cioè...» Ginetta si corresse subito «della signora Pedrini. Ha lavorato... noi abbiamo lavorato tutta la notte, sai Marilì, per fare anche questo!» si gongolò, indicando un oggetto dalla forma insolita. Ginetta era tutta eccitata da quello che avevano fatto. Romeo sarebbe stato orgoglioso di lei.

«Ecco, signora Marilì, indossate questo. Meglio sulla camicia; così non vi darà fastidio alle spalle e poi coprite il tutto col maglione» aveva suggerito la signora Pedrini, consegnando l'imbracatura.

Lei aveva eseguito, anche se non capiva lo scopo di quell'oggetto sconosciuto.

«Mio padre, che era ufficiale in Africa, fece tante foto agli indigeni e alle indigene, ovviamente», aveva aggiunto, mentre un rossore la imporporava al ricordo dei seni nudi che aveva visto «e l'idea mi è venuta da loro».

«Le donne africane» proseguì Beatrice «tengono i figli sempre con sé, poggiati dietro la schiena, quasi seduti sul… sul…».

«Sul deretano» l'aiutò l'impudente Ginetta.

«Insomma, lì, dentro a degli scialli che si legano sopra il seno. Così ho pensato che per riportare Silvanella questa imbracatura potesse essere un sistema funzionale». Era soddisfatta del lavoro compiuto. Sapeva di essere brava a creare oggetti dal nulla; avrebbe potuto lavorare in una sartoria o addirittura in teatro, come costumista.

Marilì abbassò il capo per nascondere le lacrime.

«No, no, non fate così» l'aveva consolata Beatrice, abbracciando quel ragazzo singolare che era diventato la signora Maria Luigina Pennisi, detta Marilì.

«Perché piangi, Marilì? Non sei contenta?» aveva aggiunto con timore Lucia.

Tra un singhiozzo e l'altro, lei le aveva abbracciate e baciate una per volta.

«Grazie, grazie, amiche mie», le aveva ringraziate commossa. «Non lo dimenticherò mai. Cosa possono fare le donne quando sono unite!».

«Ma per completare la tua trasformazione, un sacrificio lo devi fare» aveva iniziato a dire esitante Ginetta, indicando la sua capigliatura. «I capelli…».

«Devi tagliare i capelli» aveva aggiunto Lucia più decisa.

«I capelli? Vestita così non sembro già un ragazzo?» I suoi capelli neri erano belli, ondulati e lunghi fino alle spalle. Ne aveva ancora tanti nonostante la malnutrizione. Ad alcune donne i capelli cadevano a ciocche solo a pettinarli.

«Sembrate un ragazzo, questo è vero, ma dovete essere davvero un ragazzo nell'aspetto. Altrimenti, se qualcuno dovesse vedervi da vicino, i capelli lunghi da donna vi tradirebbero» precisò Beatrice Pedrini in tono piuttosto convincente.

«Suvvia, Marilì, i capelli ricresceranno e anche più forti».

Lei era rimasta in silenzio, mentre toccava la chioma inanellando più e più volte le lunghe ciocche; le altre aspettavano trepidanti il suo assenso.

«Va bene, ma fate presto che è già l'alba».

In breve tempo Ginetta le aveva tagliato i capelli corti, con un taglio maschile.

«Sei pronta? Guardati» aveva proposto, porgendole uno specchio «e poi metti un berretto da uomo. Tutti i maschi hanno un cappello o un berretto. Ah, dimenticavo. Eccoti l'impermeabile di Romeo».

"Chi è quel bel ragazzo che mi sta rimirando?" si era chiesta Marilì osservando la sua immagine allo specchio. Le altre erano rimaste senza fiato per la sua trasformazione.

«Incredibile. Irriconoscibile», stavano esclamando.

«Ma per fare la mamma, metterete questo foulard. Prendete» le propose Beatrice.

«Grazie, grazie a tutte» sussurrò Marilì.

Asciugate le lacrime di contentezza, si era sentita rinvigorita. Le sue amiche la stavano aiutando con tutto il cuore e l'inventiva disponibile, e lei avrebbe rivisto Silvanella dopo quattro mesi.

«Ci impiegherai più di tre ore per fare la quindicina di chilometri che separano San Martino al Cimino fino all'ospedale» le aveva spiegato Lucia.

«Ricordati che la strada iniziale sarà la più faticosa; sono più di due chilometri tutti in salita» aveva precisato Ginetta «ma poi, al bivio a destra, potrai recuperare le forze con un falso piano e una lunga discesa fino alla fonte. Lì potrai ristorarti, prima di iniziare la successiva salita che porta al paese di Ronciglione».

«E, soprattutto, mi raccomando, Marilì, sii prudente. Se dovessi sentire arrivare qualcuno, nasconditi nel bosco di castagni. Mi raccomando» l'aveva supplicata Lucia.

Il sole alle due del pomeriggio era alto. Marilì iniziava a sentire caldo; una sensazione quasi dimenticata. Aveva camminato con passo regolare dall'ospedale di Ronciglione fino al bordo del lago di Vico;

poi aveva accelerato l'andatura per arrivare alla fonte e dissetarsi prima di iniziare la lunga salita della strada di ritorno.

"Sto sudando per lo sforzo e il peso" constatò, mentre una piccola vertigine si fece sentire. "Alla fonte mi sciacquerò un poco e sistemerò meglio Silvanella" si disse per combattere lo stordimento. La fonte era lì a due passi, invitante come all'andata. Bevve a lungo, temendo di arrivare assetata fino all'incrocio per San Martino da dove prendere la strada in discesa verso casa. Si sedette sul bordo della vasca fontanile, con le spalle alla via, e iniziò a spogliarsi. Si tolse il berretto da uomo e l'impermeabile: si alzò il maglione grigio che nascondeva Silvanella, seduta sull'imbracatura confezionata da Beatrice nella notte. La bambina dormiva attaccata alla sua mammella, succhiando il latte che le era mancato negli ultimi mesi. Non ebbe il coraggio di svegliarla. Si beava solo a guardarla. Quanto aveva patito pensando a lei! Aveva vissuto la sua mancanza come un'amputazione. In quei mesi era riuscita a stento a stemperare la sua angoscia di madre immaginandola davanti a una scodella di minestra con qualche pezzetto di carne. «Ho dovuto farlo; altrimenti saresti morta» tentò di spiegare, mentre le accarezzava i fini capelli castani, odorosi di sudore e di latte. Bagnò il foulard di Beatrice e lo passò delicatamente sul capo della piccola. "Speriamo che non le rimangano i ricordi", si augurò.

Appena entrata nella camerata dell'ospedale di Ronciglione, tra i tanti lettini, l'istinto l'aveva guidata dove stava sua figlia. Appena Silvanella l'aveva riconosciuta, con la sua vocina ancora troppo flebile, aveva gridato: «Mamma, mamma, mamma...»

«Mamma, pappa, butto...» aveva ripetuto con la sua lallazione struggente mentre si abbracciava a lei, con il viso inondato di lacrime e muco. «Scusami, scusami, piccola mia» aveva sussurrato, riempiendola di baci. Altri bambini, più scheletrici della sua, l'avevano guardata tra le sbarre dei lettini, sperando che lei fosse la loro madre. Mamma, mamma, avevano implorato con balbettii supplicanti e le mani tese a raggiungerla. Non aveva resistito a dare loro una carezza ma il coro di preghiere disperate si era intensificato. Mamma, mamma, rimbombava nella camerata. Era fuggita via da quegli occhi cerchiati, da quei ventri gonfi, da quelle gambine esili, abbracciando Silvanella così forte da farle male. "Come ho potuto lasciarla lì?" si era chiesta.

La suora dell'ospedale l'aveva rassicurata sulle sue condizioni fisiche. «Sta meglio e dimenticherà. È così piccola». Ma lei aveva visto negli occhi di sua figlia lo spaurimento dell'abbandono e aveva provato una stretta al cuore. "Mai più mi separerò dai miei figli", si era ripromessa.

Si rinfrescò il viso, il collo e le braccia. Lo stordimento era passato, ma rimase ancora seduta sul bordo della vasca – per avere un poco di tempo per i suoi pensieri.

Come avevano avuto ragione le sue amiche a trasformarla in un uomo! Nessuno l'aveva infastidita. Solo durante le ore di cammino, si era resa conto di essere finalmente libera di pensare a se stessa. Ora che la sua mente andava gradualmente snebbiandosi, sentiva di poter ragionare con maggiore lucidità. "Sono una donna sola che deve mantenere la sua famiglia", pensava. "Quando finirà questa dannata guerra dovrò trovare una soluzione. In fin dei conti ho un diploma d'infermiera crocerossina mai utilizzato".

Lampeggiò nel pensiero l'immagine di lei giovane, a Penne, mentre si incontrava con sua madre davanti al monastero delle Clarisse, al termine delle lezioni.

"Oh, mamma, perché mi hai condannato a questa vita? Era questo il mio destino? Da quando ho sposato Ernesto, non mi riconosco più" si amareggiò. "Le mie speranze nel futuro sono state inghiottite nel buio per sempre, vivendo con lui. Sono, anzi devo, essere una moglie obbediente, come tutte. Nessuna donna si può ribellare. Sarebbe inaccettabile. Spero proprio che lui sia morto. Non m'importa di avere un marito, se lo detesto. Io ho i miei figli: potrò farcela anche da sola. Troverò un lavoro. Sì, questa sarà la soluzione", si ripromise.

Non poteva più abusare della generosità della famiglia Paoletti.

I pensieri della sua vita futura si sovrapponevano mentre le gambe le dicevano di muoversi, di non attardarsi, che la via del ritorno era ancora lunga. Si sentì così oppressa che si concesse di pensare anche ad altro. Non l'aveva mai fatto in pieno giorno.

Non aveva solo gli incubi su Ernesto.

C'erano anche altri sogni che, da qualche tempo, s'intrufolavano in lei inerme, come un deliquio appena percepibile.

Qualcuno, uno sconosciuto, le era accanto: accarezzava, succhiava, leccava i suoi capezzoli; e ancora: la baciava, la sondava, con la bocca profumata di menta; e ancora: la toccava tra le pieghe intime inondate dei suoi umori di piacere; e ancora: la penetrava in perfetta, desiderata sintonia; e ancora... La prima volta si era svegliata all'acme del piacere con un grido strozzato, diventato subito di terrore. Nel buio, aveva teso i sensi alla ricerca di chi aveva osato farle quella cosa così riprovevole. Si era stretta le coperte attorno, per proteggersi dal profanatore. Le pupille erano dilatate, le narici aperte alla ricerca di un profumo estraneo. Ma nessun profumo come quello del sogno era nella stanza. "Allora è stato un sogno", si era detta rincuorata, abbracciandosi a Martino addormentato vicino a lei.

«Io dico che è un effeminato!».

«Un frocio? Uhm, potrebbe essere».

Due voci maschili, forse di ragazzi, interruppero bruscamente i suoi pensieri. Non si era accorta dell'arrivo degli intrusi, appena dietro di lei, seduta di spalle sul bordo della fontana.

«Hai visto come si è bagnato la faccia? Come una checca, oh signora mia!» la canzonò uno dei due, imitando il tono degli effeminati.

Lei non si girò. Un'istintiva prudenza le fece continuare il gesto di prima; forse ignorandoli non avrebbe attirato la loro attenzione.

«Ehi tu! Parlo con te. Girati! Di' almeno buongiorno» intimò il primo ragazzo.

«Ah ah, non ti ascolta: fa finta di non sentire. Forse il frocio ha paura di noi».

«Lo sanno bene i froci cosa gli facciamo noi!» si vantò l'arrogante.

La voce era vicinissima, appena dietro le sue orecchie. Sentì l'alito del ragazzo sulla sua nuca rasata di fresco. Rabbrividì di paura: era stata imprudente ad attardarsi, ora che mancava così poco per ritornare a casa. "Silvanella, devo proteggere Silvanella", pensava terrorizzata.

Continuò a bagnarsi il viso: voleva far credere di essere sorda, oppure disorientata come dopo un bombardamento.

«Ehi, tu, girati, perdio!» le ordinò l'arrogante, prendendola per i capelli troppo corti e obbligandola a girarsi da seduta.

"È un ragazzetto" appurò lei senza sollievo, vedendo una smorfia di superbia sul viso sudato. Il giovane stava soffrendo il caldo come lei, costretto in pantaloni alla zuava troppo pesanti e in una giacchetta di lana striminzita.

“Non devo muovermi” s’impose, stentando a trattenere le lacrime.

«Lacrime? Puà!» osservò il suo torturatore, senza mollare la presa dai capelli. «Questo frocio sta piangendo».

«Piange?» domandò l’altro, sorpreso. Iniziò a passarsi la mano sul mento, come per racimolare l’energia sufficiente per produrre un pensiero. Si mise a girare intorno al suo compare e a Marilì, finché il pensiero si trasformò in voce: «Uhm, io dico che per me questo… è una donna» disse alla fine.

«Ma va, come ti viene in mente? Non vedi che è tutt’ossa?» aggiunse guardandola meglio.

«Dici? Anche se…» proseguì l’altro, girandole di nuovo attorno, «anche se mi sembra un viso conosciuto» disse, non convinto.

Anche Marilì l’aveva riconosciuto: il ‘pensatore’ era il figlio del vinaio del paese, con il berretto sbieco da giovane avanguardista.

«C’è solo un sistema per saperlo, se è una donna, no?» sogghignò l’arrogante, strattonandole ancora i corti capelli. Prese a palparle i fianchi.

«Ossa, solo ossa» le alitò addosso con disprezzo, dopo la verifica.

“Madonna mia, aiutami per Silvanella e per gli altri figli”, si mise a pregare. “Salvami e io ti faccio voto. Se dovesse tornare Ernesto, giuro che sarò una brava moglie per lui”.

«È tanto che non vado con una donna» confessò il figlio del vinaio, con gli occhi lucidi e la voce incrinata dal desiderio.

«E se non fosse una donna? Una donna non si farebbe mai tagliare i capelli così corti» disse l’arrogante, valutandoli nella mano «e tu» rivolgendosi al suo compare «tu non andresti mica con un frocio, vero?» gli chiese ambiguamente.

«Io i froci li squarto, li scrocchio, altroché» promise l’altro toccandosi con intenzione la sua virilità. «E poi guarda: piange, non vedi come piange? È una donna!».

Il figlio del vinaio si era avvicinato. Il suo viso era quasi sul suo, come a volerla baciare. Poi, di scatto, si era allontanato.

«Forza. Alza questa farsa di uomo o checca o quello che sia! Togliamogli i vestiti!» disse all’altro.

Il rombo della moto fermò l’arrogante ingagliardito un attimo prima che alzasse il maglione a Marilì. Nessuno si era accorto del nuovo arrivato.

«Amilcare, Sebastiano! Mascalzoni, che state facendo?» urlò qualcuno, scendendo dalla Guzzi.

«Il dottore Pedrini?» balbettò il bullo. La sorpresa aveva smorzato la sua baldanza.

"Il dottore? È il dottor Lorenzo Pedrini? La Madonna mi ha fatto la grazia", si rincuorò, intravedendo tra le lacrime il medico piombare con la faccia disgustata sul suo torturatore.

«Sì, sono proprio io, ma voi disgraziati, cosa state facendo a questo giovane?».

Senza aspettare risposte, tolse Marilì dalle mani dell'arrogante Sebastiano. Intanto Amilcare, il figlio del vinaio, sedutosi lontano, iniziava a pettinarsi con un pettinino sdentato.

«Stavamo dando una lezione a questo frocio» gli disse senza scomporsi. Sebastiano per non guardare in viso il dottore prese a sistemarsi i lacci delle scarpe.

«Come vi permettete? Farabutti, canaglie!» gridò il medico ai due che fingevano di non ascoltare. Poi dette uno sguardo alla vittima. Per un attimo pensò di avere la vista offuscata. "Non è possibile, ma è la signora Marilì! Perché si è conciata in tal modo?" si chiese.

La guardò meglio: era lei; non c'erano dubbi che quel bel giovane emaciato con lo sguardo pieno di terrore era la signora Marilì, vestita da uomo con il maglione che la stava facendo sudare ma che, forse, nascondeva qualcosa? Ma certo, che sciocco. Era passato all'ospedale di Ronciglione dove la suora l'aveva avvertito che la bambina l'aveva appena ripresa la madre.

«Amilcare, parlerò con tuo padre del tuo comportamento!» promise al ragazzo.

«Fate pure, tanto anche mio padre odia i froci. Sapeste quanti ne ha menati a Viterbo» si vantò, sputando in terra. L'altro giovane fece spallucce.

«Ah sì? Tu e tu, voi due mascalzoni, farabutti, credete di poter continuare con la vostra spavalderia? Ma sappiate che oggi, 25 aprile 1945, è una giornata bellissima» disse con orgoglio il dottore, guardando tutt'intorno. L'aria era tersa, il cielo azzurro senza una nuvola, il lago blu appena increspato. Il sole imbrillantinava le foglie dei castagni. Il panorama era così straordinario da intenerire il cuore.

«Sì. È vero: oggi c'è il sole, e allora?» domandò Sebastiano.

«Oggi è una bellissima giornata per tutti» ripeté di nuovo felice e aggiunse: «Alle ore otto di stamane è stata proclamata l'insurrezione da parte del Comitato di Liberazione dell'Alta Italia. Questa dannata guerra è finita!».

«Oh, cazzo! E adesso chi comanda?».

«Ma non capisci che la guerra è finita?» gli rispose, scandendo bene l'ultima parola.

«Mussolini è vivo?» s'informò Amilcare con realismo. «Perché se è vivo, comanderemo ancora noi. Il Duce non si tradisce!» disse, aggiungendo il saluto romano.

«Ma andate a casa vostra, che è meglio» sbottò Pedrini. «Le cose sono cambiate, vedrete. Sì, lo vedrete». Poi, rivolgendosi a una tremante Marilì in lacrime, disse: «E voi venite con me; vi porterò io a casa».

Ideali
Maricò

Penne, 1915

«Venite, ragazzi; accomodatevi nel salotto» disse il mastro a Maria Concetta e ad Arduino. «Ho da leggervi una lettera inviatami da un mio accolito, il signor Mario De Pico, che mi aggiorna sulle posizioni dei socialisti circa la guerra».

Al nome di Mario, Maricò sussultò. Da quando il giovane si era dichiarato, lei non aveva smesso neppure un istante di rivivere il turbamento provocato dai suoi baci. Ormai, erano già passati molti mesi da quell'indimenticabile momento senza che nessuna nuova circolasse circa il suo ritorno. Troppo per il suo cuore in attesa. "Non merito anch'io un poco di felicità?" si era ripetuta senza sosta. "Potessi almeno confidarmi con Argene! Ora, finalmente, le sue notizie! Padre, presto, leggete la lettera", incitava il mastro con il pensiero.

«Così scrive il De Pico» iniziò lui, schiarendosi la voce:

«*Ho aderito con slancio alle ragioni degli irredentisti capeggiati da Cesare Battisti, ora riparato in Italia. Non si può rimanere insensibili al grido di dolore del Trentino, della Venezia Giulia e della Dalmazia, terre italiane calpestate dall'oppressore austroungarico. Pertanto, nell'attesa che il governo mostri il vigore che gli compete e sfidi i barbari aggressori, partirò con la legione di Peppino Garibaldi, il nipote dell'eroe, per il fronte francese sulle Argonne per difendere la patria dei lumi e dei diritti dell'uomo…*»

"No, non è possibile. Mario, il mio Mario in guerra in Francia?" si domandò incredula. La sorpresa divenne stordimento. Barcollante si appoggiò al tavolo. Svenne trascinandosi il drappo che lo ricopriva, con le carte appoggiate sopra.

«Maricò, non morire, Maricò!» iniziò a gridare con voce stridula Arduino.

«Arduino, smettila di gridare!» urlava a sua volta il mastro. «Maricò non è morta. Vai a prendere i sali dalla tua signora madre. Su, vai, presto».

Il bambino, piangendo, volò alla ricerca dei sali.

«Eccoli, padre, ma fate presto. Maricò muore!».

I sali sotto le narici fecero effetto; Maricò si riprese, abbracciò il fratellino in lacrime e si ricompose.

«Scusatemi, padre, è il pensiero della guerra che mi ha turbata» disse, nascondendo l'angoscia per la sorte di Mario.

«Certo, certo, l'avevo pensato anch'io» si affrettò a precisare il mastro. «Anche se, a dire il vero, la causa interventistica sta guadagnando terreno e molti si stanno schierando a favore della guerra. Nessuno sa quello che potrà accadere a breve. Certo è che quel giovane...».

«Di chi parlate, padre?» chiese lei con finta ingenuità.

«Ma del De Pico, chi altri?» fece irritato il mastro. «Che avventato. Andare in guerra volontario, e in Francia poi! Se guerra ci sarà, sarà richiamato anch'egli certamente».

«E il signor De Pico vi dice altro, padre?» chiese Maricò che aspettava qualche parola per lei, come promesso da Mario.

«Mah, egli si dilunga su alcuni sindacalisti conosciuti a Milano, uomini con i calli alle mani, che sono favorevoli alla guerra».

«E poi, dice dell'altro?» domandò, scoprendo apertamente il suo interesse.

«Ah, sì. Il De Pico scrive come un vero poeta. Ragazzi, sentite come conclude la missiva:

«*Egregio mastro Evaristi, la ringrazio. Ella mi ha dato l'occasione di conoscere giorno per giorno la bellezza della nostra idolatrata patria. Vorrei essere un dio alato per deporre il mio cuore ai suoi piedi. Sono tutto preso d'amore per la nostra cara, amata, Italia*».

"Finalmente le sue parole, le dolci parole di Mario per me: Bellezza dell'idolatrata patria... cara, amata, Italia... sono io, sono io!" si ripeteva con il cuore che correva come un cavallo impazzito. Si appoggiò al muro ansimante.

«Tu non stai bene, figlia mia; sei pallida» osservò il mastro. «Domani chiederò al dottor De Dominicis di visitare anche te. Ora andate, figli miei, e ricordate che le guerre si combattono per l'onore degli uomini e per la gloria della patria».

Da quel giorno Maricò stette male. La mancanza d'informazioni sulla sorte di Mario le era intollerabile. Solo in uno scarno trafiletto su il «Giornale d'Italia» era riportata la notizia di un nobile manipolo di ardimentosi italiani che al grido di "marciare, non marcire" stavano combattendo nelle Ardenne contro gli austroungarici e i tedeschi; ne erano morti più di cinquecento, ma nessun elenco dei caduti era stato fornito. Di Mario De Pico nessuno sapeva più nulla.

"Mario, perché hai voluto mettere a rischio la tua giovane vita, rinunciando a vivere d'amore con me? Se davvero mi ami – e non ho dubbi che sia così – perché non sei qui vicino a confortarmi?" si arrovellava senza sosta. Non dormiva bene, era dimagrita e il suo bel viso si era ingrigito.

Il dottore le aveva prescritto di prendere tutti i giorni un cucchiaio del tonico antianemico Tornasina e di mangiare di più; il brodo ristretto che preparava per la sua matrigna avrebbe dovuto consumarlo anche lei, arricchito con due uova sbattute con il pecorino. Suo padre, non avendo ancora dimenticato le morti della sua famiglia, era molto preoccupato per la sua salute e assai di più per l'onorario del medico. Questi veniva spesso a visitare donna Nicoletta, ormai agli sgoccioli della vita, e a controllare la ripresa di Maricò. Tuttavia, il decorso della malattia di donna Nicoletta procedeva così lentamente che il dottor De Dominicis non finiva di stupirsene. "Sarà per il brodo ristretto che ogni giorno le prepara Maricò, oppure per quel poco di sole che prende quasi giornalmente nella piazzetta di San Giovanni Evangelista?" si domandava.

Alcuni mesi prima, in una soleggiata giornata del dicembre 1914, mentre arrancava su per la salita di corso dei Vestini per una visita domiciliare, il dottore si era imbattuto in uno stupefacente quadretto. Sedute sulla panchina a fianco della Collegiata c'erano tre figure ben imbacuccate per il freddo: Maria Concetta che scherzava con Arduino e donna Nicoletta che sorrideva. Per lo stupore – non aveva mai visto la moglie del mastro sorridere – era scivolato sull'acciottolato innevato. Soccorso dai due giovani, si era associato anche lui al gruppetto, scoprendo le ragioni di quello che sembrava un momento sereno.

«Fai sentire al dottore la tua poesia, Arduino», propose Maricò «è molto divertente».

«La sua poesia? Volete dire, signorina Maricò, che questo bambino ha composto una poesia?».

Arduino non tratteneva la gioia che la meraviglia del medico gli stava procurando, perché la poesia era segreta e suo padre non ne doveva sapere nulla.

«Sì, dottore, è una poesia sugli scolari asini» s'inorgoglì. «S'intitola Farforello. Fa così:

Ben pasciuto e rubicondo,
Farforello di caro al mondo
non aveva che i birilli,
la sua trottola, i suoi gingilli.
Scriver, legger, non voleva
e il maestro gli diceva:
"Farforello, Farforello
rimarrai sempre un asinello".
Fatti adulti i suoi compagni,
chi ebbe gloria, chi guadagni,
chi fu celebre pittore, chi valente professore,
chi fu prete, chi soldato,
chi architetto, chi avvocato,
ma lo stolto Farforello
restò sempre un asinello.
Ih! Oh!»

Arduino rideva a crepapelle, mentre con le mani sulla testa era intento a mimare le orecchie dell'asino. Sul viso scarno di sua madre c'era un accenno di sorriso.

Il dottor De Dominicis si complimentò con il bambino e guardò con rinnovata ammirazione Maricò.

«È quindi la sua energia il segreto del miglioramento di donna Nicoletta» borbottò tra sé e sé. «Non bastano le cure mediche palliative per rallentare la malattia. Il malato deve sentire la dedizione e l'amore vicino a sé e, forse, avrebbe bisogno anche di qualche sana risata ogni tanto». Su questo rifletteva, mentre un'idea cominciava già a frullargli nella testa.

"Il mastro non dovrebbe rifiutare", pensava. "La proposta è allettante per le sue finanze e poi io avrei vicino a me quella splendente ragazza" concluse, salutando il gruppetto.

Durante una delle tante gite insieme sulla macchina del dottore, un'Alfa Romeo 24 Hp, verso quella casa chiusa che condividevano, il mastro e il dottore avevano convenuto di saldare l'onorario dovuto alla morte dell'ammalata. Il decorso della malattia di donna Nicoletta si stava protraendo più a lungo del previsto e il mastro non sapeva quale cifra aspettarsi, mentre il dottor De Dominicis sembrava non avere fretta e mai aveva accennato all'argomento.

"Devo sapere se Mario è ancora vivo o impazzisco", si ripeteva Maricò ormai prossima al tracollo nervoso. Ai primi di maggio prese una decisione.

"Andrò da don Santino", si disse. La mattina dopo, agghindata con il suo tailleur color tabacco corredato da un cappello a falda larga con una velina color panna e un ombrellino in tinta, salì verso il Duomo e il Palazzo Vescovile. L'accompagnava una svogliata e sbuffante Mietta.

«Buongiorno signorina Evaristi, scusatemi se vi ho fatto attendere» così l'accolse don Santino nella grande sala, decorata con gli affreschi degli stemmi di tutti i vescovi di Penne.

«Come sapete sono molto occupato nella mia nuova incombenza che non so come posso esservi utile...» continuò lui in piedi, per concludere alla svelta il colloquio. L'importanza del nuovo incarico di segretario del Vescovo si rifletteva anche sul suo aspetto: la veste talare era nuova e pulita e sul capo i capelli non brillavano più di unto.

«Sono qui, caro don Santino, perché la mia signora madre donna Nicoletta...».

«Ah, se siete qui per questo», disse don Santino avviandosi alla porta «posso inviarvi un mio confratello che farà con devozione il suo ministero. I peccati di donna Nicoletta non sono poi molti». I gesti frettolosi, al limite della sgarberia, smentivano le parole che il prete manteneva cordiali.

«In verità, don Santino, volevo dirvi che donna Nicoletta, per la devozione a San Gabriele cresciuta in lei con i successi scolastici di mio fratello Arduino...».

«Lo sapete, vero, cara Maricò», la interruppe il prete «che San Gabriele ha sostato nel palazzo dei San Vito quando era a Penne per prendere gli ordini minori?».

«Ne sono al corrente».

Maricò conosceva tutto del palazzo San Vito: chi aveva dipinto i mirabili affreschi nella sala delle Ancelle e nel salone delle feste, i personaggi di rilievo che vi erano stati ospitati e perfino le riunioni segrete della Carboneria tenutesi nel palazzo.

«A proposito, Maricò, la contessa di Pietra Secca vi manda i suoi saluti».

Argene! Erano mesi che non aveva sue notizie dirette.

«Ho piacere che la contessa si ricordi ancora di me» disse, desiderando che il tempo tornasse indietro di un anno.

«Vi ricorda e mi chiede sempre vostre notizie che sono, per il momento, legate alla sorte di donna Nicoletta, che stavate dicendo che...».

«Ecco, dicevo», Maricò riprese il discorso «che donna Nicoletta, per la devozione a San Gabriele, desidera predisporre un lascito per...».

«Un lascito? Ma lo dovevate dire subito!» Il tono era cambiato di colpo. «Prego, accomodatevi signorina Evaristi» disse porgendole la sedia a selvatico, mentre lui prendeva posto su una savonarola dietro un'imponente scrivania. «Tu rimani in piedi e non toccare nulla» impose, invece, a Mietta che gironzolava nell'amplia sala.

«Allora, cara figliola, dicevi che la tua matrigna... un lascito... di quale entità si tratta?».

«L'entità non mi è nota, dovrete parlarne con lei, ma so che servirà ad abbellire la chiesa».

Il prete stava scoppiando per la sorpresa.

«Verrò a farvi visita presto, molto presto» disse a Maricò e poi, per mera cortesia, chiese: «Il mastro come sta?».

Maricò aspettava proprio quella domanda.

«Il mio signor padre è molto amareggiato dalle voci di una guerra che ormai sembra imminente».

«Le voci!» esplose il prete alzandosi di scatto. «Tutti parlano, parlano, ma bisogna sentire le voci che contano. Il Santo Padre Benedetto

XV» disse, congiungendo le mani come a lui era abituale, «sta lavorando contro l'intervento. Sua Santità sta predisponendo di ospitare a Roma la conferenza della pace e questo è possibile solo se l'Italia è neutrale». Era così ovvio che stentava a capire la consistenza delle voci. «E poi tutti i cattolici sono contro la guerra: è noto».

«Tuttavia molti animi si sono accesi di ardore e, tra questi, alcuni delle genti degli Abruzzi» fece osservare timidamente Maricò.

«Allora, avete saputo anche voi del discorso di D'Annunzio per la commemorazione della spedizione dei Mille?» le chiese, sorpreso. Maricò accennò con il capo. Luigi Evaristi era rimasto particolarmente colpito da Gabriele D'Annunzio da Pescara per la retorica travolgente che sentiva tanto simile alla sua, capace di smuovere anche i più passivi e riottosi all'azione: non si era frenato nel parlarne in casa.

«Egli, il pescarese», precisò il prete con un certo disprezzo «ha detto: 'La Patria è in pericolo, la Patria è in punto di perdimento. Il nostro sangue grida!' E giù tutti ad applaudire. Puà!» commentò, muovendosi a grandi passi per l'ampio salone.

«La politica non è questa; bisogna smorzare le passioni, ragionare prima di decidere per una guerra, mica come quella testa matta di...».

Maricò fermò il suo respiro in attesa di udire quel nome.

"Forza, don Santino, dite quel nome" pregò Maricò in silenzio.

«Mica come quella testa matta di Mario De Pico che deve ringraziare suo fratello Gaetano».

«Perché dite così, don Santino?» chiese in modo casuale.

«Perché nostro Signore ha voluto credere alla sincerità dei ceri offerti dal barone De Pico e ha fatta salva la vita a quell'incosciente di suo fratello».

"Mario è salvo! Salvo!" si rallegrò. Il suo cuore in tumulto decelerò all'improvviso.

«Sul freddo terreno delle Argonne hanno lasciato la vita molti giovani e due nipoti dell'Eroe, Bruno e Costante Garibaldi, mentre la nostra testa calda di Mario De Pico è vivo. Egli si sta curando qualche graffio a Imperia. Tornerà presto. Andare a combattere in Francia. Bah!».

"Si sono appena smorzati gli echi della Carboneria e adesso ci mancano i socialisti a smuovere le acque discutendo se intervenire o no nella guerra" ragionava tra sé il prete. "Pure quel direttore de «L'Avanti», il socialista Mussolini, ha cambiato idea e, da quando ha fondato un suo giornale, è diventato irredentista. Ha scritto perfino che vuole partire volontario passando dalla *neutralità assoluta all'attiva*, il folle. Che Dio ci scampi e liberi da questi fanatici!" pensava con disapprovazione.

«Ma se ci sarà la guerra, i giovani saranno richiamati?» chiese Maricò per il timore che il suo amore andasse di nuovo lontano da lei.

«Se, lo sottolineo», disse don Santino «guerra ci sarà. Anche Giolitti, come pure il Governo, è contrario all'intervento, paventando la superiorità della forza austro-tedesca. Comunque questi non sono discorsi per una fanciulla come voi, scusatemi. Dite a donna Nicoletta che verrò presto a farle visita».

Maricò uscì sorridente dal Vescovato; poco dopo si mise a ridere di gusto pensando alla faccia di don Santino quando si sarebbe reso conto della consistenza del lascito: un inginocchiatoio di legno pregiato. Da quel giorno iniziò a migliorare e ad aspettare una nuova lettera di Mario.

Tuttavia, a sconfessare i ragionamenti del prete si erano impegnati i quotidiani più importanti come il «Giornale d'Italia», «La Tribuna», «Il Secolo» e «Il Corriere della Sera», appoggiando sempre più la causa interventista verso una guerra che già coinvolgeva notevoli interessi. Solo «La Stampa» di Torino, si era allineata alla posizione neutrale di Giolitti. Intanto un ribollio incalzante di passioni era stato alimentato dagli interventisti come D'Annunzio, sopraffacendo la maggioranza silenziosa dei contrari alla guerra. Il re Vittorio Emanuele III dette seguito agli umori delle piazze sfidando il Governo contrario alla guerra; il nuovo presidente del Consiglio Salandra chiese i pieni poteri. Il 22 maggio scattò la mobilitazione generale: iniziavano i completamenti dei corpi e dei reparti delle diverse armi; si costituivano i comandi delle varie unità e i servizi logistici. Il 24 maggio 1915 l'Italia dichiarò guerra all'Austria.

Dieci giorni prima, all'imbrunire, era morta silenziosamente donna Nicoletta. Era il giorno delle lavande e lei stessa aveva voluto mettersi il vestito pulito e farsi acconciare i pochi capelli rimasti. Al termine dell'operazione, guardando a lungo negli occhi Maricò, le aveva detto: «Grazie, figlia mia». Lei le aveva stretto le mani tra le sue, mormorando sinceramente: «Madre…». La pace e il perdono erano scesi finalmente fra loro.

Il cònsolo di donna Nicoletta durò cinque giorni. Dopo il decesso furono subito aperte le finestre della casa perché l'anima della defunta potesse volare via. Quattro prefiche in nero, poste agli angoli del catafalco, "dicevano" della defunta decantandone, in dialetto strettissimo, qualità e virtù fra i lamenti.

«Non voglio che questi lugubri canti delle *chiangimuerti* siano ripetuti al camposanto» aveva imposto il mastro. Per il resto, anche Luigi Evaristi, l'agnostico per antonomasia, aveva accettato di adeguarsi alla tradizione.

Nannina aveva messo una moneta in bocca alla defunta per pagare il passaggio a Caronte verso il mondo dei morti. La cucina di casa era stata spenta, come di regola dopo una morte; erano i vicini e i conoscenti che provvedevano a cucinare e a portare il cibo per i familiari perché si deve mangiare e non si può morire *appresso* al morto. Alla casa di Fontemanente listata a lutto arrivarono, sulle sedie poggiate vicino all'uscio allo scopo, dei piatti chiusi da uno strofinaccio pulito, la *mappina*, per aiutare i familiari a superare il dolore della perdita. La quantità di cibo era sempre abbondante, almeno tre portate, da mangiare sempre con la stessa posata per riaccettare la vita. Per la prima volta Maria Concetta capì appieno il significato del cònsolo. Anche se la morte della sua matrigna era attesa, il senso di perdita per quella donna, che solo poche ore prima aveva chiamato madre, l'aveva invasa a sorpresa.

"È forse dolore questo stordimento che mi pervade e mi provoca la sensazione dello stomaco chiuso, della bocca arsa, della vista annebbiata?" si chiedeva, stentando a riconoscere le sue emozioni. Le morti precedenti, quelle delle sorelle e di suo fratello, non le aveva quasi vissute. Era troppo piccola e lei stessa era stata vicina alla morte. Ora, annientata da un dolore sconosciuto di una perdita che non credeva nascere dall'amore, si sentiva come un automa. La testa era vuota, le mani gelide, i movimenti rigidi. Di malavoglia, sorbì il brodo di pollo del cònsolo come si fa per una medicina: il rifiuto iniziale, l'attesa del disgusto per la forzatura, la sorpresa del benessere dopo il calore del liquido ristoratore.

Anche la marchesa di San Vito era venuta per un breve saluto alla salma e a stringere le mani a Maricò. «Figlia mia» così l'aveva consolata «fatti coraggio; ti sono vicina, come lo è la contessa di Pietra Secca, che sempre si ricorda di te».

Argene! Di nuovo Argene le inviava un messaggio di vicinanza o forse di affetto.

Tra i visitatori intravide anche i fratelli De Pico: il barone Gaetano con gli occhiali scuri per una recente malattia oculare e lui, il bel Mario, con il volto seminascosto da un cappello a larga tesa. Sentì venire meno le forze: le donne accorsero sollecite, la fecero distendere sul sofà, le bagnarono la fronte, nascondendole la vista dei due. Quando si riprese, la visita dei due fratelli era terminata. Lei scoppiò in un pianto di disperazione.

"Mario è a Penne, ma non vicino a me! Perché ancora non mi ha chiesta in moglie?" si disperava. Avrebbe voluto parlargli, chiedere spiegazioni e ricevere tanti baci rassicuranti. Non riusciva a capire il suo comportamento, a capacitarsi di tanta crudeltà e freddezza dopo la dichiarazione d'amore. Aspettare, non poteva fare altro che aspettare. La prospettiva di un'attesa senza contorni la sopraffece di nuovo. Le lacrime che scendevano irrefrenabili furono interpretate di dolore per la morte della sua matrigna, sorprendendo non poco i vicini.

Al quinto giorno l'odore del cadavere divenne insopportabile. Si accelerarono le operazioni: la chiusura della bara e la sua tumulazione. Al ritorno dal camposanto la cucina fu di nuovo accesa, i pasti furono di nuovo cucinati, ma i piatti rimasero quasi intatti, pieni delle pietanze. In casa aleggiava palpabile il bisogno di avere ancora il conforto e la vicinanza di persone accudenti; anche il mastro sembrava trattenere a stento la commozione.

Arduino aveva reagito in modo inaspettato alla perdita della madre con cui sembrava non aver nessun legame affettivo: si era rintanato nella sua stanza, rifiutandosi di uscire e di mangiare. Nemmeno sua sorella riusciva a scuoterlo e quando la sentiva avvicinarsi le gridava forte: «Va' via; va' via, cattiva! Anche tu mi lascerai, cattiva». La protesta del digiuno continuava a oltranza.

Il mastro, allarmato da tanta ostinazione, aveva fatto intervenire il dottor De Dominicis, il quale aveva chiamato a consulto il dottor Marcotulli, un giovane medico appena uscito dalla Università di Napoli dove si era impratichito nel campo delle nevrastenie.

«Insomma, dottori, che cos'ha questo mio figliolo?» chiese il mastro ai due medici convocati nella sala grande. Per quello che gli sarebbe costato il consulto dovevano ben fare una diagnosi e trovare un rimedio, che diamine!

Aveva visto i due luminari parlottare tra loro per più di un'ora: il giovane disquisiva e l'anziano annuiva.

«Allora, seguaci di Ippocrate, cosa dite?» incalzò impaziente.

«Prego, parlate voi, esimio collega» disse compito il dottor Marcotulli, tutto vestito di nero, al pari della sua chioma, al suo collega De Dominicis: «Voi conoscete meglio il fanciullo e l'ambiente in cui vive. Inoltre, noi siamo concordi nella diagnosi».

Tante cerimonie stavano innervosendo il mastro.

«E quindi, dottor De Dominicis?» domandò all'anziano medico.

«Quindi, voi dite, caro mastro. È cosa lunga...» il dottore cercava di introdurre il discorso.

«Insomma, dottore, sintesi e fuori la diagnosi» insistette.

Il dottor Marcotulli si avvicinò al collega, suggerendo qualcosa a bassa voce; l'altro annuì.

«Sintesi, voi dite. Ebbene, in sintesi, vostro figlio soffre di melanconia da perdita della madre e...».

«Questo l'avevo capito anch'io, senza tanti studi medici», sbottò «anche se mi sembra sorprendente vista l'aridità di mia moglie. E quindi?».

«E quindi» proseguì con pazienza il dottor De Dominicis «egli teme che vostra figlia Maria Concetta, Maricò, che sempre si è comportata con le tenerezze di una madre con lui, l'abbandoni come la sua povera madre. È... è...» chiese aiuto al giovane collega che suggerì: «È un transfert affettivo, capite mastro Evaristi?».

«No. Non capisco. Perché Arduino teme che Maricò l'abbandoni? Mia figlia non lo farà mai: è inaudito!» Il mastro prese a camminare nervosamente per la sala con le mani dietro la schiena.

«Su, caro mastro, non vi agitate. Noi siamo qui per aiutarvi a comprendere. Non mi avete detto voi stesso che volete mandare vostro figlio in collegio per il prossimo anno scolastico?».

«Sì, l'ho detto. Arduino è così avanti negli studi che può anticipare l'ingresso al collegio a sette anni. Cosa c'è di strano?».

Il dottor Marcotulli si fece coraggio e interloquì: «Il mio esimio collega mi ha illustrato le precoci capacità di vostro figlio dall'intelligenza vivacissima. Tuttavia, anche la sua sensibilità potrebbe essere altrettanto sviluppata, così da soffrire di un allontanamento in questo momento delicato della morte di sua madre e...» iniziò ad arrossire «e di un possibile matrimonio di vostra figlia, che per lui rappresenta la madre sostitutiva».

"Le voci si sono diffuse", pensò il mastro.

«Se vostra figlia si sposasse a breve», un nuovo rossore accompagnava le parole del giovane medico «per lui sarebbe come morta. Subirebbe una nuova perdita della figura materna, capite?».

Il mastro forse non capiva tutto quel discorso, ma era sicuro di una cosa: non voleva che Arduino, il suo unico figlio maschio, l'unico discendente ad avere il diritto di portare il suo nome e di tramandarlo ai posteri, morisse d'inedia o pazzo perché Maricò si sposava. D'altra parte, non poteva fare di sua figlia una zitella senza nessuna sussistenza per il futuro. Il mastro, per la prima volta nella sua vita, si trovò a corto di parole. Si accasciò sul divano e iniziò a singhiozzare. I medici non sapevano come celare l'imbarazzo di vedere un uomo di tale fatta sgretolarsi di fronte all'affetto familiare.

Quando i singhiozzi si spensero il dottor De Dominicis suggerì: «Prendete tempo, caro mastro. Il tempo guarisce molte ferite. Rinviate di un anno l'ingresso al collegio di Arduino, che potete istruire voi stesso. Per le richieste di matrimonio, aspettate. Se faceste promessa vostra figlia ora, quando quasi certamente ci sarà la guerra, ella potrebbe passare giorni o mesi in fremente attesa di notizie di un fidanzato lontano e cominciare a deperire». Le parole del dottor De Dominicis erano sagge e indicavano, per il momento, una soluzione.

«Comunque prima o poi mia figlia si mariterà e allora cosa accadrà?».

«Il tempo...» disse il dottor Marcotulli «il tempo sarà passato e vostro figlio si sarà ripreso. La guerra, se ci sarà, prima o poi terminerà».

Il mastro taceva, intuendo che quei suggerimenti erano, data la situazione, gli unici da seguire.

Le cose andarono come i medici avevano previsto. Arduino dopo le parole di suo padre riprese a mangiare.

Maricò accettò di rinviare qualunque proposta matrimoniale – lei era in attesa di quella di Mario – e il dottor Marcotulli iniziò a visitare con assiduità casa Evaristi.

Il grande pranzo
Marilì

Roma, maggio 1953

Marilì si controllò di nuovo i capelli: il taglio che le aveva fatto Ginetta le stava proprio bene. I suoi occhi verdi risaltavano ancora di più. La sua parrucchiera personale l'aveva convinta che sarebbe diventato di moda portare i capelli corti, con una piccola frangetta, proprio come Audrey Hepburn in *Vacanze Romane*, il film di cui avevano visto girare alcune scene in corso Vittorio. La gonna a pieghe le cadeva a pennello, facendola somigliare ancora di più all'attrice. Davanti allo specchio nella sua camera fece una giravolta su se stessa, solo per provare la sensazione rincuorante delle cose nuove; erano i primi acquisti per sé dopo anni. Una volta tanto non rimpianse le calze sotto la gonna; sarebbe stata attenta, molto attenta, a non smagliarle.

"Vorrei capire per quale motivo le donne non possono portare i pantaloni, tanto comodi e caldi", si domandò inutilmente. Si era sentita così a proprio agio negli indumenti maschili che aveva continuato a indossarli a San Martino al Cimino anche dopo la fine della guerra, nonostante i commenti derisori dei paesani.

«Che ne dici, lui mi noterà?» chiese alla sua immagine allo specchio. Si sentiva una sciocca, ma oramai non poteva più farci nulla. Per troppo tempo non aveva voluto capire. Il solo pensiero le era sembrato mostruoso. «Sarebbe bello ricevere un piccolo complimento, solo uno» sussurrò, annodandosi il fazzolettino al collo come aveva visto fare alla Hepburn.

«Mamma, stai parlando da sola?» La voce di Martino, entrato nella sua camera da letto, le bloccò i pensieri e le parole. Arrossì come una bambina. Smise di rimirarsi e andò a lisciare la coperta del letto; oggi tutto doveva essere perfetto.

«Allora, che devo fare? Vado subito o aspetto Enrico?» chiese suo figlio. Era diventato alto e magro, dinoccolato come lo sono gli adolescenti con i pantaloni corti e le ginocchia ossute. I capelli castani lucidi di brillantina, con la riga perfetta, indicavano l'eccezionalità della giornata: era il 3 maggio 1953, il giorno del grande pranzo. Marilì l'aveva programmato da molto tempo: lo doveva a tutte le persone che l'avevano aiutata. Da quando era rimasta sola e aveva iniziato a lavorare come infermiera, faceva di tutto per conciliare la gestione della casa, la cura dei figli e il lavoro. Arrivare alla fine del mese senza troppi debiti, i *buffi*, come si chiamavano a Roma, era per lei un motivo d'orgoglio. "Devo pazientare ancora un anno e poi Ernesto sarà dichiarato ufficialmente morto; qualche soldo in più dalla pensione di vedova di guerra mi farà comodo", si disse. Il solo pensiero di quell'uomo, ancora ufficialmente suo marito, le dette i brividi.

«Meglio che tu aspetti Enrico, perché da solo non ce la puoi fare: sono tre le teglie da riportare» precisò Marilì, avviandosi con il figlio in cucina «Ecco, prendi le *mappine* per racchiuderle; fai un nodo ben stretto» consigliò, consegnando tre strofinacci robusti, «così tengono bene il peso».

Martino era impaziente di andare dal fornaio, al di là della strada, a riprendere le teglie con l'agnello e le patate, cotti nel forno a legna.

«Mi raccomando, Martino, e lo dico anche a te Enrico» precisò, rivolgendosi al figlio di Lucia appena entrato in casa Pennisi «non vi mangiate le patate. Le patate, cari i miei angioletti» li canzonò, squadrando le loro facce ingenue «le ho contate una per una in ogni teglia. Avete capito? Le ho contate!».

Enrico sgranò i suoi occhi azzurri difendendosi con vigore rispettoso.

«Le patate? Vuole dire, comare Marilì, che non si è mai accorta che le patate, cuocendo, si ritirano?».

«È l'agnello che nella cottura si ritira perché perde i liquidi, mentre le patate, attraversando la strada, spariscono. Chissà come mai!» disse lei.

I due ragazzi si dondolavano sulle gambe magre senza rispondere.

«Forse le patate se le mangia il fornaio» suggerì Martino.

«Oppure il garzone» aggiunse sottovoce Enrico.

«Come siete bene informati. Per caso vi spartite il bottino con lui?».

Il tono non ammetteva repliche. I due ragazzi rimasero in silenzio, con gli occhi bassi.

«Indagherò, è certo. Ora andate, veloci, che gli ospiti stanno per arrivare e...» non poté fare a meno di ribadire «e ricordate: le ho contate!».

Usciti i ragazzi, fece gli ultimi controlli per la casa.

«Hai lucidato il pavimento?» chiese a Silvana.

«Ma certo, non vedi come brilla?» rispose lei, mentre slittava con le pattine sul pavimento leggermente imborotalcato.

«E tu, Marigiò, hai sistemato la tavola?» domandò all'altra bambina.

«Sì, mamma. È tutto in ordine».

«Bene. Hai visto se Martino ha preparato l'acqua con l'Idrolitina?».

«Ha messo una bustina e mezza per ogni bottiglia, come avevo suggerito io, così l'acqua diventa più frizzantina».

"Quella testa ramata pensa sempre troppo", si disse orgogliosa. Si doveva concentrare sui figli, per ricacciare il disagio che le faceva tremare le mani.

Erano passati sei mesi e ventuno giorni da quando aveva incontrato Lorenzo Pedrini l'ultima volta. Il tempo lo contava solamente per scandire le volte in cui si sarebbe illuminata nel rivederlo. Lo specchio non mentiva in quelle occasioni: una luce diversa ingentiliva il suo sguardo, il sorriso non si spegneva e anche qualche estraneo sembrava prestarle più attenzione. Quando aveva capito di provare un sentimento profondo per l'uomo sbagliato, era piombata in un'ansia liquida che l'avvolgeva come le spire di un serpente. Dissimulare le sue emozioni le costava una fatica immensa. Il timore di cadere in una nostalgia senza passato né futuro era il compagno dei suoi pensieri che l'accusavano di tradire l'amicizia con Beatrice. Per trovare pace, era andata a confessarsi in una chiesa al Testaccio, mai frequentata prima. Il confessore l'aveva assolta con una blanda penitenza, osservando che peccare con le azioni sarebbe stato molto più grave. Rasserenata, Marilì si era concessa di abbandonarsi all'amore solo con la mente. "Se lo penso, se lo sogno, se non cerco di vederlo, non faccio del male a nessuno" si ripeteva in continuazione, con l'immagine di Lorenzo Pedrini nella testa e nel cuore.

Si era messa d'impegno per evitare tutte le occasioni, anche quelle casuali, in cui avrebbe potuto incontrarlo. Dopo il turno alla Clinica del Santo Cuore di Maria Bambina, situata all'Aventino, dove il dottor Pedrini le aveva trovato un posto d'infermiera finiti i quattro anni passati all'Ospedale di Ronciglione, lei percorreva la strada di ritorno verso casa a piedi, per risparmiare il costo del biglietto del tram e per passare davanti alla casa di Lorenzo in via della Piramide Cestia.

Il solo fatto di sapere che lui viveva là le permetteva d'immaginarselo nelle stanze che ben conosceva, intento in cose comuni, ma tanto speciali per lei: leggere una rivista scientifica, ricevere al piano terra della sua palazzina i suoi pazienti privati. L'immaginazione si fermava davanti alla stanza da letto: da quella visione la sua mente fuggiva, rifiutandosi di ricordare le risatine sommesse udite anni prima nella casa di San Martino.

Non desiderava altro che questo tipo di amore. Nemmeno a Lucia aveva confidato il suo segreto. Già le sembrava un miracolo che la sua amica non avesse più insistito sul mistero del concepimento di Marigiò. A volte, al risveglio, aveva avuto la sensazione di essere prossima ad alzare il velo che oscurava qualcosa di straordinario nei suoi ricordi ma poi, quando iniziava la sua faticosa giornata, tutto svaniva e rimaneva il mistero.

Marilì si era seduta in cucina per riposarsi un poco. Si era svegliata prestissimo per iniziare subito a cucinare e a completare le pulizie di casa. Ora, se non si fosse riposata, sarebbe crollata durante il pranzo. Chiuse gli occhi per pochi minuti ma, come altre volte era accaduto, si erano insinuati furtivi nella mente alcuni episodi del lungo periodo del dopoguerra vissuto a San Martino al Cimino con le sue amiche. Fino al 1949 erano state insieme, libere dalla paura della morte ma con l'immutata fatica di sopravvivere alla fame e alla miseria. Tra tante chiacchiere, confidenze e risate, si erano date da fare per rimediare qualche spicciolo e pochi generi alimentari di supporto per integrare quello delle tessere annonarie ancora attive. Beatrice era riuscita a creare delle pelliccette dalle pelli dei conigli, allevati da Ginetta, che vendevano alle signore arrivate appositamente da Roma; l'orto dei nonni Paoletti era tornato produttivo con le cure di Lucia e lei, per delega del dottor Pedrini, curava chi ne aveva bisogno. Scosse la testa per ricacciare il passato in un angolo, quello dedicato alla sofferenza. Anche le sue amiche avevano preferito dimenticare, come tanti del resto.

Era stato più rassicurante dare retta alle voci che si sentivano sussurrare, in particolare rivolte alle donne.

Dimentica. Sii arrendevole, non imporre la tua volontà, datti da fare; mostra che sei la brava donna di casa che tuo marito ha lasciato prima della guerra.

E così Marilì e le altre non avevano più parlato di quel periodo. Forse si ripromettevano di raccontarlo ai loro figli più avanti, quando i ricordi si sarebbero stemperati. Solo uno sguardo, di cospirazione e orgoglio, scorreva tra loro di quanto in quanto. "Quanta fierezza in noi stesse provammo allora!" si convinse.

«Mamma! Suonano. Sono arrivati» la informò Marigiò, interrompendo i suoi ragionamenti. La sua ultima figlia era uno scricciolo, con i capelli rossi raccolti malamente in una coda, e i vestiti riadattati sempre in disordine.

«Vado io ad aprire» si propose Silvana. Per il gran giorno si era vestita tutta di bianco con le scarpe rese immacolate dal bianchetto. La riga al centro dei suoi capelli castani era perfetta.

«Andate ad accogliere gli ospiti e lasciate la porta socchiusa; Enrico e Martino stanno arrivando» precisò Marilì.

«Mamma, mamma, c'è la signora Pedrini!» annunciò Silvana, accompagnando Beatrice in cucina. Marilì riconobbe subito il suo buon odore di rose – profumo francese Coty – prima ancora di vedere la sua amica in un tailleur primaverile grigio perla. La veletta del suo cappellino grigio mal celava lo sguardo inquieto dei suoi occhi bruni. La vita da signora borghese senza impegni la lasciava scontenta e svuotata. Non la rasserenava la vicinanza di suo padre, il capitano, andato a vivere con loro, né il veder crescere sua figlia Rosa. Avrebbe voluto fare altro – lavorare come costumista in teatro era il suo sogno – ma suo marito non avrebbe mai approvato.

«Prego Beatrice, entra!» disse Marilì, baciandola sulle guance profumate. «Ho quasi terminato con la cucina. Silvana fai accomodare il dottore e il capitano nella sala e tu, Marigiò, suona dalla signora Lucia».

«Come stai bene con questa gonna nuova e la camicetta a maniche corte» le disse la signora Pedrini.

«Grazie. Oggi sono davvero contenta! Dopo tanto tempo, saremo di nuovo tutte insieme. Mi sembra un sogno».

«Io ti ho invitato tante volte per prendere un tè da me, ma tu fai la preziosa. Dici sempre che sei impegnata con il lavoro» si lamentò Beatrice.

«Dicevi un sogno, Marilì?» chiese Lucia, appena entrata in casa. «Ma io sono qui in carne e poche ossa» aggiunse, mostrando i fianchi di nuovo rotondi e opulenti, stretti a fatica in una gonna *longuette*. Gli occhi azzurri spiccavano ridenti sul viso paffuto.

«Finalmente!» Beatrice l'abbracciò forte. «Come vedi anch'io sono più in carne» affermò ridendo, confrontando le rotondità.

«È permesso?» domandò una Ginetta dai lisci capelli biondo platino, pettinati alla Alida Valli.

«Ginetta?» domandò stupita Beatrice. «Ma sei proprio tu?».

«Ginetta? Noo... *me*» biascicò il solito giullare del gruppo, in un inglese storpiato. «*I'm Gene of Paulett, you know?*» parafrasò, toccandosi la bionda pettinatura con la posa di un'attrice. Il vestito a campana e le scarpe con la zeppa slanciavano la figura minuta, sottolineando la sua trasformazione.

«Stai proprio bene bionda» si convinse Beatrice squadrandola «e ti sei schiarita anche le sopracciglia. Forse approfitterò dei tuoi servigi di parrucchiera».

«Quando vuoi, Beatrice. Io sono sempre disponibile» dichiarò Ginetta. Lei non aveva un negozio suo, faceva qualche *servizio* a casa delle clienti. Prendeva poco, parlava tanto e le sue clienti erano soddisfatte. «Ti potrei fare una pettinatura alla *Paulett*, che ne dici?» aggiunse. Tutte risero al pensiero della signora Pedrini con i capelli biondo platino.

«Mamma? Signora Lucia? Che fate, ridete?» interloquì Marigiò, per sapere le ragioni di tanta ilarità.

«Mamma, che dico ai signori di là?» chiese Silvana, tirando la gonna materna per avere attenzione.

«Ecco le teglie» disse Martino, portando il carico profumato di forno, con l'aiuto di Enrico.

Le amiche continuavano a ridacchiare e a parlare tra loro.

«Mamma, mamma, mamma...» si sentiva ripetere nella cucina.

«Fate accomodare i signori dove ho segnato i posti» propose Marilì.

«Ma i signori, come dici tu, stanno venendo in cucina» affermò Silvana che non ci si raccapezzava.

«Possiamo?» chiese Lorenzo dal corridoio. Marilì non poté trattenersi dall'arrossire.

«Arrivo» annunciò trafelata «Scusatemi: sto trascurando gli ospiti».

Si tolse il grembiule e raggiunse Lorenzo nel piccolo corridoio da poco ingentilito da una lama di sole. Lei entrò in quella lama. Per un attimo appena, divenne un miracolo luminoso: il suo sorriso apparve ammaliante, gli occhi splendenti, la pelle rosata. L'altro rimase a bocca aperta senza fiato, con il braccio teso per la stretta di mano che non riuscì a fare. Si guardarono a lungo senza emettere una parola, un sospiro. Un alone caldo li avvolse come se, insieme, avessero spalancato una finestra troppo a lungo chiusa. Erano fermi, bloccati in una bolla di emozioni che fluttuava dall'uno all'altra.

«Arrivo» farfugliò. "Non è possibile" pensò Marilì. Eppure, negli occhi di Lorenzo aveva ritrovato una traccia di felicità profonda, già provata. "Non è possibile", si ripeté incredula. L'amore che aveva sognato da sola, nel suo letto o nelle notti di lavoro, stava in quello sguardo nuovo che impediva ogni parola. Avrebbe voluto che tutto il corpo di Lorenzo fosse in lei oltre quello sguardo, oltre le parole bloccate nel silenzio. Poi il momento di quiete fu interrotto dalle grida infantili, dalle chiacchiere femminili e dalle voci maschili. La bolla calda si ruppe e svanì.

«Signora Maria Luigina, permette?» domandò il capitano, consegnando un mazzo di garofani rosa accompagnato da un perfetto baciamano. Era un bell'uomo il padre di Beatrice, galante con lei come un corteggiatore.

«Posso aggiungere, gentile signora, che la nuova pettinatura le si confà davvero molto?».

«Grazie capitano».

«Stai davvero bene» le confermò Giovanni; Romeo annuì appena.

«Quanti complimenti! Ora accomodatevi tutti, vi prego» disse la padrona di casa, accompagnando gli ospiti nella sala da pranzo sgombrata dai letti delle bambine, ammucchiati nello stanzino di Martino.

«Su, su, a tavola» stava dicendo Lucia.

«Io dove mi metto, Marilì?» chiedeva Ginetta.

«Mi posso sedere qui?» domandava il capitano.

«Forza, prendete il posto che è segnato sul foglietto davanti al piatto» suggeriva Marilì, sorridendo ai suoi ospiti mentre rifletteva. "Mi sto sbagliando. Il sole. È stato il sole. Ho visto male. Sono stata abbagliata", si voleva convincere.

«Martino ed Enrico, voi mettetevi lì, vicino a Rosa».

«Ma io voglio stare vicino a Marigiò» disse subito la figlia di Beatrice. Rosa era diventata quasi una ragazza, con un accenno di seno e il viso da madonna di sua madre: i suoi tredici anni la separavano dai bambini, ma non le concedevano il diritto di stare con i grandi.

«Rosa, non fare la maleducata: siediti qui, dove ha detto la signora Marilì» ribadì Beatrice. «Magari Enrico può scalare di un posto, vero Enrico?».

«Va bene, signora Pedrini» fece il figlio di Lucia. «Rosa, siediti qui».

«Io dove mi metto, mamma?» chiese Silvana tirando la gonna a Marilì.

«Tu vicino a me, e Marigiò più in là così mi aiutate; va bene?».

«Oh, sì. Vicino a te». E poi rivolta a sua sorella: «Hai capito? Io sto vicino a mamma». Marigiò fece le spallucce, non degnandola di attenzione, mentre chiacchierava con Rosa.

«E ora, iniziamo. Buon appetito a tutti».

«Propongo un brindisi» disse il capitano, alzando il bicchiere pieno del buon vino rosso procurato da Giovanni.

«Sì, alla signora Marilì che ci ha cucinato un pranzo delizioso» si associò Lorenzo, silenzioso fino a quel momento, battendo un coltello sul bordo del bicchiere per richiamare l'attenzione di tutti. Si tolse gli occhiali dalla montatura di tartaruga e lì pulì con un fazzoletto immacolato per vedere meglio, per vedere Marilì. Lei non aveva bisogno di guardarlo. Anche senza incontrarlo per tanto tempo, sapeva come sarebbe stato il suo vestito quel giorno – Lorenzo si vestiva sempre di grigio – come sarebbe stata la sua riga dei capelli, leggermente obliqua a destra. Nessuno stupore le avrebbe suscitato la sua cravatta blu con piccolissimi pallini bianchi, la solita di sempre. Tanta ovvietà la rassicurava, tanta ripetitività l'atterriva. "Perché mi sono condannata così, da sola?" si ripeteva anche in quel momento, riempito dalla sua voce.

«Dopo questo pranzo così gustoso, ci vuole un brindisi per ogni portata. Che ne dite?» chiese il capitano agli ospiti.

«Così ci ubriachiamo!» intervenne Ginetta. «Facciamo un sorso per qualche portata; è meglio».

«Va bene» le dette ragione Giovanni. Poi, rivolto a suo fratello Romeo, disse: «Tanto Ginetta ci ha già ubriacati di chiacchiere, non è vero?».

Tutti risero, tranne l'interessata.

«A proposito, Romeo, potresti venire martedì a sistemare quel tubo che fa tanto rumore?» chiese il dottor Pedrini.

Romeo si rivolse con lo sguardo al capitano che annuì; da cinque anni lavorava nella sua agenzia immobiliare, dopo che era stato congedato e riconosciuto come invalido di guerra.

«Bene; allora ci vediamo martedì, Romeo», propose Lorenzo che cercava sempre delle occasioni d'incontro con lui.

Qualche anno prima, come membro della Commissione Medica che valutava le invalidità di guerra per i traumi psichici, il dottor Pedrini si era trovato davanti un'irriconoscibile Romeo Paoletti, con il corpo emaciato e lo sguardo inquieto. Sul suo viso segnato da solchi radicati, aveva letto la proiezione di un indescrivibile dolore che lo stava macerando dentro, profondo e inaccettabile, in grado di prosciugargli l'energia del corpo. Rincontrare Romeo gli aveva ricordato il periodo dello sfollamento a San Martino e la sua ospitalità. Voleva ripagare il debito di riconoscenza verso di lui. Per questo motivo creava delle situazioni informali nelle quali, tra discorsi apparentemente banali, riusciva ad alleggerire il suo animo ferito.

«Allora iniziamo con un brindisi, cioè un sorso, per la gustosissima minestra *virtù* di cui Beatrice tanto mi aveva decantato la ricetta».

«Oh, Marilì è proprio favolosa!» così si rivolse Beatrice alla padrona di casa. «Ce ne raccontavi la ricetta una sera…».

«A San Martino, vi ricordate?» scappò detto a Ginetta «quando facemmo quella cosa…».

«Quella cosa! Uhm, lasciamo stare!» sibilò Lorenzo che rimproverava ancora sua moglie di quella follia, come aveva rimproverato le altre donne, dopo aver riportato a casa Marilì vestita da uomo.

Lucia, Ginetta, Beatrice e Marilì si guardarono. Non avevano dimenticato il lampo, seppur breve, di ammirazione negli occhi del dottore per quell'iniziativa che erano state in grado di fare. Era stato quel lampo a dare loro la forza per reagire negli anni successivi del dopoguerra.

Il capitano riprese a fare il cerimoniere, inneggiando all'agnello al forno con le patate.

«Dicci il tuo segreto, Marilì» chiesero quasi contemporaneamente Lucia e Beatrice. La carne era tenerissima e non si percepiva l'afrore animale. Gli apprezzamenti erano stati immediati e sinceri.

«Un trucco facile: lascio la carne tutta la notte sotto un filo di acqua corrente così tutto il sangue e l'odore andranno via. Poi asciugo per bene e tolgo il grasso superfluo; metto l'aglio a pezzi vicino alle ossa e tanto rosmarino. Condisco con olio, sale e vino bianco e lascio riposare fino a che non va in forno, accompagnato dalle patate», precisò, sottolineando l'ultima frase per chi sapeva lei.

«E, quindi, un evviva per la signora Marilì!» la omaggiò il maestro delle cerimonie, innalzando il bicchiere.

Marilì arrossì. Il capitano la stava imbarazzando, Lorenzo non le staccava gli occhi di dosso, Beatrice si sventolava con un grande ventaglio, urtata che i suoi due uomini fossero catturati da lei. La padrona di casa decise d'interrompere quella situazione.

«Grazie capitano, ma penso che sia ora di rompere le righe, come direbbe lei».

«Mamma, posso andare con Enrico a giocare a via Pigafetta?» chiese Martino.

«Anche noi, mamma?» domandò incerta Silvana, guardando anche sua sorella. Marilì esitava: era molto stanca; aveva previsto l'aiuto delle figlie per asciugare i piatti e per sistemare le cose.

«Lascia andare anche le bambine, Marilì», propose Lucia. «Ti aiutiamo noi. In tre facciamo in un baleno, vero Ginetta?».

«*Oh yes*» precisò l'interessata.

«Ehi, mi avete dimenticata?» domandò Beatrice, fingendosi risentita. «In quattro è ancora meglio, non credete? E poi ho una sorpresa per Marilì».

«Mamma, posso andare anch'io?» chiese Rosa che ardeva dalla voglia di giocare per strada.

«Va bene», accettò sua madre «ma non ti sfrenare troppo, hai capito?» E poi rivolta a Silvana: «A che cosa giocate?».

«A campana, oppure a nascondino o al mondo».

«Martino ed Enrico, mi raccomando e voi sapete a cosa mi riferisco» tenne a precisare Marilì con l'indice ammonitore.

«Non ti preoccupare, mamma», le rispose un angelico Martino «oggi giochiamo con le femmine». Il fatto che, come al solito, avesse smontato e nascosto la *carrioletta* di legno dietro a un muro semi diroccato, lo convinceva di averla fatta franca di nuovo.

"Che bugiardo", aveva pensato Marigiò. "Lo sa benissimo che a Rosa piace salire sulla *carrioletta* e scendere a tutta velocità. Se lo sapesse mamma!"

Un imbaldanzito Martino chiamò a raccolta il gruppo: «Allora noi andiamo».

«Tornate presto», intervenne Lucia «altrimenti mando papà a cercarvi, capito?».

I ragazzi si allontanarono felici. Il pranzo era stato buono, ma loro non ne potevano più di stare seduti a sentire le chiacchiere dei grandi.

«Ecco la mia sorpresa, Marilì», le disse Beatrice Pedrini consegnando un pacchetto. «Mio padre me ne ha portato qualcuno da Milano. La mia domestica ne è entusiasta».

Marilì si girò tra le mani il pacchetto di Trim Casa che conteneva due bustine di un favoloso detersivo che rendeva facilissima l'operazione che più detestava: lavare i piatti e le altre stoviglie. "Beatrice con la domestica fissa ha poco o niente da fare in casa, ma lei può già usare questo detersivo miracoloso; che ironia", pensò. "Io, come tutte le donne, continuerò a lavare per primi i bicchieri con il bicarbonato di sodio nell'acqua calda più pulita, spesso acqua di scolatura della pasta, e poi dovrò strigliare tutto il resto con la polvere di Calinda e una lanetta d'acciaio. Ma qualcosa cambierà anche per me, lo sento. Ne sono certa".

«Grazie, amica mia».

Aprì una bustina e mise religiosamente una piccola quantità nell'acqua calda con i bicchieri. All'inizio non accadde nulla.

«Muovi un poco l'acqua» precisò Beatrice «e poi vedrai. Sarai la prima a fare i piatti con Trim».

Dall'acqua appena smossa si sprigionò una schiuma ricca, esagerata, vagamente profumata.

«Marilì per prima? Ma non se ne parla proprio, tanto era già deciso» s'intromise Lucia. «I piatti li lavo io».

«E io cosa faccio?» chiese Marilì.

«Tu asciughi i piatti e i bicchieri assieme a Ginetta e Beatrice, se vuole, le posate». La decisione di Lucia era irrevocabile.

«Non so come ringraziarvi...».

«Approvato» Beatrice ubbidì a Lucia «così noi chiacchieriamo mentre gli uomini, di là, si dedicano alla politica».

«Ma li avete sentiti?».

«Parlavano di elezioni...».

«Da quando noi votiamo, possiamo decidere di testa nostra. Io non voglio essere inghiottita dai comunisti» disse Lucia.

«E tuo marito lo sa?» chiese Marilì.

Lucia abbassò gli occhi. L'amore che condivideva con Giovanni s'infrangeva sulla politica. Per il momento avevano trovato un compromesso. Lui evitava di ridicolizzarla per il suo attaccamento alla religione, lei non accennava più alla sua anima persa nel rogo comunista. Ma la ferita rimaneva sempre aperta.

«Io ho promesso alla suora caposala che darò il mio voto allo scudo crociato. Non voglio perdere il posto di lavoro», precisò Marilì.

«Uffa con questi discorsi», interloquì Ginetta «la politica lasciamola agli uomini!» Le altre le diedero ragione.

«Voi leggete "Grand Hotel" ogni tanto?» chiese tutto di un fiato.

La domanda cadde nel vuoto: nessuna rispose, occupandosi con più attenzione del compito che stava svolgendo. Lucia si vergognava di leggere i fotoromanzi, ma non ne poteva più fare a meno. Dopo le sofferenze della guerra, tante donne desideravano solo sognare. E anche lei non sfuggiva a questo bisogno. Desiderava un sogno semplice, senza complicazioni, come proposto nelle storie dei fotoromanzi dove le protagoniste erano donne come lei che pativano d'amore per un impiegato o un commesso. Aspettava con ansia il ritorno di Marilì dalla Clinica che, insieme ai vecchi quotidiani, le portava qualche copia di «Grand Hotel» o di «Bolero» lasciate dalle pazienti. Se dopo molti giorni, la sua amica tornava a mani vuote, Lucia andava a comprare la rivista all'edicola davanti alla stazione dei treni per Ostia, evitando l'edicolante sotto casa, amico di Giovanni.

Beatrice aveva ceduto anche lei, ma non lo sapeva nessuno: si sarebbe vergognata troppo. Lei leggeva i romanzi di Liala, come ogni signora per bene. In quei romanzi i protagonisti erano bellissimi e il suo sogno poteva spaziare dal pilota all'eroe, ma qualche volta – chissà perché? Si era chiesta – aveva bisogno d'altro. Pertanto, giustificava l'acquisto dei fotoromanzi soltanto per la sua domestica, ovviamente.

"Io sogno Lorenzo perché sono rimasta da sola?" si domandava Marilì che quelle riviste le sfogliava solo durante il lavoro di notte. "Oppure perché non mi sono mai sentita amata da Ernesto?".

«Quindi? Perché state zitte?» le interrogò Ginetta, squadrandole una per una, impegnate nel rigovernare la cucina. «Tanto lo so che i fotoromanzi li leggete tutte quante, care mie», concluse la sua riflessione «e per questo io volevo da voi un consiglio…».

«Un consiglio?» chiese Lucia, riprendendo il suo ruolo pratico. «Di' pure, Ginetta».

«Sì, racconta» aggiunsero Marilì e Beatrice.

«Ecco…» Ginetta iniziò schiarendosi la voce «la figlia di un'amica di una mia amica».

«Un'amica dell'amica e allora?» insistette Lucia.

«Insomma», continuò lei «questa ragazza lavora per i fotoromanzi, addirittura proprio per "Grand Hotel" e mi ha proposto…».

«Lei ti ha proposto cosa?» l'incalzava Lucia.

«Quella ragazza mi ha proposto… mi ha proposto di fare l'attrice o meglio, all'inizio, solo la comparsa lì, su "Grand Hotel". Voi che ne dite?» chiese Ginetta con un filo di voce.

Lucia fece un salto che quasi cadde dalla sedia. Beatrice si alzò in piedi. Solo Marilì rimase seduta a sogghignare.

«Ti sei ammattita, Ginetta? L'ossigeno che hai dato ai capelli ti ha sbiancato il cervello?» le aveva sibilato Lucia.

Erano tutte costernate anche se, senza ammetterlo, ciascuna s'immaginava nei panni di Ginetta con un brivido di eccitazione.

«Fare l'attrice dei fotoromanzi?» chiese ancora Lucia, trattenendo a stento le parole sferzanti che aveva sulla punta della lingua.

«Hai pensato a cosa direbbe Romeo?» chiese Beatrice con parole più pacate.

Ginetta si rosicchiava le unghie. Non era quello il consiglio sperato. Si era immaginata un poco di entusiasmo, una maggiore comprensione e, forse, una dose d'incoraggiamento.

«Voi vi preoccupate di Romeo?» cercò di giustificarsi, rigirandosi una ciocca bionda tra le dita. «Potrebbe non saperlo mai; tanto in casa ci sta pochissimo».

«Guarda che se Romeo lo venisse a sapere, diventeresti di nuovo nera e stavolta non parlo dei capelli» prospettò Marilì. I mariti erano tutti maneschi e la violenza maschile verso le donne era una realtà familiare, considerata normale e scontata.

«Tu dici, Marilì, che se lo sapesse Romeo…».

«Romeo sa sempre tutto, tu l'hai costatato» aggiunse Lucia che voleva chiudere quella conversazione che stava intristendo la magnifica giornata passata insieme.

«Già, è vero. Lui sa sempre tutto. A volte mi spaventa. Almeno parlasse e invece niente: silenzio, silenzio. Un muro di silenzio. Io non ce la faccio più!».

"È meglio che Romeo non parli" pensava Lucia, "resteresti sconvolta, come lo sono stata io. Storie orribili che ho giurato a Giovanni di non ripetere a nessuno. È meglio che tu non sappia del ruolo di Romeo come infiltrato nella banda Koch, delle torture che ha dovuto infliggere per salvare qualche vita. Ha dovuto resistere per anni nel doppio ruolo di agente di polizia e di spia solo per ottenere notizie utili per la Liberazione. Ma la tensione e il rimorso lo hanno prosciugato di tutta l'energia vitale. Ormai è ridotto all'ombra di sé", rifletté. Fece una faccia rabbuiata, mostrando apertamente il suo dissenso.

«È divertente che tu abbia avuto questa proposta e la cosa forse un poco ti lusinga» disse Beatrice lisciando i capelli di Ginetta. «Ma hai riflettuto su cosa potrebbero provare i tuoi figli?»

«Loro non leggono i fotoromanzi».

«Ma le madri dei loro compagni di scuola sì», disse Lucia.

«Me la immagino già la scena di quando li andrai a trovare in collegio e magari incontri una madre che ti riconosce grazie alle pagine di «Grand Hotel». Cosa potrebbe pensare quella signora di te?» rincarò la dose.

Per un attimo, Ginetta si vide su una serie di fotografie del fotoromanzo più in voga; il cuore si allargò di sogni e una dolce sensazione la invase.

«E tu lo sai, vero, quello che si dice delle attrici? Che sono delle poco di buono, si dice» aggiunse ancora sua cognata.

Tacquero senza guardarsi in volto. Era quello il pensiero comune anche se poi tutte le donne, o quasi, aspiravano a diventare famose come attrici di cinema o di fotoromanzi. Il cuore di Ginetta si richiuse in fretta. Si riassestò il vestito e riassunse l'espressione della Ginetta dai riccioli neri.

«Pensa ai tuoi figli, pensa a Romeo» ribadì Lucia guardandola negli occhi.

L'interessata era ormai smontata nei sogni di gloria quasi alla sua portata.

«Mi avete chiamato?» chiese Romeo, entrando in cucina.

Le amiche sussultarono imbarazzate. Beatrice si riprese per prima.

«No, stavamo solo dicendo che martedì l'aspettiamo a casa per quel noioso rumore del tubo, signor Romeo. Speriamo che non accada di nuovo».

«Beatrice» disse il dottor Pedrini entrato anche lui in cucina «penso che sia ora di andare».

«Hai ragione Lorenzo» confermò, e rivolta a Marilì «grazie per questa bella giornata passata insieme. Ci dobbiamo vedere ancora».

Marilì baciò Beatrice sulle guance, poi approfittò dei saluti di questa con Lucia per guardare negli occhi Lorenzo. "Non m'ingannare, sii sincero", chiesero gli occhi verdi. "Sei una visione", gli risposero gli occhi celesti. Lei sviò subito lo sguardo. La sorpresa la fece vacillare, nel suo cuore mancò qualche battito.

«Ehi, stai su, Marilì», la incoraggiò Lucia, sorreggendola. «Si vede che sei molto stanca. Ora vai a riposare e grazie di tutto».

«Grazie ancora, Marilì», aggiunse Ginetta con lo sguardo serio.

Le coppie iniziarono a uscire: Ginetta sotto il braccio di Romeo, Beatrice sotto quello di Lorenzo.

Il capitano si produsse nel solito baciamano alla padrona di casa. Lucia aprì la porta di casa e mandò Giovanni a via Pigafetta per riprendere Enrico e i ragazzi Pennisi.

Il 3 maggio 1953 era stato un giorno speciale e Marilì non l'avrebbe mai dimenticato. Si sentiva piena di contentezza. Il pranzo si era rivelato un successo e lo sguardo di Lorenzo l'aveva riempita di un'inaspettata, quanto colpevole, speranza. Aveva quasi voglia di cantare. Il campanello di casa suonò vigoroso.

«Marigiò, vai ad aprire» disse alla bambina.

«C'è il signor Giovanni con un altro signore».

«Falli entrare. Arrivo subito».

«Mamma, dove li faccio accomodare?».

«Mamma?» chiese con voce irata il signore vicino a Giovanni.

Per un attimo, Marilì ebbe il presentimento che il pavimento della cucina stesse per sprofondare. Andò vacillante alla porta.

«Ma questa chi è?» urlò Ernesto, indicando Marigiò.

Il quaderno nero
Marigiò

Roma, marzo 1984 e indietro nel tempo

Marigiò sbatté la porta di casa con tale forza che un quadretto di ceramica si staccò dal muro e si ruppe. Non raccolse i cocci: l'aveva sempre detestato. Cercò a tentoni un appoggio per ridurre il tremito del suo corpo: le girava la testa, perfino. Barcollante entrò nella sua stanza. "Devo stendermi nel letto assolutamente" si disse. Quando si sentì ben protetta sotto la copertina azzurra, riparata nel suo bozzolo, riuscì a distendere a poco a poco le gambe. Invocò il sonno per cancellare la sensazione di freddo che ancora la faceva tremare. Eppure, la giornata era calda, da primavera inoltrata. Anche i raggi del sole pomeridiano che filtravano dalle persiane socchiuse sembravano emanare un certo calore. Fu la sensazione acida in bocca a svegliarla, ore dopo. Si alzò come un automa; versò due dita di soluzione Schoum nel bicchiere, allungandola con l'acqua fresca di rubinetto. Dopo qualche sorso di quel liquido verde, fece un salutare rutto liberatorio.

«Non è l'effetto placebo, mamma» disse a voce alta «è proprio un rutto bello e buono alla faccia di Silvana. Sai cosa mi ha detto oggi? Se te lo racconto, non ci potrai credere...».

Parlava con sua madre come se lei fosse davvero presente nella cucina tutta bianca, con tanti pensili, e gli elettrodomestici che erano stati il segno tangibile della rinascita della loro famiglia. La ricordava seduta sulla sedia appoggiata al muro – l'ultima immagine di lei, dieci anni prima – con i suoi occhi verdi sottolineati da qualche ruga che la facevano assomigliare a una famosa attrice hollywoodiana nella piena maturità. Voleva pensare a lei così: immutata nel tempo, senza lo spartiacque del dopo.

«Se venderemo la casa, dato che nessuno è interessato a tenersi quella catapecchia...» iniziò a raccontare, imitando la voce di Silvana. «Capisci, mamma? Ha detto catapecchia e Martino muto, impegnato a masticare le lasagne, mentre Luisa sfaccendava».

Al pranzo erano solo loro quattro. Le figlie di Martino avevano preferito fare una gita con la loro comitiva di amici mentre Enrico Paoletti, l'amico di una vita su cui aveva fatto affidamento per un sostegno morale, dopo un saluto frettoloso, era scappato via.

«Ben mi sta, mamma. Sono andata lontano, addirittura in America. Ho fatto carriera, diventando troppo importante per chi è rimasto qui. Ho centellinato i contatti e adesso cosa volevo aspettarmi? Che mi accogliessero a braccia aperte? Che gli altri risolvessero i miei problemi?» continuò a blaterare ad alta voce. «Ecco cosa ha proposto Silvana...».

Erano seduti al tavolo di noce della sala da pranzo. La tavola era stata apparecchiata con una bella tovaglia di lino bianca e con il servizio di piatti dal bordo dorato. Il vino e le chiacchiere iniziali senza impegno avevano solo camuffato la tensione crescente.

«Dicevo», aveva ripreso Silvana senza badare al silenzio che la circondava «che quando venderemo la casa, sarebbe giusto dare una parte dei soldi agli altri fratelli, cioè...» disse, guardando intensamente il padrone di casa «... ai nostri fratelli tedeschi, vero Martino?».

Il silenzio si era prolungato solo un attimo e poi Martino si era alzato di colpo, facendo cadere la sedia.

«Basta, basta! Non ne posso più delle tue fissazioni. È dall'infanzia che ce l'hai con Marigiò, che insinui che è solo un'orfanella di guerra presa per pietà», aveva gridato esasperato.

«Ma non la vedi?» domandò Silvana, squadrando sua sorella con strati di odio. «Lo vedi o no che con quei capelli rossi non somiglia a nessuno?» aveva insistito. «Forse un poco a mamma. Povera mamma, hai voglia ad aspettare il ritorno della 'sua dottoressa', come ti chiamava» disse, rivolgendosi a Marigiò. «Dov'eri tu, la 'sua dottoressa', mentre lei stava male? Se fossi venuta prima, forse si sarebbe salvata», aveva decretato.

Non era vero. La malattia che aveva colpito Marilì Pennisi era senza speranze, tuttavia sentirsi sbandierare davanti a tutti la sua manchevolezza nell'accudimento di sua madre era stato lacerante. Era ammutolita, sopraffatta dal senso di colpa per non aver più visto sua madre neanche da morta.

«Tua madre non ha voluto dire delle sue condizioni a nessuno» aveva precisato Luisa, appoggiando la mano su quella di Marigiò. «Era consapevole che i tempi sarebbero stati brevissimi e temeva di preoccuparvi; ho giurato di mantenere il segreto».

«Con te si è confidata, con un'estranea!» aveva abbaiato lei.

«Silvana, stai esagerando. Luisa è mia moglie, tua cognata, non un'estranea e poi questa è casa mia, ricordalo».

«Un'estranea».

«Allora dimmi perché tu, sua figlia, non sei mai venuta ad assisterla? È stata Luisa a stare sempre con lei negli ultimi giorni» aveva chiarito Martino.

«Quando venderemo la casa di via Benzoni che nostro padre ha lasciato a mamma, il ricavato lo dobbiamo dividere con gli altri fratelli», aveva insistito lei.

«Silvana, se non la smetti con quella fesseria dei tedeschi io, io...». Martino le si era avvicinato pericolosamente. Marigiò e Luisa erano rimaste sedute con gli occhi bassi a guardare il piatto vuoto.

«Se no cosa, Martino? Ma ti sei visto come ti sei ridotto? Sembri un vecchio e pure male in arnese», aveva continuato lei imperterrita.

«È vero, sembro un vecchio» aveva dichiarato con tono acuto. «Luisa, Marigiò, vedete un vecchio davanti a voi?» Nessuno rispondeva.

«E chi mi ha ridotto così?» domandò, strattonando sua sorella inamovibile sulla sua sedia.

Silvana non poteva negare l'episodio di violenza al quale avevano assistito tutti. Suo padre, dopo una telefonata ricevuta dal Trentino, preso da una rabbia incontrollata, con una gragnola di pugni aveva quasi spaccato la testa a Martino. Suo fratello era rimasto in coma per venti giorni e poi, per un miracolo o per le cure del dottor Pedrini, si era ripreso. Marilì, riconoscente, aveva messo un ex voto d'argento sul muro di viale del Policlinico. Il bambino chiassoso e vivace era sparito con quella violenza. Solo lei aveva capito le ragioni di tanto livore, da quando era diventata la depositaria di un inconfessabile segreto. Ernesto andava spesso in Trentino. Era diventato bravo a guidare i treni. Aveva ufficialmente detto che con i lunghi percorsi guadagnava di più e che la tratta fino al Brennero era la più remunerativa. A lei sola aveva raccontato altri pezzi della sua storia, di quello che aveva passato dopo essere sfuggito miracolosamente al bombardamento della stazione Ostiense del 3 marzo 1944, finendo su un camion tedesco che l'aveva caricato e trasportato al Nord. Un ribollire represso aveva accompagnato le sue parole smozzicate su campi, morti, orrore, troncandogli il racconto che le sue orecchie di bambina non erano in grado di capire.

«Dopo la fine della guerra, mi ero così ben impratichito guidando le locomotive tedesche che ho scelto di rimanere in Trentino», aveva raccontato Ernesto Pennisi. Silvana non aveva osato chiedere perché si fosse dimenticato di loro. Le era bastato che lui, dopo tanti anni, fosse tornato. In un'occasione in cui erano rimasti in casa da soli, le aveva confidato il resto. A Trento lui si era creato una nuova famiglia con una donna che considerava sua moglie, allietata dalla nascita di due figli, Helga e Rudolph. «Guarda questi sono i tuoi fratelli tedeschi», le aveva detto, mostrando la foto di quei figli. «Sono belli, così biondi. Li vado a trovare spesso», aveva precisato. Lei aveva mascherato la sua delusione. "Almeno a me ha confidato il suo segreto", si era consolata. Un segreto che aveva costudito per anni fino a che segreto non lo fu più.

«Non parlare più di quell'uomo che tu osi ancora chiamare padre», aveva alitato Martino sul viso della sorella. Marigiò li aveva guardati come due estranei; dopo dieci anni in America, le emozioni che aveva accantonato ora riapparivano violente ed estranee. Sentiva l'acido delle lasagne invaderle la gola.

«Ah sì? Per me, almeno, è stato un vero padre» aveva voluto precisare Silvana. «Lui parlava con me. Sapessi le cose che mi ha raccontato».

«Davvero? E a te, cara Silvana, cosa ha detto di quei nove anni in cui è sparito, dopo la fine della guerra?».

«Aveva perso la memoria, lo sai» aveva risposto lei debolmente.

Ernesto Pennisi ricordava solo alcune parti della sua vita e di molti avvenimenti non aveva tracce nella sua mente; così aveva detto agli insigni specialisti della commissione medica, presieduta dal dottor Pedrini, che dovevano valutare il suo stato di salute.

«La memoria non l'aveva persa del tutto, non è vero?» aveva domandato Martino.

Dal giorno in cui era tornato, le invettive verso sua moglie e i suoi figli erano stati costanti. «Puttana, troia, bagascia, merce guasta», erano gli insulti che Ernesto aveva continuato a indirizzare quotidianamente verso Marilì, alzando le mani per picchiarla. «Figlia di puttana», rinfacciava senza sosta a Marigiò; «cretino, ebete», aveva disprezzato Martino dopo il coma. Solamente Silvana si era salvata da quella furia e lei l'aveva ricambiato con affetto, chiamandolo "papino".

«Ormai è passato del tempo, Martino», aveva detto Silvana, cambiando tono; si era alzata e avvicinata al fratello. «Helga e Rudolph hanno assistito papà quando è stato male, fino alla fine. Io li sento spesso, li frequento».

«È una tua scelta. Io non ce l'ho con loro, vittime come noi di quell'uomo. Tuttavia, ti ricordo che il caro paparino, come lo chiami tu, ci lasciò senza una lira. Era la seconda volta che accadeva. Che fine avremmo fatto senza l'aiuto del dottor Pedrini?».

«Uffa! Ancora con la storia del dottor Pedrini! Pedrini che ci ha aiutato durante la guerra, Pedrini che ha trovato lavoro a mamma, Pedrini che ha valutato nostro padre!» aveva ricordato lei con seccata pedanteria. Poi, rivolgendosi a Marigiò in tono insinuante: «E chissà perché il grand'uomo di Pedrini ha prescelto proprio te, come l'intelligentona della famiglia, da mandare al liceo».

Dopo sei anni dal suo ritorno, nell'ottobre del 1959, Ernesto aveva abbandonato di nuovo la sua famiglia di Roma per prendersi cura di quella di Trento, dove l'aspettavano i due figli piccoli rimasti soli, in seguito alla morte della loro madre.

Aveva lasciato una situazione economica disastrosa. Il dottor Lorenzo Pedrini si era presentato nella loro casa con il solito completo grigio e i soliti occhialetti di tartaruga che mal celavano la preoccupazione nei suoi occhi celesti. Era la prima volta che accadeva dopo il famoso pranzo di sei anni prima. La casa era buia e fredda, con la stufa economica spenta e la stufetta elettrica inutilizzata. Silvana e Marigiò si muovevano intirizzite, stringendo al corpo i maglioncini fatti da Marilì, mentre Martino combatteva i brividi con robuste calze di lana che spuntavano da vecchie scarpe militari.

Faceva molto freddo in quel febbraio 1960. Si erano riuniti intorno al vecchio tavolo della cucina con il piano di marmo, come aveva chiesto il dottore.

«Signora Maria Luigina lei si deve riprendere, deve reagire», aveva detto Lorenzo Pedrini prendendole la mano. «Lo dico da medico e da amico. Mia moglie Beatrice mi ha riferito che ha tratto un poco di giovamento dalle medicine che le ho inviato, ma questo non basta».

Marilì non rispondeva, indifferente alle parole come al freddo nella sua vestaglietta da casa e le ciabatte bucate. «Lei ha di nuovo la famiglia sulle spalle e dovrebbe prendere una decisione» aveva suggerito.

«Non spetta a lei, dottore, dire queste cose» aveva detto Silvana.

«Hai ragione. Questo spetterebbe a un familiare. Ho sentito infatti per telefono vostro zio Arduino. Siamo della stessa idea e vi riferirà lui stesso».

«Come si permette di parlare a nostro zio delle faccende di casa? Chi è lei per intromettersi?».

«Silvana, smettila! Il dottor Pedrini è stato l'angelo custode della famiglia e non ultimo il mio angelo quando il diavolo di quell'uomo mi ha quasi ammazzato», l'aveva zittita Martino.

Silvana non ribatté. Il *papino* che voleva bene solo a lei, era andato via per sempre.

«Stai calmo, Martino», era intervenuto il dottore «l'agitazione ti nuoce e poi anche tuo padre ha sofferto nella sua vita, non credere. Le cose non sono mai come sembrano».

«Che vuole dire? Sa qualcosa di lui che noi non sappiamo?» aveva chiesto Marigiò.

«Al tempo» aveva risposto burbero il dottore. «Ora affrontiamo i problemi pratici. Poi, più avanti, forse ne riparleremo».

«Quindi? Cosa propone per la nostra situazione? Anche se siamo giovani, noi possiamo fare qualcosa per la famiglia» si era offerto il ragazzo.

«Quello che dici ti fa onore, Martino», osservò Lorenzo Pedrini «ma credo che convenga esporre i fatti e poi vagliare insieme le soluzioni. Va bene?».

I ragazzi annuirono; Marilì rimase con la solita postura immobile.

«I fatti sono questi: voi siete tutti minorenni e ancora studenti. Vostra madre ha tanto insistito perché tutti e tre possiate avere *il pezzo*

di carta, un diploma o anche di più per inserirvi bene nella società».
Da quando suo marito, dopo nove anni di lontananza, inaspettatamente era tornato a casa, Marilì aveva accettato senza fiatare le sue angherie – l'aveva promesso alla Madonna quel giorno alla fonte e lei avrebbe mantenuto il voto – ma mai si sarebbe rassegnata a far perdere ai suoi figli l'opportunità di studiare e di migliorare. Per anni era riuscita a cavarsela da sola, accettando molti turni in straordinario solo per evitare loro l'abbandono della scuola, ignorando i suggerimenti di chi conosceva la sua situazione. «Ricordati che i figli sono braccia per il pane», dicevano quelle voci. «Le ragazze potrebbero fare le commesse; per il maschio un mestiere è la soluzione migliore», ribadivano quelle voci.
Con Ernesto non aveva nessuna possibilità di colloquio. Tuttavia, per l'istruzione dei figli aveva insistito, strillato e pianto finché lui, esasperato, aveva capitolato. Martino sarebbe andato alla scuola di ragioneria, mentre Silvana e Marigiò sarebbero diventate segretarie d'azienda; così aveva deciso il capo famiglia, senza chiedere il parere dei figli.
«Martino», continuò il dottor Pedrini «tra qualche mese tu finirai gli studi e potrai trovare un lavoro, mentre Silvana concluderà la sua scuola il prossimo anno; quindi la difficoltà in cui vi trovate è solo momentanea. Oltre a stringere i denti, bisogna escogitare qualcosa nell'immediato e poi per il futuro».
I ragazzi tacquero pensando a qualche soluzione.

Martino non faceva altro da mesi. Suo padre, che dava i soldi giorno per giorno, appena sufficienti per fare la spesa, li aveva abbandonati senza lasciare neanche una lira. Sua madre era senza lavoro: poteva contare solo su qualche spicciolo proveniente dalle iniezioni a domicilio. Questa era l'unica attività che le aveva permesso Ernesto, com'era nel suo diritto maritale, obbligandola a licenziarsi dalla clinica dove lavorava da anni. Ora dovevano far segnare gli acquisti sul quaderno dei '*buffi*' di tutti i negozianti mentre, per comprare i libri usati del nuovo anno per sé e le sorelle, lui aveva dovuto vendere la tabacchiera d'oro del bisnonno Luigi.
«Credo che tra persone d'onore si possa fare un patto», il dottore interruppe il silenzio «e il patto che vi propongo è il seguente: io e

vostro zio Arduino vi aiutiamo a estinguere tutti i debiti attuali e voi ci rifonderete il dovuto nel prossimo futuro con i vostri guadagni, un poco alla volta. Che ve ne pare?» I due ragazzi sospirarono di sollievo.
«Grazie, dottore, lei e lo zio siete generosi, tuttavia il problema...» disse Martino.
«Il problema rimane, è vero» lo precedette il medico «per questo motivo dovete aiutarmi con vostra madre».
«Con mamma? Perché?» aveva domandato Silvana.
«Perché torni a lavorare; è così, dottore?» intervenne Marigiò.
Lui la guardò ammirato: era la più veloce a capire, come gli aveva segnalato sua figlia Rosa. In realtà era stata proprio Rosa a sollecitare un suo intervento per la famiglia Pennisi. Lei era legatissima a Marigiò e non si rassegnava a tacergli le difficoltà che da anni investivano quella famiglia.
«A breve sarà indetto un concorso per infermiere all'ospedale San Camillo, dove lavoro. Anche se vostra madre ormai non è più giovanissima, vi può partecipare e, con i suoi anni di anzianità lavorativa e il diploma della Croce Rossa, penso che potrebbe farcela a vincere il posto».
«E nel frattempo?» domandò realisticamente Martino.
Il dottore si era alzato per prendere un bicchiere d'acqua. Lo porse a Marilì guardandola negli occhi. Lei sembrava non aver ascoltato neanche una parola di quelle pronunciate in cucina.
«Signora Marilì, mi guardi. Per favore, mi guardi. Ha dei figli che tutti le invidiano; tra pochi mesi saranno loro ad aiutarla ma ora, oggi, si deve fare forza e reagire, mi sente?».
Marilì alzò i suoi occhi verdi e lo fissò a lungo. Lui tornò indietro di sei anni, alla lama di luce nel corridoio, al turbamento che il ricordo del giorno del famoso pranzo gli procurava, mentre il suo cuore iniziava ad accelerare i battiti. Si rese conto di stare arrossendo. Simulò della saliva andata di traverso, cominciando a tossire e a lacrimare.
Marigiò prese sua madre per mano, dicendole: «Sei un'infermiera, aiutalo, non vedi che si sta strozzando?».
Marilì reagì: si alzò, andò da Lorenzo Pedrini, gli batté sulle spalle, lo fece sedere invitandolo a respirare piano, poi gli umettò il viso con l'acqua del bicchiere che lui le aveva portato. Com'era iniziata così

la tosse si era conclusa, mentre lei continuava a passargli le dita sulla fronte. Lui manteneva gli occhi chiusi, per bearsi di quel tocco e allontanare il momento in cui quelle dita l'avrebbero abbandonato.
«Mi è andata della saliva di traverso» disse arrossendo di nuovo «comunque avete visto, signora Marilì, che avete ancora voglia di accudire un paziente?» la lodò sorridendo, ricorrendo al *voi* come non gli accadeva da tempo.
«Mamma ha reagito, è vero, e allora?» chiese Silvana per capire.
«Allora il dottore ha un lavoro per te, mamma», completò Marigiò, accarezzando sua madre.
«È così, signora Marilì. Una mia paziente, una signora che… lasciamo stare, ha paura a stare da sola la notte e desidererebbe avere un'infermiera accanto, nel caso si sentisse soffocare. Il suo compito consisterebbe nel somministrarle qualche goccia di sedativo e dare un poco di conforto. Sarebbe un lavoro ben remunerato perché notturno. Le consiglierei di accettare».
Era l'opportunità lavorativa migliore che aveva trovato per Marilì, l'unica soluzione alla situazione disastrosa in cui versava la sua famiglia.
«Mamma, che ne dici?» chiese Martino. «Se non te la senti di lavorare tutte le notti…».
«Noi ce la possiamo cavare bene da soli. Io e Marigiò possiamo fare le faccende di casa così, dopo la notte, ti potrai riposare» propose Silvana.
«E io» aggiunse Martino «se avrò qualche soldo potrò comprare anche un poco di carne o di pesce ai Mercati Generali dal padre del mio compagno di scuola. Che ne dici, mamma?».
Marilì era ancora tanto sorpresa della proposta del dottor Pedrini che non riusciva a rispondere. «Grazie della sua generosità, dottore» balbettò, con gli occhi verdi velati di lacrime. I ragazzi si strinsero a lei, chiacchierando e ridendo.
"È bellissima", pensò Lorenzo Pedrini, smarrendosi.
«Bene, ha fatto bene ad accettare, signora Marilì», concluse ad alta voce, allontanandosi da lei per controllare le emozioni. Poi accese la luce in cucina e attaccò la stufetta elettrica. «Fa freddo qui dentro. Martino, per favore, vai a comprare del tè e dei biscotti così, con una bella tazza calda in mano, ci possiamo scaldare».

Il ragazzo non si muoveva. I commercianti sbuffavano appena vedevano entrare nei loro negozi qualcuno della famiglia Pennisi che avrebbe allungato la lista del debito.
«Vai, Martino, non ti preoccupare» disse, incoraggiandolo con una mano sulla spalla. «È tutto a posto. Il debito pregresso è già stato saldato e ho lasciato una certa quota disponibile per questo mese. Stai sereno, vai». Martino rassicurato uscì al volo.
«Signora Marilì, se vuole accendere la cucina economica e mettere a bollire l'acqua per il tè…» suggerì per scuotere la donna che eseguì frastornata.
«E Marigiò?» chiese Silvana ricordandosi, come per caso, di sua sorella. «Dato che è già stata bocciata e», aggiunse «forse lo sarà ancora anche quest'anno, lei potrebbe andare subito a lavorare; non crede?»
Pedrini conosceva la situazione di Marigiò.
«Hai ragione, Silvana».
«No!» gridò Marilì. «Lei no, è la più intelligente! Mi ha sempre chiesto del perché avvengono le malattie, di come si…» si fermò in tempo, scorgendo lo sguardo di odio di Silvana che fulminava Marigiò.
«Però non si impegna come gli altri, signora Maria Luigina» precisò il dottor Pedrini evitando di guardarla. «Per questo motivo è giusto che lasci quella scuola e che inizi a lavorare».

A quelle parole, Marilì si raggelò tutta: le mani le divennero bianche, i piedi due pezzi di ghiaccio. Reagì stringendosi nella vestaglietta di flanella che, per la prima volta dopo tanto tempo, le parve inadatta al freddo della casa e alla presenza di Lorenzo. Si rese conto di essere trasandata. Un vistoso buco sulla calza, all'altezza del tallone destro, era lì chissà da quanto a testimoniare la sua disfatta. Si sentì sopraffatta dalla vergogna. "Sono brutta e sciatta, ecco perché Lorenzo mi offende così", pensò.
Silvana, invece, era così contenta delle parole del dottore che propose: «Allora potrebbe iniziare a lavorare come commessa».
«Al tempo» intervenne Lorenzo. «Ho da darvi una notizia che…» si fermò per schiarire la voce «che posso solo dire bellissima e ho anche da chiedervi un favore».

Marilì lo guardava senza capire.
«Mia moglie aspetta un bambino e sembra che tutto stia procedendo per il meglio. Beatrice è ormai al terzo mese».
«È davvero una notizia lieta per voi» si congratulò Marilì.
«Siamo tanto felici: io, la mia Beatrice e soprattutto Rosa che da anni desidera un fratellino o…».
«O una sorellina», completò Marigiò.
«O una sorellina», disse il dottore «ma visti i precedenti negativi, io e mio suocero vogliamo essere sicuri che Beatrice non stia mai sola e che possa sempre avere qualcuno al suo fianco».
«Ma voi avete la domestica fissa» fece osservare Silvana.
«Che deve fare anche la spesa o qualche commissione». Lui fece una pausa. «Per questo ho da chiedervi un favore».
«Un favore…» lo incentivò lei. Marilì annuì con un cenno del capo.
«Ecco, dato che mia moglie a breve non potrà più seguire la catalogazione delle mie riviste mediche, prima che Marigiò inizi a lavorare come commessa…» lasciò la frase in sospeso «ecco, io avrei bisogno che lei faccia quel lavoro al posto di Beatrice».
Silvana era delusa; Marilì lo guardò amareggiata. Marigiò trattenne un sorriso, iniziando a capire il piano di Rosa.
«Non è un gran lavoro fare la bibliotecaria» disse Silvana «e magari non lo sa neanche fare».
«Non è così semplice come credi, Silvana. Per essere sempre aggiornato dovrei leggere un mucchio di riviste mediche. Ormai Beatrice, utilizzando le *parole chiave*, sapeva cosa segnalarmi, ma anche lei era in difficoltà con le riviste in inglese».
«Marigiò l'inglese l'ha studiato solo per un anno e pure male», chiarì compiaciuta Silvana.
«Hai ragione. Lei è stata così poco solerte con lo studio che, assieme al lavoro, farà delle lezioni private d'inglese, come mi sono obbligato a fare anch'io».
Marigiò stava con gli occhi bassi per mascherare la felicità. "Fidati di me" le aveva detto Rosa, accennando a novità sorprendenti per lei.
«Inoltre, per assicurarmi che Beatrice non resti mai sola, che abbia qualcuno nei momenti in cui la domestica è fuori…» trattenne il respiro per completare la parte più difficile della proposta. «Marigiò dovrebbe stare con noi in casa, fino al termine della gravidanza».

Silvana non seppe cosa rispondere, in bilico tra la delusione di vedere condannata sua sorella e il piacere del suo allontanamento.
"Tutto si ripete", concluse Marilì tra sé, ripensando a sua madre che da giovane era la dama di compagnia della marchesina di San Vito.
Marigiò guardava ostinatamente la punta delle scarpe sformate: non sentiva più freddo; l'eccitazione stava diventando elettricità. Nessuno rispondeva. Pedrini prese il silenzio come assenso.
«Bene, tutto è stato chiarito. Ci rivedremo per i dettagli. Ora devo andare; a presto», salutò le donne uscendo. Era fatta. Il piano di Rosa era stato geniale nella sua semplicità. Ora doveva accertarsi se le cose stavano davvero come aveva detto sua figlia, e cioè che Marigiò era bravissima in latino, addirittura in grado di tradurre le sue versioni di liceo senza fatica e che, al contrario di lei, era attratta dai suoi libri di medicina. Se le cose fossero state tali, il destino di Marigiò sarebbe potuto andare diversamente.
Nell'agosto 1960 il dottor Pedrini comunicò alla sconcertata famiglia Pennisi le capacità di Marigiò, suggerendo l'iscrizione della ragazza al liceo classico Ennio Quirino Visconti. Dopo aver trascorso sei mesi nella casa del dottor Pedrini, una Marigiò determinata e consapevole di sé era tornata alla sua casa di via Benzoni in tempo per iniziare l'anno scolastico nella nuova scuola.

"Era andata così", aveva ricordato Marigiò, seduta accanto a Luisa. Intanto le insinuazioni di Silvana sul dottor Pedrini e sua madre non erano più un brusio di fondo, ma parole chiare e taglienti: 'amanti' le era arrivato come una frustata all'orecchio. Era stata quella parola a farla reagire. Si era alzata e con un gesto ampio della mano sinistra – lei era mancina – aveva assestato un ceffone sulla guancia destra di Silvana mentre sull'altra arrivava quello di Martino.

«Ma voi…» Silvana si toccava incredula il viso in fiamme. Martino e Marigiò si erano guardati disorientati le mani, arrossate per il gesto inconcepibile. «Maledetti! Ma non finirà qui; vedrete, maledetti» urlò lei, fuggendo via di casa come una furia.

«È da tanto tempo che se li meritava» aveva detto Luisa, abbracciando suo marito e Marigiò. «Non vi preoccupate».

«Ah! Adesso mi sento molto meglio. Ma cambiamo argomento. Marigiò, pensi di andare a trovare Rosa Pedrini a breve?» le aveva chiesto

Martino. «Lei ti ha cercata anche qui, perché non ti ha trovato in albergo».

«Sono stata fuori, ma l'andrò a trovare sicuramente».

«La famiglia di Rosa ti attende con ansia a Senigallia. La figlia, Maria Paola, non vede l'ora d'incontrare zia Marigiò, come ti ha sempre chiamato», aveva aggiunto sua cognata.

«Ci andrò, lo giuro» aveva promesso.

Era appena uscita dal portone quando, dal finestrino dell'autobus che le sfrecciava davanti, aveva sentito la voce di Silvana. «Bastarda, maledetta!» le aveva gridato quella voce.

Il passato appena rivissuto le si era iniettato dentro come un veleno. Aveva bisogno di un antidoto e di saldare il conto con se stessa. Prese il quaderno nero che aveva messo da giorni nella sua borsa. Aveva rinviato più volte quel contatto con sua madre. L'aprì con le mani tremanti. "È assurdo che mi faccia questo effetto", pensò. "Ho impegnato tanto tempo per imbrigliare le mie emozioni nel bozzolo e ora, davanti a semplici fogli di carta, l'impalcatura si sta sgretolando, sottile e logora come un merletto troppo usato".

Si soffiò forte il naso con il bordo della camicetta, come faceva da bambina. Riconobbe subito la grafia materna, bella, elegante, con le vocali tonde. Le prime parole le fecero balzare il cuore.

Cara figlia adorata,

Una madre ama tutti i suoi figli ma non so spiegarmi perché, io ti ho amata dal primo momento più degli altri. Silvana l'aveva capito da piccolissima, da quando non ho più potuto allattarla dopo la tua nascita. Ho sempre saputo delle sue angherie verso di te, ma non sono riuscita a fare nulla tranne che a trattenere, per quello che potevo, le manifestazioni più visibili del mio amore per te.

Tu sei la figlia del miracolo: nemmeno sapevo di averti in grembo mentre vivevo nel mondo ovattato del trauma cranico. Vorrei parlarti di persona delle cose che sto per scriverti. Ti prego, ti scongiuro, torna a Roma, anche solo per una visita, ma trova un poco di tempo per me. Ho tante cose da dirti. Forse ti stai già stupendo per il semplice fatto che io voglia aprirti il mio cuore. Ho sempre tenuto per me quello che sentivo dentro. Meglio così; altrimenti ti avrei sconvolta con le urla di disperazione e di dolore che invece ho nascosto.

"Ma io non sono più tornata. Non ho ascoltato il mio cuore, non ho ascoltato nemmeno la ragione. Sono stata una figlia lontana per te e solamente una zia per l'essere a cui tenevo di più al mondo. Sono stata una vigliacca, mamma, ho preferito nascondere la testa sotto la sabbia per non vedere il mio passato". Fece due lunghi respiri, poi riprese a leggere.

In questi giorni sono così prostrata per la morte di Lorenzo che temo di scrivere cose confuse e contraddittorie. Credo che l'unico modo di procedere sia di raccontare gli avvenimenti dall'inizio, come fece mia madre, tua nonna Maria Concetta. Io e te abbiamo un destino che ci accomuna e se la storia, già da queste prime righe, potrà sembrarti troppo lunga sappi, fin da subito, quello che da sempre tu hai percepito per istinto. Ernesto non è tuo padre.

Il fiato si mozzò. Le mani lasciarono cadere il quaderno nero come se scottasse. «Ernesto non è mio padre!» ripeté sconcertata. Le viscere si contrassero. La testa si snebbiò. "Ma sì, avrei dovuto capirlo da tempo: un padre non odia i propri figli, mentre lui mi odiava", rifletté. "Oh, non ho mai dimenticato il suo sguardo bieco che si posava su di me, facendomi sentire un'intrusa. Che fosse vera la fandonia di Silvana che mi sussurrava orfanella, orfanella, mi ero sempre chiesta? Come un'orfanella di guerra, presa in casa per pietà, la mancanza d'amore paterno poteva essere più tollerabile. Per quest'odio, l'istinto mi aveva portato ad allontanarmi da lui anche nel fare i gesti più semplici, come quello di passargli un piatto. Non l'ho mai sfiorato, neppure per sbaglio. Ora Ernesto Pennisi, l'uomo del quale porto il cognome, per me non esiste più".

Spinta da un impulso irrefrenabile andò nella sua stanzetta. Rovistò nel cassetto della sua scrivania, alla ricerca di una vecchia patente. Con un temperino si mise a cancellare con rabbia il nome che non le apparteneva più: «Maria Giovanna Pennisi. Ora sono un'altra», disse con voce dura, tirando su con il naso. «Per tutti sono M.G. Pearce, Pearce, Pearce», ribadì più volte.

«Ah, che liberazione! Ma chi è il mio vero padre? Magari fosse il dottor Pedrini. Purtroppo, lui conobbe mia madre quando lei già mi aspettava e quindi non può essere lui. Chi, mamma, dimmi chi è? Uno sconosciuto o qualcuno che tu amavi di nascosto?».

Riprese a leggere il quaderno.

Lui ti ha odiato appena ti vide nell'ingresso di casa, e tu lo ricambiasti con paura e indifferenza alle sue parole «Ma questa chi è?». I suoi vuoti di memoria, veri o fasulli, che gli hanno permesso di salvarsi dalle maldicenze accettandoti come figlia, non hanno mai sciolto quell'odio. Ti stai chiedendo chi è tuo padre, lo so. Ho impiegato anni per capire, tu concedimi il tempo perché ti possa spiegare.

Adesso che sono veramente sola, senza nessuno vicino dopo la morte di Lorenzo, ho tanto tempo per i miei ricordi. Il più grande tesoro per una donna è il tempo, sai. Tempo per riflettere, per pensare, per sognare. Le donne il tempo per sé non l'hanno mai avuto perché impegnate a fare figli, a mandare avanti la casa che, senza gli elettrodomestici e i detersivi di oggi, era un'occupazione piena. Tuttavia, se miracolosamente un poco di tempo avanzava, scattava il senso di colpa su come occuparlo e allora ci si dava da fare magari sistemando l'armadio o lavando i bicchieri opachi. Le donne non potevano stare con le mani in mano, si diceva. Non credere che le cose andassero diversamente per le signore ricche; anche il loro tempo era forzatamente occupato, magari con impegni futili, ma occupato. Avere del tempo per sé era quasi osceno.

Adesso di tempo ne ho e ne avrò molto. Il lavoro in ospedale occupa una parte della mia giornata, giorno o notte che sia, ma mi rimane tutto il resto. La casa e la cucina per me sola sono di poco impegno e non m'impediscono di pensare né di ricordare.

Per non fare invecchiare il cervello, seguo il consiglio di Lorenzo andando ai ricordi della mia vita e alle storie che mi raccontava mia madre, arricchendoli di qualche particolare, di un dettaglio tratto dalla tradizione o dai libri letti da bambina e da giovane donna. Per me la lettura è stata una grande consolazione. Poi, dopo il matrimonio con Ernesto, tutto questo è finito. Ho cancellato una parte di me, seppellendo le parole che mi sembravano tanto lontane dalla mia vita grama. Ma nulla va perduto, e questa ricchezza ora riaffiora facilmente nella mente.

Tanto lavorio mi ha aiutato a capire e a trovare il filo che lega le storie delle persone tra loro. Nella mia vita non sono stata brava a colmare l'assenza delle troppe cose che non ho detto. Non voglio scusarmi ripetendo il pretesto della cronica mancanza di tempo; più onestamente penso sia stato per una sorta di pudore. Parlare di alcuni avvenimenti è difficile e doloroso; allora è meglio tacere, per sfuggire le reazioni di chi mi avrebbe ascoltata, mi ero detta. Ora ho iniziato a scrivere e non mi fermerò. Tuttavia, per il ritegno che ancora persiste in me, utilizzerò una formula più dolce di narrazione, quella del racconto.

Così ho immaginato un giorno di novembre del 1917, quando mio nonno Luigi camminava nervosamente con le mani dietro la schiena nella grande cucina della casa di Fontemanente…

Ta-Pum, Ta-Pum
Maricò

Penne, novembre 1917

«È inaudito! È già passata l'una e ancora non è pronto in tavola», si ripeteva Luigi Evaristi, camminando con le mani dietro la schiena. Ogni dieci passi controllava l'ora sull'orologio d'oro. «Questo è il segno tangibile del degrado dei tempi e la guerra non ha fatto altro che accentuarlo. Le donne lasciate a se stesse, senza gli uomini che le controllano, hanno perso il senso del dovere; che diamine!» Il taschino del panciotto si stava scucendo per il continuo mettere e togliere l'orologio.

«Oggi è il giorno in cui Nannina non viene per le faccende, e Maricò lo sa bene. Quanto le ci vuole a tornare a casa?» Non riusciva ancora a smaltire il ricatto del dottore: per saldare il suo onorario aveva chiesto la collaborazione di sua figlia come infermiera. L'andirivieni era ormai frenetico, mentre il vicino campanile suonava l'ora mezza.

«È un ritardo inaudito, ma mi sentirà. Oh, se mi sentirà!» Era impaziente di comunicare le recenti novità. Aveva ricevuto due lettere dal fronte: una dal dottor Marcotulli e un'altra di Mario De Pico dal contenuto sconcertante. Inoltre, gli era giunta anche la temuta comunicazione dal Ministero della Pubblica Istruzione: alla fine dell'anno scolastico sarebbe stato messo a riposo.

«Io a riposo. Adesso che sono diventato il direttore didattico della scuola elementare di Penne, devo andare a riposo?» così avrebbe voluto rispondere a Sua Grazia il ministro. In aggiunta avrebbe anche precisato: «Come posso abbandonare l'insegnamento ora che sono al massimo del mio sapere e della mia eloquenza?». Doveva ben far sentire le sue ragioni. Nessuno rispose al suo sproloquio e quasi se ne stupì. Sentì da lontano la voce di Maricò che accennava un'aria di *Madama Butterfly*: «Un bel dì vedremo levarsi un fil di fumo e...».

«Che bella voce» s'inorgoglì Luigi Evaristi, urtandosi subito dopo per la trasgressione al suo divieto di cantare in pubblico, addirittura in strada, anche se la strada era il vicolo dietro l'angolo. Il dottor De Dominicis l'aveva pensata bella per sottrargli Maricò. Aveva comprato una palazzina in vico Tre Re, vicinissimo alla sua casa di Fontemanente, per adibirla a sua dimora e a studio medico; lì sua figlia lasciava ogni giorno la borsa con il materiale che le serviva per le sue visite, che faceva autonomamente dopo aver discusso i casi con il medico.

«Mi sentirà! Oh, sì che mi sentirà, la sfacciata». Il canto si trasformò in un saluto.

«Sono tornata, padre. Perdonate il ritardo. La medicazione del conte di Pietra Secca non si è potuto farla prima perché riposava» si scusò, togliendo la cuffia bianca e lasciando libera la treccia nera. Era diventata così bella che il mastro continuava a stupirsi che lei stessa non se ne fosse mai accorta. Sua figlia aveva accettato con naturalezza il proposito di aspettare la fine della guerra per le proposte di matrimonio ma, prima o poi, qualcuno l'avrebbe portata via e lui sarebbe rimasto solo, si ripeteva amareggiato Luigi Evaristi.

«Insomma, si è fatto tardi», provò a risponderle in tono burbero «davvero tardi, ma... va bene, figlia mia, non ti preoccupare». Appena la vedeva la sua irritazione scemava. "Sto davvero invecchiando", realizzò.

«È tutto pronto sulla stufa, padre. La tavola è già apparecchiata. Sedetevi, che vi servo. Prima devo lavarmi le mani, come mi ha spiegato il dottor De Dominicis, per evitare di portare le malattie esterne in casa».

«Fai bene» disse il mastro, finalmente a tavola, arricciandosi i baffi «anch'io ho sempre ritenuto l'igiene un ottimo modo per prevenire le malattie. Che cos'hai preparato di buono?» In cucina, dove abitualmente mangiavano, aleggiavano degli invitanti profumi.

«Zuppa di fagioli con salsicce e poi broccoletti ripassati. Un pasto salutare e saporito», rispose orgogliosa Maricò. Aveva imparato a lasciare il recipiente di coccio con i legumi a sobbollire a fuoco bassissimo, con la brace che si estingueva giusto alla fine del suo giro di visite, aggiungendo la salsiccia abbrustolita a fine cottura.

"Pasto salutare ed economico", pensò il mastro. Ormai dovevano risparmiare su molte cose. La guerra aveva fatto aumentare terribilmente il costo della vita e il suo stipendio bastava a malapena per le spese della casa e per la retta del Cicognini di Prato, il migliore e il più caro collegio d'Italia, dove studiava Arduino. Dopo aver estinto con il suo lavoro il debito con il dottor De Dominicis, Maricò aveva continuato ad affiancare il medico, proponendo a suo padre che il suo modesto salario fosse messo da parte per gli imprevisti e le malattie. Il vestito del mastro era lo stesso da dieci anni e Maricò aveva riposto i suoi begli abiti parigini in attesa di momenti migliori; per accompagnare il dottore nel suo giro di visite lei indossava una divisa con un vestito nero e un grembiule bianco, come la cuffia che le ricopriva i capelli.

«Il conte di Pietra Secca come sta?» chiese Luigi Evaristi mentre gustava la zuppa saporita.

«La ripresa è lenta, lo sapete. La ferita al ginocchio destro è stata ampia e distruttiva, ma la fortuna l'ha assistito non facendolo morire dissanguato». Il conte Maurizio di Pietra Secca, dimesso dall'ospedale militare, era venuto a Penne per completare la degenza per una ferita da arma da fuoco, guadagnata sull'altipiano della Bainsizza durante l'undicesima battaglia dell'Isonzo.

«Né gli giova» sussurrò Maricò, arrossendo «tanta immobilità».

Maurizio passava il suo tempo a letto nella sua camera a palazzo San Vito, con le cortine sempre chiuse, permeata da un fumo dolciastro che stordiva. Si risvegliava dal suo torpore solo quando Maricò gli cambiava la medicazione, approfittando della forzata vicinanza per sussurrare parole disdicevoli per l'orecchio di una fanciulla.

«Cara Maricò, angelo della salute, tu hai un'energia non comune. Appena ti sento vicino sorge in me un nuovo vigore», le diceva. Parole garbate, smentite dal solito sguardo allusivo. La guerra gli aveva tolto del tutto la freschezza giovanile, accentuando sul volto i tratti del suo animo. I baffi biondi, perfettamente curati, non riuscivano a nascondere le pieghe amare della bocca atteggiata in un riso sardonico; l'occhio era spento sotto le palpebre pesanti incapaci di aprirsi al mondo.

Dopo i primi scambi di parole, doverosi per due che condividevano la tavola, il mastro e Maricò avevano da tempo preso l'abitudine di immergersi nei propri pensieri, per star da soli con se stessi in vicinanza dell'altro.

Ogni tanto il mastro guardava di sottecchi sua figlia.

La perdita paventata già gli sembrava reale; non riusciva a rassicurarsi nemmeno al pensiero di una nuova moglie. "Ogni cosa mi sa di amaro" si era detto, senza confidarlo ad alcuno.

«È inquietante il signor conte, il marito di Argene», aveva sussurrato un giorno Maricò.

Ogni mattina usciva dalla sua casa di Fontemanente con la ferma intenzione di disertare il palazzo dei San Vito. Avrebbe delegato al dottore la cura del nobile paziente. Tuttavia, dopo i pochi passi che la separavano dalla casa del medico, il suo proposito si dileguava e lesta andava a prestare la sua opera al conte Maurizio. A riportarla al palazzo erano dei brividi, sconosciuti e inebrianti, che le correvano lungo le braccia risvegliati dalla mano del conte poggiata sul suo corpo per un'indolente casualità.

"Sono state le confidenze di Argene sulla sua vita di sposa a suscitare in me tali sensazioni?" si domandava inutilmente.

Erano passati già più di due anni da quando Argene le aveva raccontato dei particolari della sua vita coniugale che l'avevano lasciata disorientata e incuriosita. La giovane contessa, con il marito al fronte, era tornata da sua madre per concludere la sua prima gravidanza nella casa natale. Maricò era stata incaricata dal dottor De Dominicis di sorvegliare con visite quotidiane la sua nobile amica, costretta al riposo. Nel suo bel letto di ragazza, Argene non aveva mai smesso di parlare di sé, del tutto indifferente alla vita dell'altra.

«Sapessi quanto è eccitante la vita da sposa» le aveva confidato. «Maurizio è un marito che… Anzi, non è un marito», aveva aggiunto con un sorriso complice «cioè, ecco… Maurizio mi ha fatto fare un patto con lui. Durante il fidanzamento, ci siamo promessi che saremo stati…».

«Sareste stati cosa?».

«Ah, allora sei curiosa! Non so se posso dirti queste cose: tu sei ancora fanciulla, anche se sei più vecchia di me» aveva precisato malignamente. «Non dici nulla? Non t'interessa?» aveva continuato. «Uhm, allora te lo dico lo stesso, sappi che io e Maurizio siamo… amanti!».

«Ma voi siete sposati!».

«Amanti, capisci? Con appuntamenti segreti e bigliettini nascosti. Oh, è stato meraviglioso!».

«Due sposi come voi, con regolare matrimonio, non possono essere amanti» aveva ribattuto sbalordita Maricò.

«Ma che ne sai tu? Vieni più vicino che nessuno deve sentire». Argene aveva obbligato l'altra ad avvicinarsi tanto che le due chiome si erano confuse l'una nell'altra.

«Maurizio mi ha detto che la vita degli sposi è noiosa e banale e per questo motivo tutti si prendono un'amante; anche le signore, cosa credi, altrimenti a chi si legherebbero tanti gentiluomini?».

Maricò aveva preferito tacerle le voci di vita dissipata che circolavano intorno a Maurizio di Pietra Secca con le donne più comuni e meno specchiate.

«Allora egli mi ha proposto questo patto: saremmo stati amanti senza nulla di scontato. Non c'è stata la prima notte di nozze dopo il matrimonio, ma…» aveva sospeso le parole per centellinare il segreto «ma è accaduto dietro le cortine del letto di suo padre, mentre il povero vecchio respirava a fatica. È stato così, come una fiammata ardente, mi capisci?». Maricò aveva ascoltato tenendo gli occhi bassi, per non vedere lo sguardo di Argene, nuovo ed estraneo, che sottolineava le sue parole.

«Ti ricordi di quando leggevamo, rintanate sotto le coperte, i libri segreti di mia madre? Noi rimanevamo turbate per giorni ed erano solo parole» aveva aggiunto Argene con aria sussiegosa di chi la sa lunga «mentre con Maurizio… Lui mi ha insegnato tante cose, perché l'amante deve aver diritto al piacere, mica come la moglie».

«Tu che sei un'infermiera, Maricò, dovresti sapere che noi donne abbiamo un bottoncino di carne meraviglioso lì, in mezzo alla fessura», le aveva raccontato ormai priva di qualunque remora «che, se sollecitato con dovizia, ti fa raggiungere il paradiso. Comunque, è inutile che racconti a te queste cose. Cosa ne capisci tu del piacere?» aveva concluso imbronciata.

Maricò aveva sperato che fosse arrivato il momento di confidarsi su quello che aveva provato con Mario.

«Argene, tu che sei esperta, pensi che…».

«Esperta? Ah, non si finisce mai d'imparare! Quando terminerà questa noia della gravidanza e Maurizio sarà di nuovo vicino a me, mi ha promesso una cosa eccitantissima», aveva abbassato di nuovo la voce. «Ha detto che mi farà conoscere una persona esperta nell'arte d'amare, una donna matura, per introdurmi in un mondo di delizie più esaltanti».

Una volta Maricò aveva voluto provare a cercare il bottoncino di carne, quello che la sua amica aveva definito la sede delle delizie. C'era, l'aveva anche lei. Ma, come aveva precisato Argene, l'uomo lo doveva sollecitare, anche se questa cosa la faceva solo un amante e non il marito.

"Spesso sento dire che le donne si devono sottomettere al marito e che quella cosa la fanno non per piacer loro, ma per piacere a Dio", si ripeteva Maria Concetta Evaristi. "Dovrei chiarire la faccenda con il dottor De Dominicis, che è sempre lieto di rispondere a qualsivoglia mia domanda. Mi ha detto che discute con me come con un collega medico e che lavorare insieme lo rende felice e appagato. Bei complimenti che mi fanno arrossire come quando, a volte, lo sorprendo a guardarmi in un modo che m'imbarazza. Ma forse m'inganno; il dottore è vecchio come mio padre" aveva concluso.

"Maricò è affaticata ma felice", rifletteva il mastro pulendosi con cura i baffi dopo il pasto, "ha il sorriso di quelle donne di cui ho visto l'immagine sui giornali, con il volto fiero nelle loro divise di tramviere o bigliettaie. Donne che vanno in giro da sole. Inaudito. Ma io ho obbligato Mietta a fare da *chaperon* a Maricò durante il suo lavoro di infermiera, per salvaguardare il suo onore, è ovvio, anche se poi… Oh che disgrazia, che disgrazia", ricordò.

Era da poco accaduto l'imprevedibile: la giovane accompagnatrice a soli tredici anni aveva dato alla luce un bambino, spegnendosi in un mare di sangue irrefrenabile. Nessuno si era accorto della sua gravidanza, nemmeno sua madre Nannina. Pertanto, colei che aveva allattato tanti bambini di Penne, fu costretta a mettere a balia Ernesto, il figlio del mistero di Mietta.

Il pasto era terminato; continuare il silenzio sarebbe stato imbarazzante per ambedue.

«Maricò, ho da leggerti una lettera dal fronte. Vieni, andiamo nel mio studio e mettiamoci comodi».

Maria Concetta accontentava volentieri suo padre nell'ascoltare la lettura delle missive che i suoi pupilli gli inviavano, nella speranza di avere notizie di Mario; il mastro da qualche tempo evitava di commentare con estranei le sue riflessioni sulla guerra. Solo, nella notte, si permetteva di riflettere sul numero spaventoso di morti e feriti, quasi un milione, che stava costando la guerra.

«Maricò, la lettera che ho da leggerti è del dottor Marcotulli» precisò il mastro, infrangendo le sue aspettative su Mario «che l'ha inviata dall'Ortigara tramite un cappellano che mi ha rassicurato sulla sua sorte. Povero giovine, così coinvolto dagli aspetti umani della guerra. Ti ricordi, Maricò, quello che mi disse quando venne l'ultima volta?».

«Sì, padre. Io ero fuori per una visita, ma voi mi raccontaste in dettaglio l'orrore e il malessere del maggiore Marcotulli alle sofferenze del nostro esercito».

Scorrevano di continuo nella mente del mastro alcune frasi del medico sulla vita di trincea, tanto simili a quelle scritte dai soldati alle madri analfabete che gli chiedevano aiuto nella lettura.

L'odore dell'urina è intollerabile... si dà la caccia ai topi per fare qualcosa... difficile aspettare la morte per mano del nemico con cui hai parlato fino a qualche minuto prima... A volte mi sostituisco a Dio, curando solo chi può farcela...

Il mondo cambiava in fretta e lui, Luigi Evaristi, non lo capiva più. Sospirò per ricomporsi e continuare la lettura.

«E per te, che sa amante del bel canto, ha riportato la canzone composta dagli alpini. Ti leggo qualche verso:

Venti giorni sull'Ortigara
senza cambio per dismontà
Ta-pum, ta-pum, ta-pum...
Ta-pum, ta-pum, ta-pum...
Se domani si va all'assalto
soldatino non farti ammazzar...

Se... quando il maggiore Marcotulli tornerà, te ne intonerà il motivetto».

Prudentemente il mastro si era tenuto per sé quello che i giornali avevano riportato sull'immane carneficina dell'Ortigara. Vi erano stati più di 21.000 tra morti, feriti e dispersi sotto il fuoco austriaco che aveva usato le più moderne artiglierie, e anche i lanciafiamme. Una guerra che si pensava lampo si stava trascinando per anni lasciando sul campo tanti morti. Troppi morti.

«Poi mi è pervenuta una strana lettera, tramite il barone Gaetano De Pico».

«Lettera? De Pico?» chiese esitante Maricò.

"Allora è Mario. Mario ha pensato a me!" sperò.

«Sì, il barone mi ha spiegato che lui e suo fratello hanno l'abitudine di comunicare più sinceramente che nelle lettere ufficiali, ritenute sottoposte a censura, tramite un bastone».

«Un bastone dite, padre?».

«Non m'interrompere, che diamine! Dicevo che i due fratelli hanno un ingegnoso modo per passarsi alcune notizie, tramite un bastone da passeggio vuoto all'interno dove mettere la corrispondenza, giocoforza breve e sintetica, come vedi» le disse, mostrandole una sottilissima carta ripiegata.

«E… cosa dice?».

«La lettera dice cose che stento a credere. Ti leggo alcuni passaggi».

"Padre leggete tutto, vi prego" lo incoraggiò con il pensiero. "Sono le parole di Mario per me!".

«*Metti in guardia chi per disgrazia frequenta Maurizio di Pietra Secca. Egli, il nostro amico d'infanzia, è un vile e un codardo. Purtroppo, è qui come mio comandante, ma tra noi è scomparsa ogni traccia di amicizia e di conoscenza. L'infingardo allude a me, che sono socialista, come a un soggetto da sorvegliare: vuole istillare nei miei compagni l'ostilità e la diffidenza.*

Ha avuto le note al merito solo perché ha fatto fucilare dei disertori. Erano dei bravi soldati coraggiosi che conoscevo personalmente. Serpeggia voce che si sia ferito da solo al ginocchio, uno stratagemma per non tornare mai più al fronte. Si dice che, per non morire dissanguato, si sia legato le fasce mollettiere molto strette, e preso della morfina per non sentire dolore. Sono voci di cui, purtroppo, non posso verificare il fondamento».

Il mastro si fermò per riprendere fiato mentre osservava sua figlia in attento ascolto.

«Proseguo la lettura con altri stralci» disse, rischiarandosi la voce.

«*La nostra situazione è disperata. L'Alto Comando insiste per inutili attacchi che di nuovo perderemo. Se tornerò vivo, seguirò il consiglio del mastro e servirò la mia amata, ammaliante Italia, che giammai dimentico, proseguendo gli studi…*»

"Amata Italia sono io, io!" esultò lei. "Studi?" si chiese subito dopo.

«*…gli studi al Politecnico di Milano. Diventerò ingegnere. Con me, l'Italia diventerà ancora più bella*».

Maricò si sentì invadere dal gelo alle mani, ai piedi, al volto, mentre un fuoco di dolore le bruciava il cuore.

«Basta, basta» urlò «Non ne posso più della guerra e delle sue brutture» continuò tremante di rabbia e di rancore verso Mario.

«Maricò, calmati. Non volevo farti agitare, ma le insinuazioni sul conte di Pietra Secca…». Le andò vicino, le mise una mano sulla spalla: un insolito contatto di tenerezza; tra loro non si toccavano mai.

«Io stesso, come ti ho premesso, non oso credere alle parole testé lette; tuttavia siffatte insinuazioni meritano una riflessione».

«Insinuazioni, avete detto bene, padre», disse con voce strozzata «insinuazioni che il signor De Pico non può provare – lo dice egli stesso – su un nobiluomo che giace ferito. Non starò più ad ascoltarvi!» Lo sguardo duro, diretto agli occhi del mastro, aveva spento le parole paterne. Era la prima volta che accadeva.

«Ho pena per quegli uomini che soffrono al fronte» continuò convinta, «ma anche per tutte le donne che fanno una vita misera da sole, senza mezzi e protezione, con i figli da sfamare. Questa guerra, anzi tutte le guerre sono un'inutile strage, come ha detto il Santo Padre. Ora scusatemi; sono stanca».

Maricò uscì con passo incerto dallo studio, con la testa vuota e il cuore colmo di dolore e di delusione. Luigi Evaristi, il maestro che annichiliva i suoi studenti con uno sguardo, era stato zittito da una donna, da sua figlia, addirittura. Il mastro si accasciò sul divano; così, in silenzio, rimase fino a sera quando fu l'ora di desinare. In cucina Maricò lo servì come sempre e come sempre parlarono delle piccole cose della loro vita.

Il giorno dopo l'infermiera Maria Concetta Evaristi accettò per la prima volta di bere quel tè dal gusto originale che il conte di Pietra Secca insisteva a offrirle a ogni sua visita. Quel tè le faceva bene, la rilassava. Volentieri si sedeva sulla dormeuse a fianco al letto del conte, ad ascoltare la voce di Maurizio o forse era Mario che le parlava? Di certo era Mario, il suo amore, che invocava il suo nome.

«Maricò dalle braccia eburnee» le diceva quella voce. «Maricò dalla bocca di corallo» sussurravano quelle labbra. «Maricò statua greca» confermavano quelle mani.

Lo sguardo che la indagava, i bisbigli che udiva, le carezze che si soffermavano sul suo braccio, sul suo corpo, erano lì, accanto a lei. Nel torpore provocato dalla calda bevanda, erano l'immagine indistinta del suo amore.

«Mario, accarezzami; Mario baciami qui. Oh, Mario è bellissimo», ripeteva al suo amore che avanzava sopra di lei. «Mario, il bottoncino… Mario…».

Segreti
Marigiò

Roma, marzo 1984 e indietro nel tempo

Marigiò chiuse di colpo il quaderno nero. «Mia nonna ha avuto un amante, un amante!» ripeté costernata. «Non è possibile che lei a quei tempi… eppure non posso equivocare; il racconto è preciso». Non ci si raccapezzava. Ogni parola materna era arrivata inaspettata e intrigante a raccontare una storia incredibile. Prima la rivelazione su Ernesto e ora, addirittura, su nonna Maricò. «Perché hai taciuto così a lungo, mamma? Forse le due vicende sono collegate?».

Chiuse gli occhi. Il vuoto della casa si era impregnato di emozioni del passato riversate nel presente. I fantasmi del mastro, di nonna Maricò e del conte Maurizio, persone conosciute davanti a vecchie foto in color seppia o in bianco e nero, si stavano rianimando. "Mi sento meno sola", realizzò sorpresa. "Forse il dolore e l'amore si devono condividere?" Allungò le mani. Avrebbe voluto toccarli quei personaggi, per sigillare il filo che li legava a lei. Scosse la testa. «Ci mancano solo i fantasmi a confondermi; vero, mamma? Tu sì che sei una continua scoperta», disse convinta.

Non avrebbe mai immaginato che lei possedesse una tale profondità di riflessioni, né una forza emotiva prorompente, doti che aveva sempre nascosto. Voleva saperne ancora, non poteva fermarsi sul più bello. Di malavoglia fece il numero di casa di Andreina, sperando che il telefono squillasse a vuoto; lei rispose al terzo squillo.

«Marigiò. Finalmente! Ti ho cercato tanto, sai, perché io…».

«Che ne dici di andare a mangiare una pizza insieme?» propose sbrigativa.

«Veramente io pensavo di…».

«Ho tanta voglia di mangiare una pizza da Baffetto. Dai, Andreina, ci vediamo lì alle otto. Chi arriva per prima prende il posto, come sempre insomma».

«Certo, va bene. Assolutamente come sempre», rispose lei con complicità.

Marigiò chiamò un taxi per farsi portare nel centro di Roma. Nell'attesa, non riuscì a fermare la mano fremente di rovistare nella borsa: tirò fuori il quaderno nero e, inevitabilmente, riprese a leggere.

Forse ti ho sconvolta, lo so. Io che ti parlo addirittura di queste cose, scalfendo l'immagine di tua nonna Maricò, cioè di mia madre. Ah, la presunzione dei giovani che credono sempre di essere i migliori, i più aggiornati, i più moderni, come nel '68: mettersi i pantaloni, abolire il reggiseno…

"Se n'era accorta!" si stupì.

…di cui mi accorsi subito. Anch'io stavo facendo la mia rivoluzione ma nessuno lo notò, per fortuna. Le mamme fanno le mamme, così pensano i figli, dimenticando che le mamme sono anzitutto delle donne. Quante cose ho capito come donna dalla rivista «Duepiù» che tu nascondevi sotto le camicie da notte.

"Mi spiava" s'irritò, aguzzando la vista per scorgere il taxi.

Mettevo a posto il tuo armadio e così ho preso in mano la prima rivista e poi la seconda, la terza, aspettando con ansia l'uscita mensile del numero successivo e l'apertura, che era facoltativa, del capitolo interno. Quel capitolo tu l'aprivi sempre e io leggevo tutto, pur nella crudezza dell'argomento, per la voglia di capire. Nessuno, a quei tempi, parlava apertamente di sesso. Così ho potuto finalmente fare una sintesi tra le informazioni dei miei studi infermieristici e le chiacchiere delle mie colleghe e poi confrontarle con le mie scarse esperienze personali. Ero pronta per…

«Signorina?» il tassista la stava chiamando. «Ehi signorina, che fa, non sale?».

"Pronta per che cosa, mamma? Pronta per chi?" si stava chiedendo, tentennante sul proseguire nella lettura. Salì in fretta sul taxi e s'impose di non riaprire la borsa.

«Ehi, ben arrivata» disse Andreina, già accomodata in pizzeria.

«Fatti vedere; ma come stai bene con questo tailleur» si complimentò Marigiò, guardando la sua amica con sincera ammirazione.

«Ti piace? L'ho messo apposta per questa occasione» precisò. «Nell'attesa che tu arrivassi, ho ordinato dei supplì che non mangiavo da tanto tempo. Mi ricordo che piacevano anche a te».

«Eccome! Ne mangerei quattro».

«Anche dieci. Si vede che la signorina dai capelli di fuoco brucia bene» disse il cameriere squadrando Marigiò, mentre portava il vassoio delle delizie. «Allora, belle signore, che cosa d'altro ordinate? Pizza margherita, napoletana, capricciosa, ai fiori di zucca, boscaiola, ai quattro formaggi...».

«Margherita» precisarono insieme, scoppiando a ridere.

«Intanto, mentre aspettiamo la pizza, ti racconto di ieri a casa di Martino».

Marigiò aveva deciso di giocare d'anticipo: si limitò a una sintesi della scenata di Silvana, riuscendo anche a sdrammatizzare l'evento con delle battute ironiche.

«Ehm... Allora, a Senigallia, ci andrai?» domandò Andreina con fare casuale.

«Uhm, certo» rispose, masticando il supplì. «Quando mi sarò liberata dall'impegno con Tom, il padre di un mio collaboratore di lavoro, in arrivo a Roma per un incarico».

«Se vuoi, ti accompagno io. Ho ancora tanti giorni di ferie e li vorrei usare per stare con te» le propose.

«Ci penserò. La pizza è arrivata. Forza, mangiamo!».

Attaccarono con voracità una pizza croccante e grondante mozzarella. Marigiò ne tagliò un triangolo che riuscì a mangiare con soli due morsi.

«Che squisitezza, altro che le pizze americane con l'ananas!» esclamò «Questa margherita mi ricorda la gioventù».

«A proposito di gioventù, lei ormai dovrebbe essere adolescente, vero?» chiese Andreina a bruciapelo.

La domanda, paventata da sempre, era arrivata casuale, pericolosa e tagliente. “Perché non mi lasci in pace, Andreina? Non sai fin troppo? Oh, come sono stata stupida a confidarmi con te all’epoca!”.

Non aveva dimenticato il giorno in cui l’aveva incontrata casualmente alla Università La Sapienza.

“Non ci frequentavamo da anni. Lei sembrava contenta di avermi rivista, come se il mio ingresso al liceo e il mio silenzio successivo non fossero mai accaduti. La dilatazione dello spazio e del tempo tra di noi si restrinse all’improvviso. Mi aveva abbracciata a lungo, ciarlando come suo solito mentre io non riuscivo a sillabare che qualche frase di convenienza. Il suo sorriso aperto mi aveva ingannata, invogliandomi a liberare le parole che nascondevo agli altri oltre che a me stessa. Allora ero giovane e disperata, bisognosa del sostegno di un’amica”, si ripeté.

“Dovevo prendere una decisione terribile e non avevo nessuna amica per confidarmi. Ah, se mi fossi trattenuta. E invece, con poche parole strozzate, con il viso inondato da lacrime, le avevo confidato il mio segreto, e che segreto! Adesso sono un’altra persona. Posso decidere della mia vita” si disse Marigiò, mentre il cuore iniziava a frantumarsi.

Non poteva certo raccontarle dello stratagemma al quale si era ridotta, non potendone più fare a meno. Formava il numero di telefono della casa di Rosa Pedrini a Senigallia e aspettava i tre, al massimo cinque, squilli entro i quali una giovane voce rispondeva: «Pronto? Pronto? Uffa! Ancora il silenzio. Lo sai che sei un cretino? Un super cretino» sbuffava Maria Paola, rivolgendosi a quello che credeva uno spasimante timido.

«Ha quindici anni, lo sai» sussurrò. Ogni parola le costava una fatica immensa. “Sarà diventata bellissima” pensò. Per un attimo ricordò l’ultima volta che l’aveva vista, prima di partire per gli Stati Uniti, dieci anni prima: una bambolina di cinque anni con l’odore di matita e di caramella al latte e miele. Aveva un album con le sue fotografie, aggiornate anno per anno, che nessuno poteva toccare. Tante, tantissime foto, ma nessuna emozione che le collegava ai suoi momenti belli o dolorosi. Lei, sua madre, non c'era stata ad assistere orgogliosa alle sue recite scolastiche, né era stata vicina al suo corpicino quando aveva avuto la febbre o l'aveva consolata nei suoi risvegli notturni.

"Per mia figlia sono solo la più cara amica di Rosa, sua madre. Per mia figlia sono quasi una zia" si disse. "Mi vuole tanto bene, me lo ripete sempre nelle lettere e nei rari contatti telefonici. Devo decidere, non posso più rinviare".

Aveva immaginato, come una sequenza in continuo replay, la scena della rivelazione della verità e il viso di sua figlia. Lo stupore e poi? L'odio o l'amore? L'avrebbe accettata come madre, dopo aver saputo? Avrebbe retto alla prospettiva di uno sconvolgimento totale di vita che voleva proporle?

"Sto coltivando speranze impossibili. Mi sto illudendo; i personaggi delle favole *che vissero felici e contenti* non esistono" si ripeté. A stento riuscì a frenare le lacrime. Le sue emozioni traballanti stavano diventando troppo permeabili.

«Allora cosa farai?» insistette Andreina.

«Sarai la prima a saperlo, lo sai». Si schiarì la voce, come se avesse un boccone in bocca. «Ne dovrò parlare con Peter».

«Lui ti raggiungerà a Roma?».

«Può darsi, dopo il concorso. Ma non ti preoccupare; verremo tutti e tre a mangiare una pizza qui, da Baffetto».

«Mi ricordo che quel giorno, quando c'incontrammo, giurasti che in futuro avresti chiarito; non è vero?» provò a incalzare l'altra, fissandola.

Marigiò era diventata bianca. Si fece forza. Doveva dirle qualcosa, darle in pasto qualche notizia, prima che le sbranasse l'animo.

«In realtà non so quale futuro dividerò ancora con Peter, anche se gli voglio molto bene. Forse io mi fermerò qui e lui rimarrà in America».

Vide la sorpresa sul suo viso; la notizia l'aveva spiazzata.

«Ti separeresti da tuo marito per rimanere in Italia? Mi sembra assurdo».

«È tutto così confuso, sai. Ho bisogno di tempo e della tua amicizia» le disse Marigiò, prendendole la mano.

Lei si commosse. Marigiò aveva scelto la mossa con freddezza. Aveva capito come difendersi da Andreina e dalla sua invidia. "Non le racconterò più nulla dei miei pensieri più profondi" impose a se stessa. "Meglio tacere la realtà sul mio matrimonio e non accennare nemmeno a Fabrizio", giurò.

«Ma certo, ti sarò sempre vicina».

«Grazie».

Terminata la cena, s'incamminarono sottobraccio verso l'albergo Dea Atena, ricordando alcuni episodi della loro giovinezza, ridendo e scherzando come due adolescenti.

«Dottoressa, ci sono vari messaggi per lei» disse il portiere dell'albergo.

Marigiò decise di rispondere per priorità. Fece una lunga telefonata con Peter, raccontando nel dettaglio il pranzo in casa di Martino e di come si era sentita dopo la scenata di Silvana. Parlare liberamente con lui era stato un sollievo, dopo il macigno di emozioni provocato da Andreina. Un'ora dopo, mentre stava facendo la doccia, il telefono squillò. Marigiò alzò la cornetta da cui non sembrava provenire alcun suono.

«Pronto, pronto? Chi parla? Pronto?» chiese inutilmente. "Fabrizio?" sperò. Non osava riattaccare né esporsi a chiamarlo per nome. Avvertiva nondimeno un ansimare di respiri trattenuti e – assurdamente – un'eco di battiti cardiaci. "Non è possibile" pensò. "Voglio illudermi, è il mio cuore che sta correndo all'impazzata".

«Pronto... pronto?» fece più debolmente, sperando ancora di sentire la sua voce.

Infine, l'interlocutore silenzioso chiuse la connessione lentamente, quasi con rimpianto. Lei rimase con la cornetta in mano che rimandava un cupo *tu, tu, tu, tu*. Scosse la testa; si doveva convincere che la storia con lui, seppure la volesse considerare qualcosa, valeva quel poco di felicità che gli aveva donato e nulla di più. Allontanò il ricordo del sogno della notte precedente: aveva visto i loro corpi abbracciati nel sonno e, addirittura, percepito la sensazione delle proprie gambe acciambellate sotto le sue. Un sogno che per lei non era mai stato realtà: con nessuno aveva dormito insieme dopo il sesso. Cancellò la traccia del profumo agrumato di Fabrizio che insisteva nel naso e nella testa. Il suo corpo, che si era dilatato per quella fiammata d'amore, si restrinse di nuovo. Si accucciò sul fianco sinistro ad aspettare il sonno ristoratore.

«Tom, Tom! Sono qui!» L'altro rispose al saluto di Marigiò con un grande sorriso. Era ancora un bell'uomo Tom Vannucci alla sua età, elegante nel vestito italiano di Brioni. Alto, dinoccolato, con un'andatura spedita nonostante una lieve incertezza della gamba destra, una folta criniera di capelli bianchi e degli splendenti occhi verdi che ingentilivano il viso altrimenti stonato per la mandibola asimmetrica, come quella di un pugile.

«Marigiò, *darling*», la salutò, abbracciandola forte.

«*Tom, at last! I'm so happy that you are in Rome*».

«Grazie, cara», le rispose in italiano. «Ma da questo momento solo la lingua di Dante fra noi» precisò, squadrandola tra il serio e il faceto. «Mi devo impratichire in fretta con l'italiano».

«Ma tu lo parli benissimo!».

«Diciamo che lo devo attualizz… attualizzare» completò lui. Si capiva che il termine attualizzare se lo era ripetuto molte volte. «Magari sciacquandomi la bocca nel Tevere, cioè con l'aggiunta di qualche parola in dialetto».

«Addirittura in romanesco!» specificò lei, incredula.

Tre robusti americani si erano avvicinati. Tom parlottò brevemente con loro, indicandola: un cenno del capo, uno scambio di qualcosa e quegli uomini scomparvero con i suoi bagagli.

«Okay, sono libero» disse Tom. «Prendiamo un taxi, oppure hai una macchina?».

Nel cuore della notte Marigiò si era svegliata con il ricordo di un'immagine colta con la coda dell'occhio mentre aspettava il taxi, sotto casa di sua madre, la sera precedente.

Era uscita prestissimo dall'albergo quella mattina e con il primo taxi si era fatta portare a via Benzoni. Non si era sbagliata. La sua Cinquecento bianca con le righe rosse e verdi era lì, parcheggiata vicino al portone, solo un poco impolverata, come se fosse stata usata fino a qualche mese prima e non abbandonata in strada da oltre dieci anni. Era salita rapidamente in casa: il libretto della macchina e le chiavi erano al solito posto, dove le aveva messe quando Rosa Pedrini le aveva venduto, per una cifra simbolica, la vettura inutilizzata dopo il suo matrimonio e il successivo trasferimento a Senigallia.

"Rosa, quanto ho ricevuto da te: affetto, cose, ma soprattutto la tutela da parte di tuo padre. Il tutto con generosità e senza invidia. Ma io ti ho dato quello a cui tenevi di più e non potevi avere. Verrò; senz'altro verrò. Dobbiamo parlare" si ripromise.

La macchina si era messa in moto al primo colpo. Senza titubanza, Marigiò si era immersa nel traffico romano e nella guida con le marce.

«Ecco la mia macchina, Tom, ma ti prego, non fare commenti».

Erano arrivati al parcheggio e la sua macchina quasi non si vedeva.

«*Oh my God! It's a can of tuna!*». La sorpresa di Tom era genuina.

«Ripeti in italiano se hai coraggio» lo sfidò lei, orgogliosa.

«È... è» stentava a parlare. Le risate gli impedivano di proseguire. «È una scatoletta di tonno, ah, ah. Ma è una macchina vera? Insomma, cammina e tutto il resto?».

«Altroché, caro il mio americano presuntuoso. Con questa macchina, assieme a tre miei colleghi, siamo arrivati fino a Capo Nord, in Norvegia, ben quattromila chilometri da Roma; e la macchina non ci ha mai traditi. Anche col gelo si è sempre messa in moto al primo colpo».

«Se è arrivata addirittura in Norvegia, ce la farà a portarci a Roma» disse Tom, entrando con fatica nella Cinquecento. Si sistemò al meglio, con le ginocchia che quasi gli toccavano il mento.

«Allora, pronti? Via!» Marigiò ingranò la marcia e iniziarono il viaggio verso la città

«Dove vuole che la porti, signore?» lo canzonò.

«Conosci via di San Teodoro?».

«Certo, è una strada splendida, vicino al Foro romano. Perché vuoi andare lì?».

«Andiamoci e poi vedrai. Intanto guida piano; ho l'impressione che potremmo essere risucchiati da qualsiasi *truck*».

«Camion, si dice camion. Non ti preoccupare; vedi come m'infilo bene tra una macchina e l'altra?» cercò di rassicurarlo, mentre zigzagava nel traffico «Qui tutti guidano in questo modo e, se non sei in sintonia, rischi di creare un incidente».

«*Oh my God*» disse Tom all'ennesimo scontro evitato all'ultimo momento. «Mi farai venire un infarto».

Marigiò rise di gusto; da tanto tempo non guidava alla romana. Erano giunti sani e salvi in via San Teodoro.

«Siamo arrivati e ora?».

«Ora finalmente scendiamo da questa diavoleria, tanto piccola quanto pericolosa» disse lui, districando le gambe.

«E poi?» insistette lei.

«E poi e poi, che donna curiosa sei. Saliamo questi gradini e andiamo a casa».

«Casa, che casa?».

Tom non le rispose. Prese dalla tasca delle chiavi che miracolosamente aprirono la porta dell'interno numero quattro.

L'appartamento apparve come un sogno: un soggiorno illuminato dal sole si affacciava su un terrazzo fiorito con vista sul Foro romano. Le pareti chiare e i mobili moderni, con qualche pezzo antico ben scelto, erano in stile con il gusto di Tom.

«Ma questa casa è tua?» domando Marigiò meravigliata.

«Non proprio mia. Diciamo che è di una società del mio gruppo».

«Insomma, è tua. Ma da quando ce l'hai? E perché non hai detto nulla?».

«La sto vedendo con te per la prima volta, credimi».

Da quando erano corse le voci sul suo possibile incarico in Italia, aveva mandato un suo uomo di fiducia a Roma per cercare una casa già arredata, confacente alle sue esigenze. Le chiavi gli erano state consegnate all'aeroporto dagli uomini della sicurezza.

«Allora, abiterai qui e non a Villa Taverna?».

«Ho pensato che sarebbe stato comodo avere anche una casa per i momenti privati, adatta per ospitare Kevin, e magari utile per degli incontri di lavoro riservati».

Marigiò annuiva, scrutando in giro alla ricerca di qualche stonatura che non trovò.

La casa era perfetta: luminosa, spaziosa, con due deliziose stanze da letto con il bagno privato, il soggiorno, la cucina attrezzatissima e soprattutto il rigoglioso terrazzo fiorito, tanto ampio da ospitare una piccola comitiva intorno al tavolo in ceramica di Vietri. Lo spettacolo che si godeva dal terrazzo valeva di per sé la casa.

«Complimenti, Tom. Questa è una casa da rivista di architettura; mi ha emozionata», gli disse abbracciandolo.

«Ehi, Marigiò, non ti commuovere» la confortò, ricambiando l'abbraccio «mi auguro che tu venga spesso qui. Conto su di te per capire qualcosa in più degli italiani».

«Questa settimana sono a tua disposizione, lo sai. Possiamo chiacchierare quanto vuoi mentre facciamo i turisti; oppure possiamo andare a rivedere i posti dove sei stato durante la guerra o dove tu credi. Ormai siamo anche motorizzati».

«Con la tua Cinquecento? No, ti prego; mi farai morire di paura».

«Quando vedrai dove riesco a infilarla nel traffico e nei parcheggi più impensabili, mi ringrazierai. Inoltre, possiamo usarla anche per andare fuori città».

«Facendo un atto di fede che la tua macchinetta ce la faccia, potremmo andare, uno di questi giorni, al cimitero americano a Nettuno. Vorrei portare un saluto alla tomba di un mio amico».

«Anch'io devo andare a Nettuno» aggiunse Marigiò. «Peter mi ha pregato di trovare la tomba di suo padre Dan, che non ha mai conosciuto».

«A proposito, come sta Peter?» le chiese Tom, guardandola negli occhi.

«Uhm, bene, ma lavora tanto...» farfugliò, evitando il suo sguardo. «È tardi. È l'ora del *lunch* o, come si dice a Roma, è ora di pranzo. Andiamo in cucina» disse, prendendo sottobraccio Tom.

«Vediamo se c'è qualcosa da mangiare per preparare un *desinaretto*».

«Non conosco questa parola. Cosa significa?».

«Vuol dire un piatto ricavato con l'arte di arrangiarsi, ma fatto e presentato con fantasia. Sapessi quante donne hanno messo in tavola i *desinaretti* di Petronilla nel dopoguerra».

Marigiò iniziò a rovistare nella dispensa; rifletté un attimo e poi prese una pentola, la riempì d'acqua e la mise a scaldare sul fuoco.

«Tra quindici minuti si mangerà questo *desinaretto* che mi ricorda quello che faceva mia madre il venerdì, il giorno di magro».

«Spiegami per bene».

«È un piatto semplicissimo: spaghetti aglio e olio e pane grattato, se l'aglio non ti dà fastidio».

«No, mi piace. Dato che sei così brava ai fornelli, oltre l'italiano, dammi qualche lezione di cucina, ti prego».

«Dici sul serio? Tom Vannucci ai fornelli? *I can't believe it!*».

«Credici, perché mi farebbe proprio piacere preparare qualche piatto italiano per Kevin».

«Non posso rifiutare una richiesta per il mio fratellino. Va bene, ti spiego questo piatto» continuò. Fecero insieme i vari passaggi richiesti. Aglio tagliato a piccoli pezzi da abbrustolire in olio bollente in una larga padella, spaghetti cotti al dente da versarvi sopra; poi mantecatura e spolverata finale di pangrattato ed esattamente quindici minuti dopo erano davanti a un piatto invitante.

«È buonissimo, Marigiò, non l'avevo mai mangiato».

«Tua moglie era italiana, ti avrà cucinato altri piatti deliziosi».

«Lei era italiana di terza generazione e molta della tradizione ai fornelli si era persa, mentre tu sai ricavare cose buonissime da niente».

«È stata mia madre a insistere perché io e mia sorella imparassimo a gestire la casa e soprattutto a cucinare. Lei era molto brava in cucina, perché aveva avuto una maestra speciale, sua madre, ovvero mia nonna Maria Concetta, detta Maricò».

«Tua nonna era Maricò, tu ti chiami Marigiò. Quale era il nome di tua madre?»

«Mia madre si chiamava Maria Luigina, detta Marilì».

«Maria e… nomi molto italiani» osservò lui con gli ultimi spaghetti in bocca. Era bravo a fare i rotolini di spaghetti e a mangiarli come un vero italiano, senza l'aiuto del cucchiaio.

«E se tu avessi una figlia come la chiameresti?» le chiese.

«Maria Paola» sussurrò Marigiò. Non pronunciava il suo nome da anni. Maria Paola, Maria Paola, come l'unica bambola della sua infanzia. Un calore inarrestabile, nato dal magma del suo dolore, giunse rapidissimo alle guance, irradiandosi alle orecchie. Le tempie iniziarono a pulsare e un rivolo di sudore prese a scorrere sul viso. Iniziò ad ansimare; sviò lo sguardo da quello di Tom. La sua domanda l'aveva spiazzata.

«Scusami, sono stato inopportuno» cercò di rimediare Tom, vedendola con gli occhi bassi. Le prese una mano tra le sue: era gelida. Stettero in silenzio per un po'.

«È per via di Peter che non hai figli?».

Lei era pietrificata. Nessuno le aveva posto questa domanda direttamente.

«Sai, il vantaggio dei capelli bianchi, che io ho da tempo, è che impari a capire le persone» disse lui, incerto se proseguire. Marigiò iniziò a rispondere alla sua stretta di mano, pur mantenendo gli occhi bassi. Era la prima volta che lui la vedeva così: fragile e confusa.

«Tutti noi speriamo che la facciata presentata al mondo non si sgretoli mai. Tuttavia, qualche particolare o qualche dissonanza possono sempre sfuggire».

Marigiò alzò lo sguardo e incontrò gli occhi verdi di Tom.

«Peter è stato prudente, molto prudente, ma io l'avevo intuito già da tempo. Kevin me l'ha confermato».

«Kevin?» chiese sorpresa.

«Quando Peter ha invitato Kevin nella sua casa di Ensenada, in Baja California, vuoi per il caldo o per l'alcol che scorreva liberamente assieme a qualche sigaretta speciale, la facciata si è sgretolata».

Lei cercò di tirare via la mano da quelle di Tom, che invece la stringevano più forte.

«Le avances verso mio figlio sono state inequivocabili» disse lui alla fine, senza astio.

"Prima o poi doveva accadere", si rammaricò Marigiò. Peter si sentiva troppo sicuro a Ensenada. Lì lasciava la sua maschera ed era se stesso. Le poche volte che lei era andata nel suo rifugio messicano aveva visto un'altra persona, un Peter che lei non riconosceva.

«Per fortuna Kevin ha finto di essere ubriaco quanto lui e tutto si è risolto con una bella risata. Al ritorno a San Diego, i loro rapporti erano quelli di prima», la rassicurò.

«Oh, perdono. Non pensavo, non credevo che potesse accadere».

«Non ti devi scusare. Immagino quanto sia stato difficile per voi due vivere vicini».

«Io a Peter voglio bene e anche molto. Lo accetto così com'è, ma ora è tutto così complicato…».

«È per questo motivo che sei tornata in Italia? Per chiudere la tua vita precedente?».

Marigiò non sapeva cosa rispondere. Era la prima volta che aveva l'occasione di parlare in libertà e lei non era ancora in grado di farlo. "Ci vuole un'educazione anche per i sentimenti", pensò. Coltivarli, riconoscerli, esprimerli. Lei era alle prime classi di questa educazione ma sua madre le stava mostrando la via e quest'uomo, estraneo ed eppure così vicino, la sosteneva.

«Sono tornata per il concorso lo sai, anche se non lo vincerò mai», balbettò scoraggiata.

«Non essere pessimista. Tu hai tanti di quei titoli e sei così preparata che il posto è già quasi tuo».

«Hai detto bene, quasi. Come dicevo qualche giorno fa al telefono, in Italia contano le raccomandazioni. Da noi, due o più persone di potere si scambiano dei favori e il candidato è solo l'occasione di tali scambi».

«Nel mio caso» aggiunse, «la posta è così alta che i personaggi di potere dovrebbero essere almeno un politico, un prelato...».

«Intendi dire un politico di responsabilità istituzionale o un prelato di altissimo livello, suppongo...» la canzonò lui. Da quando aveva deciso di aiutare Marigiò nell'avventura del concorso a Roma, si era bene informato. Trattenne un sorriso di soddisfazione; lei non poteva neanche immaginare chi aveva conosciuto durante la sua permanenza a Roma nel 1944, né a quali cariche erano arrivati i suoi amici.

«Il destino può riservare tante sorprese, Marigiò, anche per te».

«Magari!» lei sospirò. La sua mano si era riscaldata. Tom capì che dovevano interrompere quel momento d'intimità.

«Queste chiacchiere ci stanno intristendo. Ora chiedo il tuo aiuto nello shopping. Ho pensato che per la mia casa privata dovrei usare un altro tipo di abbigliamento. Spero che tu mi aiuterai a fare le compere giuste».

«Volentieri. Il centro della città è qui vicino; possiamo andare a piedi».

«Ho voglia di fare due passi, prima che la stanchezza del *jet lag* si faccia sentire».

Uscirono sottobraccio dal portone in via San Teodoro, immergendosi nel sole del pomeriggio che pennellava di rosa la città.

«Accomodatevi signor...».

Tom bloccò con la mano il giovane segretario che lo stava introducendo nella magnifica sala affrescata del palazzo entro le mura Leonine.

«Nessuna, formalità, prego. Sono solo Tommaso».

«Come credete, signor Tommaso. Siete atteso».

Tom riprovò lo stesso stupore di quando era stato introdotto, quarant'anni prima, in una sala simile dove tutto parlava di arte, ricchezza e splendore.

«Tommaso, carissimo!» L'altro l'accolse tendendogli le braccia. La sua veste era nera con occhielli, bottoni e fodera rosso *ponsò*; la croce pettorale d'oro di fattura finissima era sostenuta da un cordoncino rosso-oro.

«Oh, Eminenza, troppo onore».

«Non fare subito l'italiano cerimonioso, sai. Il mio nome era Virgilio, vero? Come colui che illumina il cammino del viandante. Ti prego, chiamami ancora così, in ricordo di quei tempi».

«Come desiderate Emin... come vuoi, Virgilio».

«Bene, bene» disse l'altro accomodandosi sulla poltrona. A fianco stava un basso tavolino istoriato sul quale erano poste due tazzine di ceramica finissima e un bricco per il caffè.

«Allora, caro Tommaso, la casa di via San Teodoro ti è sembrata confacente?» gli chiese il prelato, intrecciando le mani sul ventre prominente.

«Sì. Ti ringrazio del suggerimento; il mio incaricato è andato a colpo sicuro».

«Bene, bene. Quando ho saputo delle voci circa la tua venuta a Roma, sono stato così contento che ho fatto uno scherzetto al nostro amico Saverio» disse il prelato, gongolando mentre gli versava il caffè concentratissimo. Aveva congedato appositamente il segretario per parlare liberamente con Tommaso.

«Su, bevi. Non è ristretto» giurò il prelato, ridendo di cuore. «So bene che in questo sei irrimediabilmente contaminato dall'America».

«Grazie dell'attenzione, Virgilio: è buono» lo ringraziò Tom, aggiungendo il quarto cucchiaino di zucchero.

«Chi dice le bugie va all'inferno» lo riprese l'altro «ma se proprio non ce la fai a mandarlo giù così come è, aggiungi questo» gli disse, tirando fuori da un mobiletto una bottiglia con il liquido color oro.

«Il liquore Strega, il caffè con lo Strega!».

Tom l'aveva bevuto la prima volta nel marzo 1944 nel palazzo Locatelli, dove avvenivano le riunioni segrete del gruppo di Liberazione Nazionale. Un impensabile insieme di soggetti che comprendeva, oltre i loro ospiti, il prelato, vari partigiani sia comunisti che cattolici, una spia americana e alcuni poliziotti infiltrati. Il gruppo era coordinato da Saverio, nome in codice del capo dei partigiani. Nonostante le ristrettezze della guerra, c'era sempre qualcosa di speciale da mangiare o da bere.

«Allora, non mi chiedi che scherzetto ho fatto a Saverio?» domandò il prelato.

«Conoscendoti, sarà stato sotto forma di un enigma o di una dotta caccia al tesoro» gli rispose Tom mentre sorbiva la delizia del caffè allo Strega.

«Ah, come mi sarebbe piaciuto poterlo fare per bene! Gli ho mandato un regalo».

«Un regalo?».

«Lui colleziona cimeli di guerra e io ho pensato di mandargli le cuffie di questo» disse scoperchiando una ricetrasmittente della Seconda Guerra Mondiale, poggiata su un tavolo intarsiato del Settecento.

«La mia ricetrasmittente SST/G! Non la vedevo dalla fine della guerra» disse sorpreso Tom, girandoci intorno.

«Bene, bene. Il tempo è passato ma il cervello ti funziona a meraviglia» commentò il prelato. «E poi sei tu l'esperto di cristalli, caro Tommaso».

Per questa sua caratteristica e la conoscenza impeccabile dell'italiano era stato sbarcato clandestinamente sulle coste del litorale laziale. Aveva con sé i preziosi cristalli adatti per la ricetrasmittente di Pietro, nome in codice di un maggiore americano addetto alle informazioni segrete, di stanza a Roma da molti mesi.

«Mi ricordo che quando anche la seconda delle due ricetrasmittenti si ruppe, io ne ricavai un'altra assemblando i pezzi delle due. Riuscii a trasmettere anche con tre cristalli, al posto di quattro, per produrre la frequenza di ascolto del Comando Alleato, collocato fra Anzio e Nettuno».

«Oh, fosti davvero bravo».

L'orgoglio rinnovato per quell'impresa, mai dimenticata, rinvigorì Tom come non gli accadeva da tempo.

«Lo scherzetto per Saverio in cosa consiste, quindi?» chiese per capire meglio.

«Un indovinello, come avevi pensato!».

«E cioè?».

«Assieme alle cuffie, ho mandato un biglietto con queste parole: *Auris in ore piscis est, tamen ille in curiam venit*. Saverio ci metterà un poco, ma poi capirà. Ah, come sono contento!» gongolò il prelato con la pancia tremolante.

«L'orecchio è in bocca ai pesci, tuttavia quello venne in Curia» tradusse Tom che il latino l'aveva studiato negli anni di collegio presso i Salesiani.

«Bene, bene. Il tuo insegnante, padre Francesco, sarebbe soddisfatto di te, povera anima».

«Ora che sei tornato», proseguì Virgilio «ci incontreremo con quelli del gruppo ancora in vita. Ti tornerà utile. Ti stimano molto, sai. Tu hai dimostrato di non aver preconcetti anche verso quelli che, come si dice in giro, mangiano i bambini. Ah, ah. Ti avverto, però: non badare troppo alle loro richieste. Noi italiani adoriamo ricevere qualche segno di benevolenza da chi ha il potere, caro Tommaso».

Tom percepì che l'altro desiderava stare, per il momento, in leggero vantaggio. Pensò che quella era l'occasione giusta per fare la sua richiesta.

«Emine... Virgilio, se posso, vorrei chiederti una cortesia per una mia amica che sta per fare un concorso per...».

L'altro lo bloccò subito con la mano.

«I dettagli al mio segretario. L'esito ritienilo già positivo, caro Tommaso».

«Virgilio, ti ringrazio a nome della mia amica, ma...»

«Ah, come mi divertono i concorsi: i finti moralismi, i tentennamenti dell'animo solo per alzare l'asticella della posta. *Verum hic non est...* la verità non è di questo mondo. Ti ricordi dei finti carri armati dei tedeschi?» chiese il prelato.

«Anch'io stentavo a credere che i tedeschi si fossero fatti costruire dalle maestranze di Cinecittà dei finti carri armati in legno. Uno stratagemma per poterli collocare tra Albano e Genzano, mentre quelli veri stavano ben nascosti fra Velletri e Cisterna», rammentò Tom.

«Si doveva decidere, in fretta, se l'informazione fosse veritiera e quindi da comunicare agli Alleati. Fosti tu, Tommaso, a dire che l'incredibile poteva essere credibile. Gli alleati bombardarono l'obiettivo giusto».

«Mi misi a trasmettere la notizia a seicento gruppi di cinque lettere, rispetto ai soliti trecento. Una pazzia, se ci penso oggi. Eppure, così ce la facemmo», ricordò con orgoglio.

«Ah, che tempi! Dimmi questa tua amica, ti è cara?» chiese Virgilio.

«È stata vicina a mio figlio come una sorella, durante il suo lungo ricovero. Le devo gratitudine».

«Bene, bene, sei molto italiano nell'attaccamento alla famiglia; e a Saverio dell'esigenza di questa tua amica, ne hai parlato?».

«Lo incontrerò privatamente domani».

«Ah!» rifletté il prelato. «Ora ti chiedo una piccola cortesia per questo povero vecchio».

«Dimmi».

«I minuti. Vorrei sapere quanti minuti impiegherà prima di darti il suo appoggio. Alla sua età e nella posizione istituzionale che ora ricopre, ha ancora tanti conflitti di coscienza il povero Saverio».

Tom non sapeva come comportarsi. L'altro, come a leggergli nel pensiero, ridivenne l'alto prelato che tutti conoscevano.

«Ora va', caro figliolo, in *nomine patris*... e a presto».

«A quando, eminenza?».

«Mister Vannucci, lei mi stupisce. L'indovinello riguarda anche lei», specificò, porgendogli la mano con il prezioso anello da baciare.

«Ci vediamo all'uscita, all'una» disse Tom.

«Okay, a dopo» rispose Marigiò.

Il grande cimitero di guerra di Nettuno colpiva subito i visitatori per il bel colore verde dei prati in risveglio primaverile; un contrasto rasserenante con il biancore delle lapidi geometricamente allineate. Il profumo dei fiori di pitosforo delle aiuole di recinzione era inaspettatamente forte, in anticipo di fioritura. Lei era alla ricerca della tomba di Dan Pearce, suo suocero, morto giovanissimo ad Anzio, come i tanti che lì riposavano. Sin dall'inizio della sua relazione con Peter, Marigiò si era chiesta se l'assenza della figura paterna, compensata da un amore materno soffocante, non avesse inciso sulle scelte di vita di suo marito. Per assurdo, in casa Pennisi era il fantasma di Ernesto ad aleggiare ingombrante.

«Signorina» le disse il custode del cimitero «segua il corridoio B4 e alla linea 22 troverà la tomba».

«Grazie, è stato molto gentile».

Marigiò trovò facilmente la tomba. Una lapide di marmo con il nome Dan R. Pearce; ne era indicato il grado militare PFC – Private First Class – soldato di prima classe, il battaglione di appartenenza, lo Stato di provenienza, e la data di morte. Lei s'immaginò come fosse stato Dan R. Pearce da vivo, probabilmente un bel ragazzo biondo con gli occhi azzurri, identico a Peter. Diligentemente fece le foto richieste da suo marito, per donargli la piccola soddisfazione di un'identità reale della morte di suo padre.

"La morte e la vita mi girano intorno", pensò. Non poteva staccarsi dal pensiero del quaderno nero di sua madre di cui aveva dovuto rimandare la lettura. La presenza di Tom a Roma l'assorbiva fino a tardi, concludendosi con varie chiacchiere sulla terrazza di via San Teodoro. L'argomento centrale riguardava Kevin e un suo eventuale trapianto di rene.

«Se qualcuno dei cugini italiani accetterà almeno di sottoporsi agli esami di compatibilità genetica, forse potrebbe diventare un donatore per mio figlio, anche se non sono molto ottimista» le aveva confidato Tom. «Per fare una cosa del genere bisogna essere generosi e amare la persona che ne ha bisogno, ma d'altra parte non posso che sperare. I parenti di mia moglie e io stesso, che saremmo disposti a donare un rene, non siamo compatibili».

Lei non era riuscita a dire una parola di conforto; aveva solamente allungato la mano sulla sua. Condivideva il suo strazio.

Le capitava da due, forse da tre anni, di svegliarsi nel cuore della notte con la medesima sensazione: una manina di bimbo appoggiata sul seno a pugno o aperta in una delicata carezza. Solo una sensazione impercettibile: straniante eppure intima. Poi, aveva capito. Il suo orologio biologico stava suonando gli ultimi rintocchi per la riproduzione. Doveva avere un figlio.

Nel cimitero di Nettuno, aggirandosi tra le tombe per lei sconosciute, ricordò una mattina dell'anno prima, nella sua casa a Coronado.

> "Peter si presenta in camera da letto con una provetta in mano. È piena del suo sperma. «Se vuoi, sarebbe facilissimo» mi propone «lo introduciamo in vagina e dato che sei nei giorni fecondi, potrebbe anche andarci bene, non credi?» chiede speranzoso, immaginandosi ad accompagnare suo figlio al grande parco acquatico di San Diego, il Sea World. Per un attimo sono tentata di accettare: tante donne ricorrono alla fecondazione artificiale, mi dico. Poi il pensiero di come lui sia riuscito a produrre il seme pensando a qualche ragazzo, magari a quel Juan sempre presente nella sua doppia vita, mi fa reagire. Inizio a urlare in italiano e dò una manata alla provetta che cade in mille pezzi, mentre nella camera si spande l'odore del suo seme che avverto per la prima volta".

"Da quel momento capisco che devo riappropriarmi della mia vita. Prendo al volo l'occasione di rispondere all'annuncio del concorso a

Roma. Voglio un nuovo lavoro e un uomo da amare, da amare completamente".

Camminava tra i vialetti, sbirciando a caso i nomi delle tombe, quando il suo sguardo si fermò su una in particolare. Il giovane che vi era sepolto si chiamava Marc… Marco, sempre presente nella sua mente da quando era ritornata a Roma. Marco e la lotta studentesca; Marco che la sceglie tra le tante; Marco che l'abbraccia; Marco che la bacia. Non poté più trattenere i ricordi del 1968.

> "Mi sono preparata bene per l'incontro in via dei Reti: non voglio fare più la figura della pariolina che non sono. Ho messo i jeans di Martino, una camicetta celeste annodata in vita e, ai piedi, un paio di scarpe da ginnastica. I capelli sciolti mi arrivano alle spalle. Mi sono fatta anche la frangetta per somigliare a Françoise Hardy, la cantante francese della canzone *Tous les garçons et les filles de mon âge*. Voglio assolutamente sembrare una di quelle ragazze che fanno la lotta studentesca in Francia. Oggi la saracinesca del numero 38 è aperta: s'intravede un ambiente minuscolo, da officina meccanica, con frese e strumenti vari. Il vociare è forte e la puzza, attorno a una massa indistinta di giovani, tutti rigorosamente in jeans, mi toglie il respiro.
> «Hai portato la pizza?» mi chiede un barbuto che riconosco in Ascell.
> «Che pizza?» rispondo spaesata.
> «La pizza bianca, ma non sai proprio niente!».
> «E la mortadella? Almeno la mortadella l'hai portata?» rincara la dose un altro barbuto dall'alito fetido.
> «Ma lasciala stare, Fiàt» interviene il mio vichingo, Marco, guardandomi con occhi interessati per la prima volta «non vedi che non sa nulla, che…» aggiunge, iniziando a sogghignare «lei si deve ancora risvegliare alla vita?».
> "Com'è bello", penso, perdendomi nei suoi occhi azzurri, senza riuscire a dire una parola. "Ma non si trattava di un collettivo? E la pizza cosa c'entra?" mi domando subito dopo.
> «Vieni qua, Aurora, la bella addormentata nel bosco» così mi prende la mano; un brivido, una scossa elettrica, la mia perdizione.

«Vedi, Aurora...».
«Ma io mi chiamo Mari...».
«Aurora» continua lui con una voce calda, suadente, che mi tronca le parole di bocca.
«Aurora, quando dobbiamo fare un'occupazione è meglio avere lo stomaco pieno perché all'una, al massimo all'una e mezza, tutti scappano via per andare a mangiare e i pochi che resistono a questo bisogno primario, di cui...».
«Ti spiegherà dopo, dopo...» dice con convinzione Ascell, facendo roteare l'indice.
«Dopo, dicevo; che dicevo compagni?» domanda Marco in tono indagatore.
«Che i pochi che resistono a questo bisogno primario eccetera eccetera...».
«Brava Biancaneve sempre attenta, come al solito» così il capo indiscusso dispensa un complimento a una brunetta dalla pelle di luna.
«Dicevo che i pochi che resistono hanno in mano la situazione, perché solo a quell'ora si vota la mozione del giorno e dato che noi siamo tanti...».
«Passa la nostra mozione, è ovvio», dice di nuovo Biancaneve.
«È per questo che le compagne portano la pizza bianca; hai capito ora?» ribadisce Ascell.
«Ovviamente con la mortadella che si squaglia un po' e...»
«E basta! Mi state facendo venire fame, mentre dobbiamo ancora decidere lo slogan di oggi», interviene seccato il capo.
«Che ne dite di un bel NO, nudo e crudo?» dice una voce sovrastando le altre.
«Magari scritto su un bello striscione di cinque metri per tre?» propone un altro barbuto.
«Non male; davvero non male, ma troppo criptico per la massa. E poi finora i messaggi sono stati centrati sulla negazione: no alla famiglia, no alla società, no al Vietnam» riflette Marco. «Meglio rinnovarsi. Uhm, vado nel *pensatoio* e fate arrivare 'sta pizza, perdio!» conclude, chiudendo una porta dietro di sé.
Io stavo per domandare qualcosa quando arriva, calda e profumata, la famosa pizza.
«Brava Gretel: era ora», dice soddisfatto un barbuto.

«E io ho portato la mortadella» aggiunge un'altra biondina, che la folla affamata chiama Sirenetta.
"Ma dove sono capitata?" mi chiedo, pensando ai nomi da favola delle ragazze e ai soprannomi dei maschi. "Non è che m'importi molto di tutto questo; io sono venuta solo per Marco, il mio vichingo. Il turbamento che ho provato al contatto della sua mano, me lo fa desiderare fisicamente – sesso e ancora sesso", penso con stupore e senza sapere perché. "Forse è il suo odore. Lui ha l'odore maschile più buono che abbia mai incontrato, ma questo basta per farmi smaniare così? Oppure sono attratta dal suo carisma?".
«Ho avuto un'idea cazzuta» dice il mio vichingo aprendo la porta da cui s'intravede un minuscolo ambiente con un lettino, due sedie, un lavello e un water senza tavoletta.
«È stato nel pensatoio apposta» Biancaneve sghignazza dandomi di gomito.
«E cioè?» chiedo spaesata.
«Ma non sai proprio niente!» ribatte lei.
«Tanto lo saprà quando Marco la farà entrare nel pensatoio» chiude così l'argomento Sirenetta.
«E basta chiacchierare: bla, bla, bla» interviene lui. «Le chiacchiere non sono idee. Se voi femmine volete la parità dovete acculturarvi, studiare e gestire le emozioni primarie. È chiaro?»
«Chiaro» rispondono le ragazze.
«È chiaro anche per te, Aurora?» mi chiede.
«Chiaro» rispondo anch'io, anche se non capisco di cosa si stia parlando.
«Allora, l'idea cazzuta è questa: dalla negazione al rifiuto».
Silenzio. Nessuno osa criticare quella che il capo definisce una magnifica idea, cioè davvero cazzuta.
«Vi ho colpito eh, ragazzi?» chiede lui compiaciuto, passandosi la mano tra la folta barba bionda.
«Ma, scusa Marco», osa dire a bassa voce Ascell «i due concetti mi sembrano quasi la stessa cosa».
«Eh no, cazzo! Il rifiuto è di più: è totale, non ha limiti di tempo e di spazio. Ma insomma leggete Marcuse!» Il capo li squadra in tralice, disgustato da tanta ignoranza; loro si guardano i piedi, in silenzio.
«E, pertanto, sullo striscione scriveremo: "Voglio essere orfano".

Che ne dite, non è un'idea cazzuta, compagni?» domanda.
Il silenzio si trasforma in brusio, poi in ciarlare, quindi in un boato acclamante.
«È geniale, Marco», si affretta a dire Biancaneve in adorazione.
«Sì, rifiutiamo la radice primaria del nostro malessere» aggiunge Sirenetta, mentre i vari barbuti esprimono le loro opinioni.
«E che cazzo, non abbiamo mica chiesto noi di nascere!»
«Meglio essere orfani che...»
«Soffrire in questa società di merda» conclude Fiàt.
«E tu, Aurora, cosa ne pensi?» mi chiede Marco all'improvviso, notando il mio silenzio.
Mi squadra a lungo. Io non riesco a quasi a respirare; la puzza mi soffoca e l'emozione mi ammutolisce. Mi faccio coraggio: devo attirare la sua attenzione.
«Il concetto è un poco freudiano, non credi?» dico alla fine, sperando di stupirlo.
«Uhm, interessante, ma tu che ne sai?» mi ribatte Marco. «Tu che sembri una pariolina riconvertita».
Le ragazze sghignazzano, sicure di aver eliminato una concorrente. Marco odia le parioline.
«Se lo vuoi proprio sapere, mia madre fa l'infermiera e mio padre ha abbandonato la famiglia, lasciandoci senza un soldo. Tuttavia, sono d'accordo con te» aggiungo, vedendo il suo sguardo di nuovo interessato «i problemi di noi giovani nascono da famiglie inadeguate all'evoluzione dei tempi». Lui non commenta, ma ormai sono sicura di averlo incuriosito.
Da quel giorno vado sempre meno a lezione per non perdermi un'occupazione né un'assemblea dove, a volte, Marco mi fa anche parlare, scatenando l'invidia delle altre ragazze buone solo per ciclostilare i volantini e procurare i viveri".

«Ehi, Marigiò, sei pensierosa» le disse Tom venendole incontro nel cimitero. «Tutto bene?».

«Sì, certo» rispose, riprendendosi dal peso del passato. «Ho una fame; che ne dici di andare a mangiare in riva al mare?».

«I suoi desideri sono ordini per me, dottoressa. Andiamo a piedi; mi fa piacere camminare con questo sole» propose. Anche lui doveva snebbiarsi la mente. Era rimasto turbato davanti alla tomba del suo amico Sam.

«Diventare delle spie ci sembrava un gioco elettrizzante, ma per te si è trasformato in una trappola mortale; vero, Sam?» aveva domandato alla lapide bianca. «Quando siamo sbarcati insieme ad Anzio, nel gennaio 1944, pensavamo di poter cambiare la storia. In fin dei conti, ripetevi, non ci vuole molto a sobillare la popolazione italiana stremata dalla fame per facilitare la penetrazione degli Alleati. Tu eri perfetto nel camuffarti. Ti proteggeva la tua origine italiana, e la conoscenza dei vari dialetti alimentava una certa spavalderia. Ma il fascista che era venuto a comprare l'olio da te, in apparenza un borsaro nero, notò come contavi sulle dita, iniziando dal mignolo, come facciamo noi americani. Ti smascherò e tu fosti torturato a morte. Se avessi avuto i consigli del signor Luigi, forse questo non sarebbe accaduto» disse, salutando per sempre il suo amico.

Il signor Luigi tornava spesso nei suoi pensieri. Aveva potuto rifletterci a lungo nei mesi che aveva passato in un posto isolato e freddissimo, in uno stato tanto malconcio che chi lo curava – sicuramente una persona competente, un infermiere o addirittura un medico – continuava a scuotere la testa mentre lo medicava. Con questa persona, che disperava nella sua ripresa, non aveva scambiato nemmeno una parola.

In quei lunghi giorni di solitudine, aveva finalmente compreso il ruolo del signor Luigi. Non l'aveva riconosciuto subito: l'aspetto che aveva alla pensione Oltremare era un poco diverso da quello che ricordava alla fioca luce del lumicino nelle catacombe di San Callisto, ma la voce era la stessa. Il signor Luigi, colui che lo aveva istruito, era il contatto con gli Alleati, ma anche un poliziotto della banda Koch, o forse un infiltrato in quella sezione speciale. Quando era stato portato alla pensione Oltremare per l'interrogatorio, quasi sicuro di essere rilasciato – per il possesso di documenti stropicciati e la puzza tipica di un italiano – il signor Luigi l'aveva riconosciuto e agito immediatamente. Era stato picchiato quasi a morte. Per prima cosa il signor Luigi gli aveva spezzato la gamba destra. Il dolore era stato così forte da farlo svenire, per fortuna.

"Temeva che parlassi in inglese sotto tortura", si era convinto Tom. Non c'era altra spiegazione. Dopo averlo maciullato con il guanto di ferro fino a rompergli la mandibola e le costole, l'aveva portato via come fosse un cadavere di cui sbarazzarsi, trascinandolo per le scale con la testa che sbatteva qua e là. Poi, invece di lasciarlo morire tra il sangue e i suoi escrementi come si faceva per gli individui sospetti, l'aveva fatto curare in un posto segreto. Alla sua guarigione, si era caricato a cavalcioni il suo corpo macilento come un moderno Enea con il padre Anchise e, sgattaiolando per i boschi per sfuggire alla ritirata tedesca, l'aveva riconsegnato agli americani. Tom doveva la vita al signor Luigi due volte. Ora che era tornato in Italia voleva ritrovarlo, per ripagare il debito di riconoscenza verso di lui.

"Verso di lui e non solo", pensò. Da qualche tempo lo avvolgeva una latente sensazione d'incompletezza che sembrava sminuire la sua vita brillante d'imprenditore nelle telecomunicazioni. Era ricco, stimato ai più elevati livelli eppure... Era stata sua moglie Connie, amareggiata di non aver avuto altri figli dopo Kevin, a dare un preciso contorno al suo turbamento.

«Cerca quella donna che incontrasti nel rifugio in Italia», gli aveva suggerito negli ultimi giorni del suo calvario contro il cancro. «Tu me ne parlasti con grande tenerezza e rimpianto. Chissà che…»

«… chissà che cosa?».

«Oh, ragionavo che l'imminenza della morte può dare anche la vita. Questo lo sai?».

«È assurdo. Talmente assurdo che è più improbabile del famoso ago nel pagliaio».

«Oh, gli uomini! E il famoso richiamo del sangue?» Con queste parole, gli aveva tarpato ogni altra recriminazione.

E Tom aveva avviato dagli Stati Uniti delle indagini, discrete e costose, per avere la risposta sperata. Ora, finalmente, era in Italia. "Qui la troverò", stava pensando mentre camminava a braccetto con Marigiò.

«Se vuoi andiamo più lentamente» disse lei, osservando la sua difficoltà nel camminare speditamente. «Kevin mi ha detto che sei stato ferito durante la guerra, è per questo che zoppichi?».

«Uhm… non sono stato proprio ferito» disse cercando una risposta ambigua che non gli venne rapidamente alle labbra.

«Allora sei stato torturato! Kevin mi ha…» si fermò in tempo.

«Che cosa ti ha detto quel chiacchierone di mio figlio?».

Tom aveva raccontato tutta la sua vita a sua moglie, la madre di Kevin, ma forse i suoi racconti *top secret* non erano rimasti tali e suo figlio qualcosa sapeva.

«Ma no, niente: è che sai a lui faceva piacere pensare di avere per padre un eroe segreto, magari una spia...» fece lei, con fare casuale.

«Se fossi stato una spia, comprendi bene che le notizie sarebbero ancora *top secret*» le rispose lui.

«In realtà della tortura l'avevo pensato vedendo la tua mandibola deviata, la zoppia alla gamba destra e un certo affanno come di chi ha avuto i polmoni collassati da un forte trauma».

«Prima o poi scriverò le mie memorie e saprai. D'altra parte, non si possono raccontare i segreti più intimi durante una passeggiata, non credi?» le chiese, mentre passava davanti al civico numero 13 di via Romana a Nettuno. Da quell'ingresso si penetrava nei cunicoli – vere e proprie caverne – dove era stato alloggiato il quartiere generale del VI° corpo d'Armata Alleata. Lui, in quei cunicoli, c'era stato.

«Uhm, che buono questo piatto di spaghetti con le canocchie!» disse Marigiò estasiata.

Stavano mangiando al ristorante affacciato sul mare, presi dalla bontà dei piatti che si susseguivano senza fretta sul loro tavolo.

«Me lo godrò, anche se dovrò usare le mani» aggiunse, «ma eviterò di leccarmi le dita. In Italia proprio non si fa» disse guardando Tom che, invece, se le leccava a una a una. Lui capì e rinunciò a quel piacere infantile.

«Fai bene a dirmi queste cose se devo sembrare più italiano».

«E poi, se mi permetti, un'altra precisazione».

«Avanti, dimmi. Sono uno scolaro diligente».

«Ecco da noi, cioè in Italia, mentre si mangia si poggiano ambedue le mani sulla tavola, non come da voi che mangiate con la sola destra e la sinistra appoggiata in grembo». Aveva appena finito di parlare che si accorse dello sguardo ironico di Tom.

«Come vedi, mia cara, sei tornata all'ovile e quando parli delle abitudini italiane dici "noi". Ma è giusto così. Il richiamo delle radici è forte se non metti radici. Scusa il gioco di parole».

«Allora sei soddisfatto da questo pasto di pesce?» domandò lei.

«Davvero molto. Dai, raccontami qualche altra tipicità italiana».

«Questi pesci mi hanno fatto ricordare la mia gioventù. Aspettavo con ansia il 23 dicembre, il giorno dell'antivigilia di Natale, quando si svolgeva il cottìo ai Mercati Generali in via Ostiense, vicino a casa mia. Era una manifestazione di origine molto antica, tanto che il nome cottìo deriva addirittura dal latino medioevale *coctigium*. In pratica era l'asta per la vendita del pesce per i ristoranti o le famiglie ricche ma, per una volta l'anno, c'era anche la distribuzione gratuita di cartocciate di pesci fritti per tutti». La colse un'inaspettata malinconia al ricordo di quei giorni negli anni Sessanta, quelli che avevano segnato la riscossa della sua famiglia dalla povertà. Sua madre e i suoi fratelli avevano un lavoro sicuro, mentre lei sedeva sui banchi di scuola per aspirare a un futuro migliore. Ripensando al cottìo, ebbe l'impressione di risentire in bocca il sapore dei gamberi croccanti, dei calamaretti fritti, dei pesciolini saporiti, misto a quello dei mandarini gelati di cui si riempiva le tasche. Faceva sempre tanto freddo davanti alla grande padella montata all'aperto, vicino all'ingresso, con l'olio che sembrava non riscaldarsi mai; per questo i giovani che aspettavano l'inizio della frittura dei pesci ridevano, ridevano così tanto come se la sola risata li potesse scaldare.

«Interessante. Si fa ancora il cottìo?» chiese Tom.

«No, non credo. In pochi anni sono cambiate tante cose in Italia. Pensa che sono quasi sparite le processioni».

«Accidenti, mi dispiace di aver perso queste manifestazioni, ma tutto cambia; non è così, Marigiò?».

Tom stava tentando di farla aprire, lo intuiva, ma lei si sentiva così gravata dall'imbarazzo del suo misero matrimonio che doveva trovare un sostegno, prima che il suo mondo di facciata si sgretolasse del tutto.

«A proposito di tradizioni, voglio fornirti un'informazione storica. Fino agli anni Venti, il mercato del pesce a Roma e il relativo cottìo si tenevano proprio in via di San Teodoro, dove abiti tu, caro Tom».

«Come hai detto, prego?» le domandò con interesse.

«Dicevo che il cottìo si teneva in via San Teodoro. Perché ridi, Tom?».

"*Auris in ore piscis est, tamen ille in curiam venit*. Sicché è un messaggio: l'orecchio è in bocca ai pesci, vuol dire che l'incontro fra me, Virgilio e Saverio, avverrà proprio a casa mia, in via San Teodoro, dove c'era il mercato del pesce. Okay. Ma quando?" si chiese.

«Come te la cavi col latino, Marigiò?».

«Bene direi, ma questo cosa c'entra col cottìo e perché continui a ridere, Tom?».

«Un vecchio amico mi ha fatto uno scherzetto per vedere se sono arrugginito e forse lo sono, altrimenti lo avrei già capito».

«Capito che cosa? Lo vedi che sei misterioso come una sp...».

«...una spia? Se ti fa piacere immaginarmi con un alone di mistero fai pure, non ho nulla in contrario, ma ora aiutami. Cosa ti fa pensare *tamen ille in curiam venit?*».

«Tuttavia quello venne nella curia...» tradusse Marigiò. Si concentrò nei ricordi scolastici che, da quando era tornata a Roma, sembravano riaffiorare con facilità.

«Non saprei. Forse potrebbe riferirsi a Giulio Cesare che, nonostante i presagi negativi, volle comunque testardamente andare nella curia e lì fu assassinato».

«Ma certo: Cesare!» Tom si batté una mano sulla fronte, costatando che stava davvero perdendo colpi.

«E quando avvenne?».

«Alle Idi di marzo, ovvero fra tre giorni».

La risata di Tom era così contagiosa che rise anche lei, senza sapere bene perché.

«Grazie dell'aiuto. Un giorno ti spiegherò». Aveva deciso che se lei avesse trovato il coraggio di aprirsi l'avrebbe fatto anche lui; sulla sua riservatezza non aveva dubbi.

«Quando tutti e due avremo le mani pulite, ti devo dare una cosa».

«Che cosa?».

«Pazienza, andiamo in bagno a lavarci le mani».

Tornarono al tavolo con le mani profumate di sapone.

«Ecco, Marigiò, voglio darti questo e spero che mi farai l'onore di aprire la serata con me» le disse, porgendole una busta.

Lei estrasse il cartoncino interno. Era di carta finissima e l'invito era scritto in lettere gotiche.

«Oh, che eleganza! Ufficiale, direi. Mi farebbe tanto piacere ma non ho niente da...».

«...da metterti? Questa scusa a Roma non tiene».

«E i pettegolezzi allora? In fin dei conti io sono una sconosciuta, mentre tu...».

«Anch'io ti posso aggiornare sulle abitudini italiane. Ho scoperto che un uomo maturo che si accompagna con una donna giovane e bella qui in Italia non fa scandalo; piuttosto è ammirato. Sarà un retaggio maschilista quanto vuoi, ma è così».

«Mentre da voi questo gli costerebbe la carriera politica, vuoi dire?».

«Voglio dire che spero che tu dica di sì, cara Marigiò».

«Va bene, Tom, verrò».

Rivelazioni
Marigiò, Marilì

Roma, 1984 e viaggio nel tempo

Ero pronta a combattere il senso di colpa...

«Ah, si tratta solo di questo. Chissà cosa credevo, mamma», sospirò sollevata Marigiò, mentre leggeva le ultime parole lasciate in sospeso da giorni. Era finalmente libera di riprendere la storia, tuttavia aveva indugiato. Non riusciva a capire cosa le stesse accadendo. Si sentiva soffocata da emozioni oscillanti che l'invitavano ad abbandonare la sua parte ragionevole e a mettersi in gioco. "Sono con le spalle al muro, mamma, schiacciata tra i ricordi del passato e le sorprese suscitate dalla lettura del tuo quaderno", si disse, "Ho tanta nostalgia di te. Vorrei perdermi ancora nel tuo abbraccio, rasserenata dal tuo odore, mamma", supplicò come una bambina. Si abbandonò alle trafitture del dolore che aveva trattenuto alla notizia della sua morte, al funerale, in casa di Martino. Pianse, finalmente libera di sentirsi fragile, abbracciandosi stretta, senza badare al muco che colava dal naso. Pianse per un tempo interminabile.

«Tanto qui non ci spia nessuno, non è vero, mamma?» domandò al silenzio della casa di via Benzoni. Tirando su con il naso, riprese a leggere.

... a combattere il senso di colpa. Noi donne siamo sempre state schiacciate dal senso di colpa. Per noi c'era una continua e infini-

ta rincorsa a essere perfette, inappuntabili, altrimenti scattava il disagio. Io e tutte le altre eravamo addestrate già da piccolissime a essere delle donnine e, per questo, non vedevamo l'ora di diventare grandi, cioè di passare dalle pentoline dei giochi a quelle vere. Sembra assurdo di questi tempi, ma allora la donna era considerata solo se era una moglie e una madre. Era così – stai per dire – perché sei di un'altra epoca, come se io fossi vissuta nel Medioevo e tu nel terzo millennio.

È vero che nella mia vita ho assistito a cambiamenti sconvolgenti – dalla candela della mia infanzia alla televisione di oggi –, ma quello che non è mai cambiato è stato il senso di colpa che io e le donne della mia generazione ci siamo portate dentro per tanto tempo, finché non sono arrivate le giovani come te a fare una vera e propria rivoluzione dei costumi. Sarà stata la maturità degli anni o il fatto che ogni giorno e su tutti i giornali si parlava di questi cambiamenti, ma qualcosa è scattato finalmente in me. Io ti osservavo, m'incuriosivo delle altre ragazze che conoscevo, e ragionavo. Sapessi quanti pensieri mi giravano nella testa e più ne facevo, più il torpore che da un lunghissimo tempo mi accompagnava sembrava sciogliersi. Poi mi confrontavo con le mie colleghe. Quanto parlavamo tra noi di queste novità! Ci siamo dette, più che convinte, che saper cucinare, cucire, rammendare, accudire figli e genitori anziani, erano ormai valori del passato. Le donne moderne, invece, studiando possono lavorare per ottenere l'indipendenza economica. Che liberazione non subire più l'umiliazione delle poche lire lasciate dai mariti per la spesa, giorno per giorno, e contate al centesimo! Le ragazze come te, addestrate all'antica, ma con la possibilità di costruirsi una carriera, hanno rinnegato tutto. E hanno fatto bene. Anche noi, donne di altri tempi, abbiamo fatto la nostra parte nella rivoluzione; ma di questo nessuno ne parlerà. Silenziosamente, senza dirci niente, noi mamme italiane abbiamo lasciato la presa; ci siamo accontentate solo di suggerire la nostra conoscenza delle faccende domestiche, ma senza insistere troppo. Io non so se una dispersione di tanto sapere ci sarà; comunque non sarà la tua generazione ad accorgersene, finché saranno in vita le madri. Tuttavia, sono convinta che, tra qualche anno, non si riuscirà nemmeno a valutare l'entità di tale perdita. La ragione? È semplice: le competenze domestiche producono un valore, cioè dei soldi? No. Quindi, equivalgono al non fare niente, come dicono soddisfatti i mariti delle loro mogli casalinghe.

Per la prima volta nella mia vita ho scelto, deliberatamente, di non fare la madre tradizionale con te, l'ultima figlia rimasta in casa. Questa scelta mi ha fatto sentire libera. In fin dei conti non ero già una rivoluzionaria io, che per mantenere la famiglia, mi ero messa a lavorare? E non lo era stata ancora di più mia madre ai suoi tempi?

Maricò, Marilì, Marigiò: le rivoluzionarie della famiglia. Tuttavia, credo che la caratteristica che separa me e mia madre da te sia la consapevolezza di sé. Tu questa consapevolezza l'hai acquisita da tempo, almeno da quando tornasti dal lungo soggiorno in casa Pedrini; io sto cercando, con difficoltà, di trovarla dentro di me.

"Quei sei mesi a casa Pedrini sono stati indimenticabili", ricordò Marigiò. Il lavoro che doveva fare in biblioteca l'impegnava talmente poco che, nel tempo libero, aveva potuto leggere decine e decine di libri. Toccare, sfogliare quelle fonti di sapere, l'aveva riempita di emozione. "Ho preso coscienza di me con la conoscenza", realizzò stupita.

Mi sono arrovellata molto sulla consapevolezza di sé, intuendo che aveva a che fare con il senso di colpa, ma né le mie colleghe né la mia cara amica Lucia hanno saputo sciogliere questo mistero. Alla fine, ne parlai con Lorenzo, certa che per la sua preparazione e sensibilità mi avrebbe aiutata a capire. D'altra parte, rientrava nel mio compito quello di stimolare il dottore dopo il suo lungo periodo di depressione. Fosti proprio tu, Marigiò, a obbligarmi ad assisterlo due volte la settimana come infermiera per i suoi pazienti privati, per ricambiare tutte le cortesie che il dottor Pedrini aveva fatto alla nostra famiglia.

"Che dramma era stata la morte, a soli undici anni, del giovane Raffaello Pedrini, l'erede tanto atteso, per un'appendicite complicata, seguita poi dallo spegnersi per il gran dolore di sua madre Beatrice", ricordò. Il dottor Pedrini era quasi impazzito. Smise di andare all'ospedale, dove gli concessero l'aspettativa di un anno, e si rifugiò da sua figlia Rosa a Senigallia. Per mesi aveva guardato il mare senza dire una parola o versare una lacrima.

«Lo andai a riprendere io con la Fiat 500, ti ricordi, mamma?».

Così ne parlai con Lorenzo, come avevo sempre chiamato nel mio cuore il dottore. Non credo di stupirti dichiarando che, per anni, in silenzio e solo sognando, ho amato Lorenzo Pedrini.

«Silvana ha forse detto la verità? Oh, se fossi tornata, quante cose avremmo potuto condividere, mamma. Ti avrei detto tutto di Peter e tu mi avresti aperto il tuo cuore, come lo stai facendo ora. Scusami. Scusa la mia vigliaccheria».

Ho sognato tanto, sai Marigiò, come sognano le donne: a occhi aperti, immaginando una realtà parallela, e a occhi chiusi con il sonno generoso che crea bizzarre situazioni.

Il mio sogno non era quello della ragazzina per l'attore; era un sogno consolatore per tirare avanti, ma mai – dico mai – mi sono intromessa nella vita della famiglia Pedrini. Anche quando andavamo d'estate nella loro casa a Lido delle Sirene, vicino ad Anzio, il sabato pomeriggio io tornavo sempre a Roma. Mi giustificavo con la scusa dei turni in ospedale, come ricorderai. Non volevo, non potevo, incontrare il dottore in visita alla sua famiglia. Per me l'amicizia con Beatrice era sacra.

Ma nello studio di Lorenzo, dove lui aveva ripreso la sua professione con tanta fatica, eravamo due persone diverse: lui era distrutto dal dolore, ma libero da legami familiari, io rinnovata, ma bloccata dalla impossibilità di divorziare.

Chissà perché Ernesto non volle neanche iniziare le pratiche della separazione da me, pur essendosi ricostruito una vita; forse questa sua ritrosia la considerava una piccola riparazione che permetteva a me, come sua moglie, e a voi figli, di avere i biglietti ferroviari gratis e, alla sua morte, di ereditare la casa e la pensione.

Lorenzo e io parlavamo tanto e di tutto, dopo che l'ultimo paziente aveva lasciato lo studio.

Io non avevo fretta di tornare a casa. Tu eri spesso fuori la sera, anche se gli studi erano ormai la tua unica priorità. Noi discuteva-

mo dei casi medici dandoci rigorosamente del lei o addirittura del voi; e così siamo andati avanti per più di un anno.

Quando finalmente affrontai il problema del senso di colpa delle donne, lui, forte dei suoi studi di psicanalisi, tirò fuori la teoria dell'invidia del pene; io osai ribattere che forse era l'uomo a invidiarci.

«Perché pensa così, signora Marilì?» mi aveva chiesto stupito.

«Perché noi diventiamo sempre un poco di più immortali ogni volta che generiamo» pronunciai convinta. Non so come mi era venuto di dire questa frase, ma lo sconcerto in lui fu così evidente che rimase a lungo in silenzio e m'invitò ad andare a casa.

Nell'incontro successivo c'era tanta di quella tensione nell'aria, che temetti di aver rovinato per sempre il nostro rapporto. Aspettavo con trepidazione che l'ultimo paziente uscisse dallo studio per vedere lo sguardo di Lorenzo, fino a quel momento volutamente sfuggente.

«Siediti qui, davanti a me, Marilì» mi disse, dandomi del tu per la prima volta nella nostra lunghissima frequentazione. Si era tolto gli occhiali e i suoi occhi celesti guardavano direttamente i miei.

«Sono uno sciocco, non è vero?» mi aveva chiesto. Io non avevo saputo cosa rispondere.

«Tanti anni di studio senza capire. Io e gli altri uomini, che presuntuosi! Per sentirci immortali costruiamo ponti, piramidi, componiamo opere di grande o di piccolo pregio affinché il nostro nome rimanga scritto per sempre nella storia, portandoci dietro un alone d'immortalità effimera nel tempo», disse con voce malinconica, amareggiata. «Invece voi donne partorite; voi portate alla luce quello che ancora non esiste».

«La nostra croce e la nostra gioia» osai dire, ancora timorosa di averlo offeso. Lui si passò le mani sugli occhi, come per togliersi un'immagine penosa.

«Voi donne avete la consapevolezza che una parte di voi è già nell'esserino insanguinato uscito dal vostro grembo. I dolori del parto, le fatiche della vita, si dimenticano di fronte a questa semplice costatazione d'immortalità». Non riuscivo a seguire il discorso di Lorenzo: le sue parole mi sembravano così lontane. Non ne capivo la ragione.

«I figli si fanno in due» bisbigliai».

«Ma la saggezza antica dice che mater semper certa est, pater nunquam, cioè sulla paternità non c'è da giurare».

Io avvampai; del mistero del tuo concepimento non ne avevamo mai discusso, ma Ernesto, nelle sue urla, tante volte aveva rinnegato la tua paternità e di certo il dottore ne era a conoscenza.

«È qui la centralità del problema, Marilì. Insicuri di essere stati capaci di trasmettere i propri geni, cioè di lasciare una traccia per sempre nell'essere nato dalle loro donne e poi nei figli dei figli, gli uomini non hanno trovato di meglio che mascherare la propria fragilità agendo su chi questo potere lo possiede: la donna».

«È questa la ragione della gelosia asfissiante e della tutela continua degli uomini?» domandai smarrita.

«Sì. Sono le strategie dettate dall'insicurezza maschile. Pertanto, io credo che il senso di colpa, che meglio definirei d'inadeguatezza, provato dalle donne, non è che lo specchio dell'inadeguatezza maschile».

Era il discorso più lungo che Lorenzo mi avesse mai fatto, ma era stato il suo tono, quello di chi si è arreso, a colpirmi.

«Io lo sperimento su me stesso. Dopo la morte di Raffaello e con mia figlia Rosa che non riuscirà mai a diventare madre, cosa resterà di me? Quale traccia duratura lascerò? Un nome su qualche pubblicazione scientifica per qualche anno e poi… nulla, più nulla».

Le lacrime, troppo a lungo trattenute, scendevano su quel viso contratto dal dolore e dallo sconforto. Io ero bloccata sulla sedia davanti a lui, incapace di un gesto come di una parola di conforto. Alla fine, dissi: «Si potrebbe risposare, dottore». Ancora non riuscivo a dargli del tu.

Lui mi guardò a lungo con i suoi occhi celesti.

«Ma tu non sei libera, Marilì». Pensai d'aver udito male. Mi ripetei la frase dentro di me per capirne appieno il significato.

«Come, non capisco…» balbettai.

Mi prese le mani gelide e disse di nuovo: «Tu non sei libera, Marilì».

Si può fare l'amore in tanti modi, ma la prima volta che i cuori s'incontrano, la mano che stringe la mano, lo sguardo nello sguardo, diventano un'emozione più forte di qualunque altro contatto fisico. Mi stava girando la testa; temetti di svenire – eppure ero seduta – ma la sua stretta mi trasmise tutta l'energia che mi mancava. Rimanemmo così, mano nella mano, per un tempo infinito, poi mi disse:

«Infrangerò il segreto professionale. Ti devo parlare di Ernesto».

Uscimmo dallo studio che era quasi mattino: non c'eravamo scambiati nemmeno un bacio.

Cara figlia mia, ti chiedo ancora un poco di pazienza nella lettura di questo quaderno.

Ho indugiato a lungo prima di affrontare l'argomento di Ernesto, nel timore di non saper trovare le parole giuste per collocarlo nella mia esistenza. Per questo motivo ti racconterò prima gli episodi che hanno cambiato per sempre la vita di mia madre e la mia, andando avanti e indietro nel tempo, nell'arco temporale di circa venti anni.

Inizierò dal giorno in cui io e mia madre stavamo nella cucina della grande casa a vico Tre Re…

Cardone
Maricò, Marilì

Penne, 1927 e avanti e indietro nel tempo

«Mi raccomando, Marilì, fai le polpettine piccole. Ecco, bagna la mano, e la carne scivolerà meglio», suggerì Maricò.

«Così, mammina?» chiese la bimba, guardandola adorante.

Come s'inteneriva a quelle parole! L'amore che le era mancato da piccola le veniva restituito con gli interessi da quella squisita miniatura di sé. Lei e il dottore avevano deciso che i rapporti fra genitori e figli si dovevano modernizzare. Erano stati aboliti i formalismi come le parole 'signor Padre' e 'signora Madre', liberando le espressioni di affetto e di tenerezza. "Forse era stata la Grande Guerra con il suo carico di paure e di dolori per le troppe e inutili morti a sbloccare le emozioni", pensava Maricò, mentre terminava velocemente il suo mucchio di polpettine. Quando anche quelle di Marilì sarebbero state realizzate, avrebbe iniziato a friggerle nella grande padella di ferro. Il cardone, il brodo con dentro i pezzi di cardi già lessati, era a bollore; per completarlo mancavano le polpettine di carne fritte e una stracciatella di uova e pecorino da aggiungere all'ultimo momento nella grande pentola.

«Allora, Marilì, cosa dobbiamo scrivere nella ricetta?».

Cucinavano insieme da quando la bambina era piccolissima e così, appena lei fu in grado di leggere e scrivere, iniziarono a trascrivere le ricette. Queste erano conservate in uno speciale contenitore, un libro di legno intarsiato con sopra scritto *Ricettario*, costruito con le sue mani da suo fratello Arduino. Maricò voleva che sua figlia comprendesse il gesto d'amore che si trasmette imbandendo un pasto atto a portare in tavola un clima sereno.

«Ricordati, Marilì, che il cibo è il più potente messaggio d'amore», aveva spiegato. «Sappi che la generosità di chi cucina e la gratitudine di chi gusta i piatti producono la ricetta perfetta per avere una famiglia unita. E non dimenticare che gli effluvi profumati delle pietanze vanno a costruire uno speciale scrigno di ricordi, un vero e proprio tesoro, nel quale le emozioni si evocano e si rinnovano di continuo», aveva tenuto a sottolineare.

«Per prima cosa scriviamo il titolo. Cardone o minestra di cardone?» domandò la bambina.

«Va bene cardone. Ma non fermarti con le polpettine, continua; manca poco e avrai terminato».

"Imparerà anche lei a fare più cose insieme come tutte le donne", pensava Maricò.

«E del trucco del pollo arrosto lo scriviamo?».

«Dipende; tu che sei mia figlia il segreto lo conosci, ma non vorresti trasmetterlo alle tue figlie e poi alle tue nipoti?». Marilì sorrise.

«Oppure il segreto lo potrei dire a una sorella? Mi piacerebbe tanto avere una sorella!».

Marilì aveva quasi otto anni, ma non smetteva di fare periodicamente questa richiesta. Tutte le famiglie che lei conosceva erano numerose e le sue compagne di scuola, che avevano una frotta di fratelli e sorelle, la invidiavano per il suo stato di figlia unica.

"Oh, tesoro mio, come piacerebbe anche a me avere altri figli, tanti figli. Ma non è possibile. Siamo sereni così", pensò con amarezza Maricò.

«Oppure un fratellino», continuò la bimba ignorando il silenzio materno «un fratellino andrebbe anche bene. Pure Alfredino di Pietra Secca si sente solo, sai mammina, ma lui dice che per le famiglie nobili è naturale così, altrimenti si disperde il ma... il pa... patrimonio; questo me l'ha detto quando eravamo al mare. Andremo anche quest'anno a Pescara?».

«Forse; il tuo babbo deve liberarsi da alcuni impegni, ma può darsi che andremo».

«Oh, che bello! Così io e Alfredino potremo giocare insieme!».

Marilì completò felice il suo compito; si sciacquò le mani e aiutò sua madre a mettere in ordine. Non si era per nulla sporcata il grembiule bianco che proteggeva il suo vestitino celeste.

«Se Nannina verrà con noi, ci sarà anche Ernesto, è vero?» Marilì continuò con le sue domande.

«Non lo so; lui deve badare all'orto e alle galline. Ma può darsi che il babbo lo porti con sé qualche volta, quando verrà a trovarci».

L'anno precedente avevano affittato per tutta l'estate una villetta sul lungomare di Pescara. «Affinché la bambina possa trarre giovamento dalla brezza marina», aveva decretato il dottore.

A poca distanza dalla loro casa, in una bella villa Liberty, stava la marchesa di San Vito con Alfredino di Pietra Secca. Sua madre Argene era in giro per l'Europa con il conte Maurizio. Avevano passato un bel periodo insieme. I bambini si divertivano, anche se Alfredino già mostrava la boria di suo padre contro il silenzioso Ernesto, presente quell'anno.

La marchesa faceva anche molta vita sociale con visite alle amiche e incontri per il tè, occasioni alle quali Maricò era regolarmente invitata. Il suo stato di moglie del dottore l'aveva fatta risalire nella scala sociale. La marchesa non andava mai in spiaggia, mentre Maricò adorava passeggiare sulla sabbia bianca, vestita dei suoi lunghi abiti di lino che pur le lasciavano scoperte le caviglie. Così le aveva suggerito suo marito. «Le donne devono avere un corpo sano per dare figli sani alla Patria», aveva altresì sancito Benito Mussolini. L'adesione al fascismo era l'unico punto di contrasto fra i due uomini della sua vita. Suo padre si era infiammato del Duce e della sua oratoria, ammirando l'uomo che si era messo alla guida del popolo italiano dopo il disastro della Grande Guerra e aveva tentato di arginare la crisi economica che ne era seguita.

Suo marito, invece, diffidava degli imbonitori, come chiamava lui gli arruffapopoli che cambiavano idee secondo il vento. Mussolini, un socialista contrario all'entrata dell'Italia in guerra, vi aveva poi partecipato, diventando perfino caporale dei bersaglieri, perché *una guerra è pur sempre una scelta politica*, così aveva sentenziato successivamente.

Maricò conosceva bene quell'ardore per la politica che tutto trascende e pone all'ultimo posto gli affetti personali; oh sì, lo conosceva bene e tanto ne aveva sofferto. Cercò di allontanare quei dolorosi ricordi, concentrandosi nella cucina.

All'improvviso si udì la voce allarmata di Nannina.

«*Signurì, signurì! Lu dutture, lu mastre! A machine se n'è jete a lu fosse*!» gridava la balia sconvolta. La notizia dell'incidente stradale in cui erano coinvolti i due uomini della sua vita era già sulla bocca di tutti quanti.

Per un attimo, Maricò riprovò le emozioni di quando era piccola e metteva i santini sull'altarino, prevedendo le morti. A stento trattenne il flusso d'urina.

"È successo di nuovo", pensò, ma lei non poteva fare nulla per fermare quello che era già accaduto. L'Alfa Romeo era uscita di strada; suo marito e suo padre erano morti sul colpo.

Penne, 1938

«Mamma, sei pronta?» domandò Marilì, controllando il suo cappellino a cloche nello specchio.

«Sì, sono pronta, andiamo», le rispose Maricò.

Chiusero dietro di sé la porta della casa di Nannina. Camminavano sottobraccio, sostenendosi l'una con l'altra, come sempre. Sembravano due sorelle più che madre e figlia: avevano lo stesso portamento e il medesimo taglio di capelli a *la garçonne*.

Marilì appariva più adulta dei suoi ventuno anni: indossava un tailleur blu con inserti bianchi sul colletto, come bianche erano la cinta, le scarpe e i guanti di capretto; Maricò era fasciata in un tailleur grigio dalla linea dritta con una camicetta bianca sciallata; guanti e cappello color tortora completavano il suo abbigliamento di signora non più giovane. Non avevano nessun gioiello, ai fori delle orecchie c'erano delle roselline bianche di *grogren*. Le poche cose in oro in loro possesso le avevano donate alla Patria.

"Se mi fossi risposata, non farei soffrire così mia figlia", si ripeteva in silenzio Maricò, mentre passava davanti all'olmo dove si era scambiata gli unici baci con Mario, l'uomo che per anni aveva amato. Il solo ricordo le strappò un lamento.

«Che cosa c'è, mamma, ti sei fatta male?» domandò Marilì.

«Niente, non ti preoccupare; mi è entrato un sassolino. Vieni, fermiamoci qui sotto l'olmo».

«Faremo tardi, mamma. Le mie lezioni stanno per iniziare». La giovane aveva sotto il braccio un quaderno e il libro *Il Manuale dell'Infermiere*.

«Allora tu vai; non ti preoccupare per me, tanto la marchesa sai bene quanto poltrisce al mattino».

«I nobili indulgono in intollerabili mollezze, avrebbe detto il nonno» ricordò sorridendo sua figlia. «Andrò veloce, mamma, così farò in tempo a passare anche alla posta per vedere se c'è una lettera di Ernesto per Nannina. Sappiamo quanto lei si disperi per il suo silenzio». In realtà sperava di rinnovare lo sguardo adorante dell'impiegato delle poste.

«Vai figlia mia, a dopo» la congedò Maricò.

«A dopo».

Si sedette comoda sul masso sotto l'olmo. Non era la prima volta che sceglieva quel luogo per abbandonarsi ai ricordi. Era l'unico posto che sentiva suo da quando non aveva più nemmeno una casa. Nel suo animo si alternavano rabbia e disperazione. "Fin dove potrò proteggerla?" si domandò, pensando a sua figlia. Non riusciva a scacciare il pensiero dei due uomini che continuavano a importunarle da lontano con le sole occhiate, ma così sfrontate che erano più offensive delle parole. Erano padre e figlio in divisa nera che all'imbrunire si appostavano, come per caso, davanti alla Cattedrale dove Maricò, uscita dal palazzo dei San Vito, s'incontrava con sua figlia proveniente dal monastero delle Clarisse. In quel luogo la ragazza stava frequentando il corso di Infermiere della Croce Rossa, recentemente istituito a Penne.

"Ah se avessi potuto diplomarmi anch'io, quante umiliazioni mi sarei potuta risparmiare" si ripeteva, seduta sul grande masso sotto l'olmo.

La morte dei suoi due uomini l'aveva colta di sorpresa, lasciandola annientata. Erano felici nella loro casa in vico Tre Re. Marilì era la gioia di quella strana famigliola dove il suocero e il genero erano pressoché coetanei. "Che uomo eccezionale è stato con me Domenico", si disse per l'ennesima volta. "Non avrei mai potuto sposare nessun altro, nemmeno Mario". Dopo la morte di suo marito, infatti, era ricomparso Mario De Pico.

"Era il 1927", ricordò.

"Lo sconcerto lasciato da quella morte accidentale e violenta mi aveva fatta piombare in uno stato confusionale dove i visi, le immagini e le condoglianze si accavallavano e si confondevano. Al cònsolo delle due morti, nella mia casa affollata di persone venute anche da lontano, data la rinomanza dei defunti, si era presentato pure Mario De Pico.

«Signora, vi porgo le mie condoglianze per la gravissima perdita di vostro padre, mio sommo maestro di eloquenza, e quella di vostro marito, uomo sapiente e generoso, ma spero che lascerete aperto il vostro cuore alla speranza». Così si era espresso o forse così rammentavo. Anche a ripensarci dopo, con calma, quello che lui aveva detto mi era sembrato assurdo.

"Come osi parlarmi di speranza tu che mai ti sei ricordato di me?" avrei voluto gridargli, mentre accettavo in silenzio le sue condoglianze, porte con una stretta di mano particolarmente calorosa.

Più chiaramente si era pronunciato in seguito, incontrandomi sul lungomare di Pescara. Dopotutto eravamo andate al mare io e Marilì quell'estate, nonostante fosse passato solo poco tempo da quelle morti.

"Gli eventi si erano succeduti così in fretta che anche dopo tanti anni avverto una stretta al cuore al solo ricordarli. Un mese dopo il funerale, io e Arduino fummo convocati dal notaio. L'apertura del testamento l'avevo immaginata solo come una noiosa ma doverosa incombenza, senza intuire il disastro che stava per abbattersi su di me e su mio fratello".

«Signora De Dominicis, mi spiace dovervi comunicare queste notizie ma...» le aveva detto il notaio in tono contrito, nel suo lugubre studio «ma la vostra situazione economica è...».

«È cosa?» avevo domandato, offuscata dal velo delle gramaglie.

«Ecco... sono desolato... io li avevo sconsigliati i lor signori, ma sapete bene come il mastro fosse difficile da convincere e anche vostro marito, che Dio l'abbia in gloria per tutto il bene fatto, anche lui ha ceduto al mastro e pertanto...».

«Pertanto, cosa? Si spieghi meglio!» era intervenuto Arduino. Mio fratello era diventato un bel ragazzo alto, esile, con i baffetti biondi

ben curati più adatti a un damerino nullafacente che al solerte universitario in Letteratura italiana qual era a Bologna.
«Per parlar chiaro: dei beni di vostro marito, signora De Dominicis e di quelli di vostro padre, signor Evaristi, è rimasto ben poco; davvero ben poco».
«Come può essere?» chiese Arduino disorientato. «Vi è la casa di Fontemanente, ci sono dei depositi…».
«E la mia casa di vico Tre Re, i terreni a Cappelle, le obbligazioni, i buoni fruttiferi…» sussurrai.
Il notaio sospirò, togliendosi gli occhiali di tartaruga che iniziò a pulire lentamente, per prendere tempo.
«Non so dirvi quanto mi dispiaccia, ma quei beni sono stati già tutti ipotecati e i buoni fruttiferi adoperati, come le obbligazioni. I depositi… mi spiace, ma sono stati estinti».
Tacque per dare il tempo alle parole di entrare nell'animo, prima che la disperazione ci facesse piombare nel dolore. «Siete sommersi dai debiti», aggiunse, rimettendosi gli occhiali «anche vendendo tutto, ce la fareste a malapena a uscire con onore da questa situazione incresciosa».
«Mio marito non avrebbe mai fatto una cosa simile a me e a mia figlia!» avevo gridato inorridita. Tuttavia, in modo indistinto, mi tornavano in mente alcune scene di mio marito a fitto colloquio con mio padre, i cui visi turbati mutavano al mio ingresso nello studio.
«Egli, il dottor De Dominicis, sperava che gli affari nei quali vostro padre, signora Maria Concetta, l'aveva convinto ad associarsi potessero andare finalmente bene, impiegando anche la vostra dote…».
«La mia dote? Anche la mia dote, oh mio Dio!».
«Signora, tenete» disse il notaio, porgendomi un fazzoletto immacolato.
«Questo è un momento difficile per l'economia, signora De Dominicis, e quindi…».
«E quindi non avrò più la mia casa, voi dite? Non avrò più la mia casa?» balbettai prima che le forze venissero a mancare, mentre Arduino, ammutolito, mi abbracciava stretta".

"Avevo ceduto la casa, lo studio e i libri di medicina, a un medico venuto a Penne in sostituzione di mio marito. Avevo chiesto al so-

stituto di poter continuare la mia opera d'infermiera affiancandolo, ma la sua giovane moglie l'aveva dissuaso.
«In fin dei conti lei, signora De Dominicis, non ha nemmeno il diploma d'infermiera e alcune cure che ha fatto sotto la guida del dottore, suo marito, erano cose da medico», mi aveva detto.
Avevo tenuto solo i ferri chirurgici, alcuni libri della vasta biblioteca, parte del mio corredo per Marilì e pochi abiti sobri, ma non mi era rimasto null'altro della vita precedente, così come per Arduino, che aveva trattenuto per sé solo alcuni oggetti per affettività. Eravamo riusciti a saldare quasi tutti i debiti, rimanendo senza risorse. Mio fratello aveva deciso d'interrompere gli studi universitari e accettare il posto di messo comunale a Loreto Aprutino, in attesa di una sistemazione lavorativa migliore. La separazione tra noi era stata drammatica e piena di dolore.
«Ti manderò una parte del mio stipendio per aiutarti», aveva proposto Arduino.
«Non preoccuparti per me. Ho lavorato e lavorerò di nuovo. La marchesa di San Vito mi ha chiesto di tenere il piccolo Alfredo a Pescara per tre mesi. La marchesa desidera andare a Roma dalla contessa di Pietra Secca sua figlia che è agli ultimi mesi di gravidanza», avevo detto per rassicurarlo.
In realtà l'incertezza del mio futuro non mi dava pace mentre di pace ne bramavo per smorzare lo strazio di quelle morti".

"Io e Marilì partimmo da Penne per insediarci a Pescara, nella villa della marchesa, luminosa e piena di fiori. Piangemmo insieme per altri dieci giorni; all'undicesimo i visi erano asciutti. Misi a Marilì un vestitino bianco con la sola fascia nera al braccio. Era arrivato Alfredino di Pietra Secca. Il ragazzo era accompagnato dal suo tutore, un uomo anziano e allampanato, che doveva curare la sua preparazione in vista del suo ingresso al prestigioso collegio dei gesuiti a Roma, il collegio Massimo. Non ci furono allegre risate né scherzi barbini quell'estate fra i due fanciulli. Alfredino aveva da poco scoperto gli strumenti scientifici, regalo di suo padre, e pretendeva che mia figlia gli facesse da allieva quando guardava nel microscopio o rimirava il cielo stellato con il telescopio. Il tutore permetteva che Marilì assistesse agli insegnamenti perché Alfredo si concentrava di più; in tal modo le lezioni terminavano prima e lui si poteva ritirare in una stanza fresca da dove usciva solo per gustare i pasti che io e la governante preparavamo. Per il resto del tempo, i due giovani giocavano sulla spiaggia antistante alla villa. Mentre li sorvegliavo, non avevo smesso nemmeno per un attimo di pensare al mio destino: di quali risorse poter vivere e soprattutto dove, dal momento che non avevo nemmeno una casa. Solo un miracolo avrebbe potuto aiutarmi. E io un miracolo l'avevo già avuto: era accaduto a fine gennaio 1918".

«Che cosa avete? Vi vedo pallida e gli occhi sono lucidi. Non vi sentite bene?» mi aveva chiesto il dottor De Dominicis. «Vi ho osservato, sapete, e ritengo che non vi sentiate bene. Qualcosa vi affligge?» Le parole del dottore erano gentili, senza nessuna nota indagatrice. Il rossore aveva invaso il viso e il collo, togliendomi le forze per rispondere. Come potevo confidarmi con lui che tanto mi stimava? Che cosa potevo dire se nemmeno io avevo capito?

«Dal vostro imbarazzo intuisco che è un problema femminile. Se lo desiderate, ne potreste parlare col mio collega ostetrico, che deve venire a Penne per visitare una signora».

«No!» avevo gridato con voce terrorizzata «no, vi prego».

«Su via, Maricò, ormai siete un'infermiera e qualunque affezione, anche la più intima, va considerata con distacco professionale».

Ero rimasta con gli occhi bassi, non osando dire quello che da giorni mi ripetevo incredula: «Sono incinta, sono incinta… ma non so come ciò è potuto accadere».

«Come avete detto?» Il dottore era rimasto folgorato. «Ripetete quello che avete detto».

Avevo parlato a voce alta senza accorgermene; mi sentii morire per la vergogna.

«Chi è stato?» urlò il medico. La sua voce rimbombava nello studio della sua palazzina in vico Tre Re. «Chi ha approfittato di voi?».

"Mario. È stato Mario", così avrei voluto rispondere. "Era Mario che mi baciava; era Mario che mi accarezzava; era Mario che avanzava su di me". Queste erano le parole che avrei voluto gridare per liberarmi da questo fardello e, invece, tacqui. Mario De Pico era al fronte, questo lo sapevano tutti. Il dottore lanciava vituperi al mio seduttore.

«Infame, codardo, vile...» diceva senza sosta. «Ah, se ti avessi tra le mani!» Poi mi chiese: «Almeno può sposarvi?».
Continuavo a tacere, piena di vergogna, pensando al disonore che stava per abbattersi su di me. Mi accasciai a terra senza un lamento.
«Maricò, Maricò!» sentivo, lontano come un'eco, il mio nome ripetuto con voce allarmata. Mi ritrovai su un divanetto, con i sali sotto il naso.
«Perdonatemi per l'irruenza. Non spetterebbe a me dire queste cose, ma la sorpresa è stata tanta che io... Egli, l'infame, insomma quella persona, sa del vostro stato?» chiese il medico.
Scossi la testa.
«Chi altri sa?».
«Solo voi, dottore», balbettai.
«E quel galantuomo», aggiunse sarcastico «vi sposerebbe?».
Scossi la testa. Come potevo sperare che Mario mi volesse in quello stato se mai si era dichiarato in precedenza? Mi aspettavano solo il disonore e l'ira terribile di mio padre. Iniziai a piangere senza freno tutte le lacrime che avevo trattenuto dopo l'orribile scoperta.
«Il vile non vi sposerebbe? Chi è? Ditemi chi è, perché andrò io di persona a...».
«Egli non c'è più» ebbi l'ispirazione di dire.
«Non c'è più... quindi volete dire che egli è morto? Ah!».
L'emozione gli aveva tolto di bocca le parole. Per riprendersi, il medico si tolse gli occhiali dalla montatura d'oro e li poggiò con cura sulla scrivania; quindi si versò sul capo tutta l'acqua della brocca che teneva nello studio per lavarsi le mani dopo ogni visita.
«Ah!» ripeté ancora. «Un poco di acqua fresca per chiarirmi le idee».
Così bagnato, con l'acqua che gli inzuppava il suo bel completo di lana scuro, si accasciò sulla poltrona da dove ascoltava i pazienti lamentarsi.
Lo vidi passarsi le mani sul viso e sugli occhi come a scacciare la spossatezza che lo stava assalendo. Rimase in silenzio fino a che i brividi di freddo e di tensione si fecero sentire. Iniziò a starnutire.
«Vi ammalerete, dottore, così bagnato» dissi, non sapendo come interpretare quel gesto, né il suo prolungato silenzio.
«Già. È vero» confermò contento. «È così ovvio che... oh, mio Dio, che sciocco!».

Non sapevo come comportarmi con lui. Forse il raffreddamento gli stava facendo venire la febbre e il riso era il primo sintomo? Gli andai vicino, gli misi la mano sulla fronte: era fresca. Tuttavia, lui continuava a ridere. Poi, prendendomi la mano mi disse: «Maricò, tutto si risolverà. Ti sposo io».

"Fu più semplice del previsto", ripensava Maricò sotto l'olmo. Tutto quello che avevo temuto si era sciolto come neve al sole. Il mastro Evaristi non si oppose: aveva sperato in un genero medico – per evitare l'onorario, s'intende – ma il dottor Marcotulli, su cui aveva fantasticato, era morto in combattimento.

"Solo don Santino, il fratello di Domenico che ci sposò senza cerimonie il mese dopo, fece qualche obliqua allusione, ma il mio futuro marito gli giurò in confessione che mai aveva avuto con me contatti meno che rispettosi", ricordò. "Giuramento quanto mai veritiero e anche il prete, così abile a carpire la falsità fra le sfumature della voce, se ne fece una ragione".

"Il dottore aveva deciso che era il momento di pensare a una vacanza di un anno. Un suo antico collega di studi gli aveva chiesto un favore che divenne la soluzione al loro problema. Il figlio di quel collega, un medico appena laureato e sfuggito alla guerra per una piccola menomazione fisica, voleva fare pratica in un paese lontano dallo studio di suo padre: lui sarebbe venuto a sostituire il dottor De Dominicis a Penne e i signori De Dominicis sarebbero andati nella casa del giovane a Sorrento. Marilì nacque davanti al mare verde di quella costa, e quel colore marino fu assorbito dai suoi occhi. Per evitare qualunque dubbio sulla mia onorabilità, la nascita della bambina fu registrata mesi dopo, come a volte accadeva. Quando ritornammo a Penne un anno dopo, io avevo in braccio la mia bellissima bambina dell'età ufficiale di due mesi, nata dopo dieci mesi di matrimonio".

"Questo avrei dovuto raccontare a Mario quando si presentò al caffè sul lungomare di Pescara dove, nel pomeriggio, andavo con i bambini a prendere un gelato.

«Signora De Dominicis, che fortuna incontrarvi qui a Pescara! Posso porgervi i miei sentiti complimenti per la graziosa figlioletta che

avete accanto?». Così si era presentato il nuovo Mario De Pico, l'ingegner De Pico, con i capelli neri corti e senza barba, in un bel completo di lino bianco che lo facevano sembrare un uomo più giovane di quel che era in realtà. Era rimasto in piedi, con il cappello in mano, in attesa di un mio invito a sedersi con noi.
Sceglievo sempre un angolo ombreggiato e defilato di quel caffè per evitare gli sguardi indiscreti che i passanti, soprattutto gli uomini, indirizzavano a me, tutta vestita di nero.
«Accomodatevi, ingegner De Pico. Abbiamo ordinato uno spumone; volete farci compagnia?» gli dissi, superando la sorpresa che, mi accorsi, era mista a fastidio.
"Che cosa vuole egli da me? Perché mai è qui a Pescara?" mi chiesi infastidita.
Lui chiarì che in quei giorni era ospite di un caro amico per passare un periodo di riposo nella città marina prima di tornare al suo lavoro a Milano, città dove risiedeva da tempo.
«Ma queste cose le sapete già, non è vero? Finché fu vivo vostro padre l'aggiornavo regolarmente sulla mia vita».
Invece dal momento in cui avevo deciso che Mario era morto per me, non ne avevo più voluto sapere nulla. «Sapete», lui aveva continuato, sicuro di non essere un intruso «per il mio lavoro d'ingegnere, a breve dovrò occuparmi della costruzione della linea ferroviaria tra Penne e Pescara. Pensate, sarà alimentata con trazione elettrica a corrente alternata: una bella novità rispetto alle locomotive a vapore e inoltre», disse orgoglioso «il treno potrà viaggiare fino a 45 km/orari. Pertanto, signora De Dominicis, rimarrò per molto tempo quasi in pianta stabile nel nostro bel paese di Penne».
Ero rimasta silenziosa, guardando l'uomo che mi aveva rubato il sonno per molti anni e a causa del quale la mia vita poteva essere distrutta.
"Che cosa mi attirava in lui? Il suo bel viso? Gli occhi ardenti che ora sono più spenti? Sono bastate solo queste poche cose, tali piccoli dettagli e io, sciocca, ho creduto che fosse amore?" mi ero chiesta.
Io tacevo, mangiando il gelato; lui girava a vuoto un cucchiaio in una granita di limone, con lo sguardo inchiodato sul mio corpo.
«Bambini, lo spettacolo dei burattini è iniziato; non vorrete mica perderlo?» aveva domandato Mario De Pico a Marilì e ad Alfredino.

«Oh mamma, possiamo andare?» aveva chiesto mia figlia.
«Signora De Dominicis, possiamo?» aveva sollecitato il contino.
«Va bene, bambini, andate».
Appena i due si furono allontanati, Mario mi prese la mano e, guardandomi negli occhi, si dichiarò.
«Quanto tempo ho atteso, amore mio. Sono rimasto sconvolto alla notizia del tuo matrimonio con un vecchio, fatto per me inspiegabile. Vi è forse stato lo zampino di tuo padre?».
Non risposi.
«Non parli per non offendere la memoria di tuo padre, lo comprendo. Ma ora tu sei libera, libera, amore mio» mi sussurrava, stringendo la mano con forza e avvicinandosi sempre più.
«Noi due potremo finalmente coronare il nostro sogno d'amore, dopo i dovuti tempi per il lutto, s'intende. Hai avuto una figlia che è una bambolina, una piccola copia di te. I nostri figli saranno meravigliosi».
Ero rimasta in silenzio senza nemmeno ritrarre la mano; l'angolo appartato non mi esponeva alla vista degli altri, mentre riuscivo a controllare i bambini impegnati a seguire le storie del burattinaio.
"È un folle", avevo pensato. "Si presenta dodici anni dopo quell'unico incontro e vuole che io sia pronta subito per lui?".
Il rancore ritornò vivo: non riuscii a trattenere le parole che da anni rimurginavo tra me e me.
«Che ne sapete voi dell'amore? E come vi permettete di offendere la memoria di mio marito al quale mi legava amore, lealtà e rispetto?».
Avevo parlato in tono duro, tagliente, seppure a bassa voce.
«Ma come? Che cosa dici, Maricò? Io ti ho sempre amata. Ho pensato a te sola, anche quando la guerra finì e, per migliorare il mio stato sociale, mi misi di nuovo a studiare fino a diventare ingegnere che non è certo meno dell'essere un medico».
Avevo sottratto la mano alla sua. Sentivo che il fastidio stava tramutandosi in nausea a tale ottusità.
«Io ti ho scritto anche mentre ero in guerra, a combattere per la nostra Patria» provò a scusarsi Mario. «Ho avuto cura di lasciare sempre delle parole di amore per te alla fine delle missive che indirizzavo a tuo padre. Ogni volta rinnovavo la mia promessa d'amore e ora tu…».

«Siete deluso che non sia qui a spasimare per voi? Voi che mi avete inutilmente legata per più di tre anni, durante i quali mi avete scritto solo tre righe in quattro lettere. In totale dodici righe. Il vostro amore racchiuso tutto in dodici righe che solo io ero in grado di comprendere, senza una promessa di matrimonio, senza un bacio di saluto prima che partiste volontario per la guerra in Francia... Avete preferito rischiare la vostra vita in una guerra che non vi riguardava, piuttosto che legarvi a me».

«Non capisci, Maricò? Io dovevo andare. Era una questione d'onore. Non potevo di certo deludere i miei compagni» cercò di difendersi Mario, carico di disappunto.

«Ma potevate deludere me!» sibilai, incapace di trattenere il risentimento covato da anni. «Non vi siete chiesto come mi sono sentita io, senza il vostro conforto, quando morì la mia matrigna? E poi, quando partiste per la nostra di guerra senza nemmeno darmi un saluto o un bacio d'addio?».

«Io stavo preparandomi per...».

«Oppure quando non siete tornato a Penne, da me che vi aspettavo, per l'unica licenza accordatavi. Ecco, questo è stato il vostro amore: una cosa davvero dappoco, mentre la vita che ho fatto da maritata è stata piena».

Ero arrossita a queste ultime parole, temendo che Mario l'avrebbe fraintesa. La mia vita era stata davvero piena, tranne che per un unico particolare, quello che non permetteva a Marilì di avere un fratellino o una sorellina. Quando Domenico mi aveva fatto la sua proposta di matrimonio, al sollievo di sfuggire al disonore era seguito un momento di orrore. Lui aveva intravisto il mio viso terrorizzato: aveva volto le spalle per mascherare la delusione, chinandosi a raccogliere qualcosa che non era mai caduta; poi mi aveva rassicurata.

«Maricò, nelle famiglie nobili e in quelle dabbene gli sposi dormono in camere separate. Tu per me sarai una figlia e un'amica, niente di più. Per il mondo sarai mia moglie, per cui dovrai abituarti a chiamarmi Domenico e ad avere quel minimo di confidenza nei gesti e nelle parole che contraddistinguono la vita matrimoniale».

«Ho avuto una vita piena», ripetei di nuovo.

«Tuttavia, ho saputo che il tuo amato marito ti ha lasciata sul lastrico» precisò Mario «e che ti trovi qui per la benevolenza della marchesa ma, che finita l'estate, non saprai quale sarà il tuo destino. Io ti offro il mio cuore, il mio nome e il mio patrimonio. Pensaci. Per me nulla è cambiato» disse, mentre i bambini tornavano al tavolino. «Signora De Dominicis, è stato un piacere incontrarla qui a Pescara» salutò alzandosi «può darsi che ci si veda anche a Penne. Arrivederci».

«Bambini, salutate l'ingegner De Pico che va via» dissi, invitando i ragazzi a congedarlo definitivamente.

Io l'avevo escluso dalla mia vita già da molto tempo".

Come un romanzo o una favola

Marigiò, Marilì, Maricò

1984 e viaggio nel tempo

«Era questo, dunque, il segreto che ci accomuna, mamma?» domandò spaesata Marigiò, chiudendo il quaderno nero. Un segreto pesante, legato al cognome che né lei né sua madre avevano il diritto di portare. Tutta la storia sembrava la trama di un romanzo con intrighi e menzogne, ma i protagonisti non erano di fantasia. Magari qualche discendente, o, addirittura, qualcuno di loro poteva essere ancora in vita. Non solo fantasmi, quindi. La vita di sua nonna e di sua madre erano come i fili di un arazzo a tre dimensioni che, secondo l'angolazione scelta, faceva affiorare i nodi più reconditi delle loro esistenze. Ed Ernesto? Quando sarebbe arrivata al nodo di Ernesto? "Perché hai sposato proprio lui, così diverso da te, mamma?" Ci pensava in continuazione e non riusciva a trovare una spiegazione.

Il prolungato coinvolgimento emotivo a vicende tanto lontane, ma così presenti, la stava spossando. Aveva bisogno di schiarirsi le idee. Chiuse il quaderno e uscì di casa.

Ormai era pomeriggio inoltrato e, se non si fosse affrettata, avrebbe trovato i negozi chiusi mentre aveva bisogno di un pantalone nuovo, almeno, ma anche di una maglia e di qualche camicia, per non parlare del vestito da sera per l'invito di Tom. Mentre faceva shopping ripensava alle strane coincidenze del destino. Era andata finalmente all'ospedale Santi Cosma e Damiano per vedere le condizioni del reparto di Endocrinologia, quello del concorso, e magari chiedere qualche informazione.

«Buongiorno», aveva detto a un gruppo d'infermiere che chiacchieravano tra loro.

Al terzo buon giorno, una di queste, seccata, le aveva chiesto se era lì per il concorso d'infermiera.

Si sarebbe messa a ridere se nel trambusto non avesse carpito qualche frase.

«Magari vincesse lui! È un fico pazzesco. Comunque, la lotta sarà durissima. Ho saputo… ma mi raccomando non ditelo a nessuno perché la notizia è riservata, ho saputo che c'è anche una donna tra i concorrenti».

«Una donna? Tanto una donna non vincerà mai, anche se avesse il Padreterno alle spalle».

«Basterebbe qualcuno più terreno, ma in alto, molto in alto».

«Comunque io spero che vinca lui, il dottor Marini».

"Il dottor Marini? Fabrizio Marini? Anche lui al suo concorso!" avrebbe voluto gridare, mentre sgusciava via.

Tachicardia sinusale, si diagnosticava, con le palpitazioni alle stelle. Avrebbe rivisto Fabrizio fra tre giorni. Ecco perché voleva incontrarla di nuovo, senza sapere che anche lei sarebbe stata presente al concorso.

«È incredibile» sentenziò Tom quando lei terminò di condividere le vicende familiari contenute nel quaderno nero. Era stato un lungo racconto, ascoltato con attenzione partecipata.

«Davvero incredibile. Questa storia di tua nonna è come un romanzo. Ora capisco da dove hai preso la tua nobiltà d'animo, cara contessina».

Erano sul terrazzo della casa in via San Teodoro a bere il loro bicchierino serale di Strega ghiacciato.

«Non mi prendere in giro, mister Vannucci», gli suggerì Maricò, cercando di schivare la sua ironia. «Non mi sembra che di quel sangue io ne debba andare fiera. La lettura del quaderno non è terminata e la storia di mia madre non è completa. Chissà quali sorprese ancora mi attendono. Comunque, anche tu dovresti raccontare qualcosa che ti riguarda e dal contenuto elettrizzante come…»

«… come un romanzo?» disse Tom.

«Certamente. Faremo a gara a chi racconta la storia più emozionante o più intrigante. Che ne dici?».

«Okay» fece Tom. «Fammi pensare. Escludendo le storie noiose…».

«Oppure *top secret*? Se vuoi vincere dovrai tirare fuori anche quelle. Per ora, vedi di raccontare qualcosa all'altezza della mia storia, ma che riguardi te personalmente».

Tom sembrò riflettere finché un rossore apparve sul suo viso.

«Oh, oh!», esclamò Marigiò. «Allora si tratta di un argomento sentimentale?».

«Mah, non so come definirlo. Ci ho pensato spesso e…».

«Vuol dire che il ricordo è ancora vivo in te. Bene. Forza, fatti coraggio. La tua amica ti ascolta». Era tornata la Marigiò americana, pratica e sicura di sé.

«Mi sento un poco in difficoltà, sai».

«*Come on, mister Vannucci: I'm waiting for you*».

«Ecco» iniziò lui, schiarendo la voce «era durante la guerra».

«Dove?».

«Fammi parlare, senza chiedere troppi dettagli. Era in Italia, a Roma, va bene?».

«Okay, scusa».

«Ero a Roma, vicino a una stazione quando…» iniziò, ricordando «… quando ho sentito la sirena dare il terzo allarme di bombardamento. Non c'era più tempo. Ho corso come un velocista per rifugiarmi nel ricovero più vicino che già cadevano le prime bombe».

«Tedesche, ovviamente!».

«Non proprio».

«Sarebbe a dire?».

«Tanto questa è storia; avresti dovuto studiarla. Erano gli aerei alleati a bombardare Roma nel 1944».

«Come avvenne a San Lorenzo, l'anno prima?».

«Sì, quello fu il primo e il più violento bombardamento, ma non il solo. Si dovevano colpire gli obiettivi strategici come le stazioni, i porti eccetera, per bloccare i rifornimenti alle truppe tedesche. Entrai in quel rifugio senza fiato; fiato che ancor più mi si bloccò per l'odore tremendo che vi aleggiava dentro. C'era un odore di umanità sporca e fetida, ma sopra tutti gli altri, c'era l'odore della paura. Lo hai mai sentito l'odore della paura, Marigiò?».

«Sì. Ho lavorato anche nella *Emergency Room*, in Pronto Soccorso, e conosco quell'odore acre, forte, pungente, greve. Odore animale».

Lui la guardò stupito: aveva descritto perfettamente l'odore che quel giorno gli aveva invaso le narici fino a soffocarlo, finché non aveva avvertito quell'altro, di odore.

«Poi, mentre cadevano le bombe e il rifugio si trasformava in rovine polverose e in un cimitero per morti e per vivi, all'improvviso sentii un odore diverso: fresco, pulito, caldo, eccitante. Era odore di donna. Mi accorsi che vicino a me, miracolosamente illeso per una trave che mi aveva protetto, c'era una donna tutta bianca di polvere». Si fermò, e chiuse gli occhi per ricordare meglio la scena che negli anni aveva vissuto e rivissuto tante volte.

«Ecco mi sento a disagio, ma io...».

«Ti sei avvicinato a lei?» lo incoraggiò Marigiò.

«La toccai. Volevo accertarmi che fosse vera. Lei sola era così assurdamente profumata fra le macerie, come uscita di corsa da casa, appena lavata. Le toccai i capelli: erano ancora bagnati. Volli passarci le mani come a pulirmele e poi non mi trattenni da... da passarle su tutto il suo corpo nudo, fresco e profumato. Lei indossava solo una vestaglietta».

«Oh!» disse lei «allora con poche righe di storia, tu vuoi vincere subito. Caro Tom, non vale!».

«Fammi finire, ti prego. È la prima volta che ne parlo con qualcun altro, dopo mia moglie, s'intende. Mi sono tenuto dentro questo ricordo per anni, tra l'imbarazzo e il desiderio di conoscere qualcosa del suo destino».

«E lei?» Marigiò l'incalzava.

«Lei? Non so se si stupì, probabile, ma non mi respinse perché iniziò a odorarmi».

«Come a odorarti?».

«Lei mi odorava con le narici aperte, alettanti, perché il mio odore le piaceva. Mi odorava il viso, la bocca».

"La mia bocca che profumava dell'ultimo *chewing gum* alla menta che io, presuntuoso americano, avevo masticato fino al suono della sirena", stava pensando. Si versò un altro goccio di liquore per darsi coraggio: non era facile dire quello che aveva fatto. Marigiò attese in silenzio.

«Poi ho avvertito un impulso irrefrenabile, potente quanto la paura della morte che stava invadendo anche me, mentre le bombe continuavano a cadere. Sentii che, prima di morire, volevo vivere. Le mie carezze divennero più audaci, i baci più profondi. Facemmo l'amore, in quell'angolo buio del rifugio. Fu un amore dolce, totale, pieno di gioia e di piacere reciproco. Non c'eravamo scambiati nemmeno una parola, ma in quel momento io credetti di amarla».

Marigiò stava pensando che anche la storia di Tom era fantastica: un ultimo gesto di vita in vista della morte.

«La ricerca dell'immortalità», avrebbe detto sua madre. Gli accarezzò la mano per spronarlo a proseguire.

«Sì, è vero, per quanto possa sembrare assurdo, lei la ricordo spesso. Non ho dimenticato quegli occhi verdi che, per un solo attimo, intravidi al bagliore dell'ultima bomba, prima di perdere i sensi».

«È morta?».

«Non lo so, non lo so!» urlò Tom. «Quando mi ripresi, acciaccato ma vivo, perché protetto da un architrave, lei non c'era più. Era rimasto a terra solo un brandello della vestaglietta che le avevo tolto per abbracciarla».

Il tono era ferito, amareggiato; l'aveva cercata fra i corpi dei morti, dei feriti, tra le persone sgomente che si aggiravano in cerca dei familiari. Niente: lei era scomparsa.

«Forse l'avevo sognata? Non poteva essere svanita nel nulla nel giro di pochi minuti. La sirena continuava a suonare. Dovevo andare via di lì, subito. Stava per arrivare un altro bombardamento. Io l'ho cercata tanto sai, e la cerco ancora», sussurrò.

Marigiò inghiottì le lacrime di emozione per non mettere in imbarazzo Tom.

«La storia è così bella, che ci vorrebbe anche un finale a sorpresa. Se almeno tu avessi raccolto un pezzo di quel brandello» disse, tanto per sdrammatizzare.

Invece Tom rimase fulminato.

«Come… come hai pensato che io…».

«L'hai fatto? Allora ti sei comportato come nei *feuilleton*».

«Feuilleton? Non capisco».

«Ma sì, come nei romanzi popolari d'amore, quando la madre lascia il figlio della colpa alla ruota degli esposti, trattenendosi un pezzo di fascia o del vestitino della creatura», precisò versandosi un altro bicchierino di Strega «così quando questa diventerà grande, lei tornerà a riprenderla mostrando il pezzo mancante e tutto finirà al meglio». Le parole pronunciate con ironia andavano spegnendosi in gola. Non riusciva più ad ascoltare la sua stessa voce, stridente ed estranea. Era quella della Marigiò che cercava gli uomini nei bar, quella che aveva scelto di vivere con Peter senza sesso, quella che aveva rinunciato a Maria Paola.

«… e tutto finirà al meglio» sussurrò, tentando una risata liberatoria. Le uscì solo un grido animalesco. Il grido si trasformò in conato: iniziò a vomitare in maniera indecente sul bel balcone di Tom.

«Marigiò, Marigiò, che cos'hai?» le domandava Tom preoccupato. «Devo chiamare un medico?».

«Ho… ho bevuto troppo liquore. Scusami. Forse dovrei andare a casa». Marigiò aveva un aspetto tremendo, il viso livido, gli occhi rossi; l'abito verde, appena comprato, era irrimediabilmente macchiato di vomito.

«Non se ne parla proprio. Non ti lascio sola in questo stato. Ti accompagno io».

«Grazie dell'offerta, Tom. Ora vado in bagno. Se mi sentirò meglio, andrò via; altrimenti, mi accompagnerai. Va bene?».

«Okay, okay. Scusami».

Stette a lungo nel bel bagno di Tom a bagnarsi il viso e a riordinare le sue emozioni. La sua esistenza le stava scorrendo davanti, mostrando i fotogrammi principali. "Mi sono protetta con la mia professione", pensò. "Ho accettato un matrimonio di facciata con chi mi poteva aiutare nella vita lavorativa. Peter ha fatto di me una scienziata e io ho costruito per lui una vita quasi normale. Ci vogliamo bene quasi come fossimo dei coniugi. La mia vita è racchiusa in questa parola piccola, piccola: 'quasi'. Come due coniugi il massimo dell'intimità per noi è stato dormire nei nostri letti gemelli, tenendoci per mano, quasi come fratelli. Ho vissuto la finzione per proteggermi, segnata sin dall'infanzia dalla mancanza di amore da parte del mio quasi padre Ernesto. Ho annaspato per dissimulare l'amore per mia figlia, cercandolo quasi fossi solo una zia affettuosa, senza viverlo appieno. Sto struggendomi inspiegabilmente per Fabrizio, sperando che il sesso tra noi sia stato quasi amore".

Alla fine, capì che doveva solo allungare un dito e fermare il fotogramma M.P. Le venne un'idea.

«Ce la faccio ad andare a casa da sola, davvero» disse appena uscita dal bagno, con il volto terreo e il corpo in preda a un vistoso tremolio.

«Uhm, non sono convinto» disse Tom preoccupato. «Andrai a patto che appena arrivata mi telefoni. Okay?».

«Okay».

Dopo una ventina di minuti lei era a casa, accovacciata sul letto.

«Eccomi Tom; sono arrivata sana e salva» disse dal telefono di casa.

«Meno male!» si rincuorò lui.

«Ti va se ti racconto una favola, che ne dici?» chiese Marigiò.

«Una favola, perché?».

«Per vedere se la mia favola può essere più interessante di quella che riuscirai a raccontare tu. Allora, ti va?» ribadì la sua richiesta. La sua voce era trepidante; Tom non poteva deluderla.

«La gara continua, quindi. Dal romanzo alla favola. Va bene; accetto la sfida».

«Allora, come tutte le favole, la storia inizia con: c'era una volta una principessa che si chiamava Aurora, come quella della Bella Addormentata nel bosco, la conosci?».

«*Yes. Sleeping Beauty*», disse Tom.

«Sì, si tratta di lei. Aurora desiderava l'amore e finalmente un giorno incontrò il suo principe azzurro. Lui era bello, biondo, con gli occhi color del cielo, alto quanto un vichingo.

Il suo principe comandava molti vassalli che l'aiutavano a occupare alcuni luoghi dove issavano degli striscioni con i loro motti. Oh, il principe sapeva tante cose; lui era il migliore di tutti e tante principesse se lo contendevano: c'erano Biancaneve, Sirenetta, Gretel e altre. Ma lui, da principe qual era, non cedeva all'amore, una cosa borghese. Aurora non riusciva a capire il suo comportamento e si amareggiava, ma un suo vassallo, forse un poco innamorato di lei, un certo Ascell, le raccontò il segreto del principe Marco, tale era il suo nome. Il padre di Marco era un re povero e aveva abbandonato la reggia e la regina. Questa, dalla disperazione, non aveva più voluto mangiare e perciò fu rinchiusa in un castello con le sbarre. Il principe Marco, che era stato sempre il primo negli studi, dal grande dolore non riuscì a superare l'ultimo esame che gli rimaneva avendo altresì l'onta di un *respinto* sul suo libro dei voti. Quell'onta gli precludeva l'accesso ai denari della Sapienza, per cui decise che si sarebbe dedicato solo alla vendetta. Lui avrebbe controllato i suoi bisogni primari per avere le idee più chiare per la lotta».

«Quali bisogni?» aveva chiesto Aurora ad Ascell che le aveva risposto: «Il possesso, il cibo e il sesso». Marco non possedeva nulla: viveva in un piccolo tugurio definito pensatoio, con un lettino e due sedie, indossando sempre gli stessi vestiti che qualche principessa gli lavava periodicamente.

Mangiava solo la pizza con la mortadella, che generosamente spartiva con i suoi vassalli, e si concedeva solo alla principessa che meglio sapeva gestire il proprio potere.

Aurora era turbata da tali rivelazioni. Anche lei era contro il consumismo, ma mangiava sicuramente meglio. Comunque, l'ultimo aspetto le era ancora oscuro. Gestire il proprio potere era una frase sibillina. Ascell con pazienza le spiegò il pensiero del principe. «Il potere le donne ce l'hanno lì, nell'antro oscuro», aveva detto, «per questo fanno tante moine per attirare gli uomini e poi negarsi. I giovani devono ribellarsi a questo gioco delle parti, perché anche le principesse si sono rotte di dire no».

«Lui, il principe, si sarebbe concesso alla ragazza che avesse dimostrato di saper gestire quel potere dandosi il piacere da sola». «Oh!» aveva esclamato inorridita Aurora. «Io non lo farò mai!» Era fuggita da Ascell, evitando di andare nel pensatoio per più di un mese ma, forse per il richiamo della primavera, era tornata lì, dove ben sapeva che Biancaneve o Sirenetta questa dimostrazione l'avevano fatta e il principe Marco si era loro concesso. Ma egli non si concedeva mai totalmente: se ne stava sul lettino sporco del pensatoio, con il suo *dick* in mano, per farsi venire le buone idee per la lotta.

Lui intuì, chissà come, che Aurora aveva fatto le prove a casa: finalmente era pronta. Si concesse a lei, ma senza un bacio, una carezza. Quelle vennero dopo, dopo molti mesi. Successe che il principe iniziò a prendere per mano Aurora mentre camminavano in strada, anche se erano assieme ai compagni impegnati a rivoluzionare il mondo; accadde che mentre lui le si concedeva nel pensatoio, negando sempre la sua essenza, iniziasse a baciarla e accarezzarla. Il principe si stava svegliando all'amore. Quando con orrore lo capì, guardandola negli occhi, lui non riuscì a frenarsi e, per la prima e unica volta, esplose dentro di lei.

Il terrore di quella scoperta fu così grande che il principe fuggì, iniziando a ignorarla e concedendosi a una nuova Biancaneve. La povera principessa Aurora era disperata: lei aveva fatto scoprire al principe l'amore e lui la rifiutava? Non si concentrò più sui suoi doveri e i suoi libri rimasero chiusi fino al giorno in cui avvertì un battito d'ali dentro di sé. Atterrita, Aurora andò dall'alchimista per farsi le analisi, che per sicurezza ripeté tre volte. "Com'era possibile?" si chiedeva, "se il suo flusso femminile, anche se scarsissimo, l'aveva avuto regolarmente?" Andò a consultare i libroni di scienza e comprese che poteva accadere. Disperata, domandò soccorso a un mago buono che l'aiutò, chiedendole di fare un sacrificio terribile: avrebbe dovuto rinunziare a una parte di sé.

«Ho parlato con Rosa ieri sera» mi dice il dottor Pedrini. «Se tu vuoi, l'unico aiuto che posso darti, l'unico suggerimento possibile, è quello di dare la tua creatura in adozione a Rosa. Lei e suo marito hanno già fatto le pratiche per l'affidamento e sono risultati idonei; io potrei favorire l'iter burocratico. Lo so, capisco, che la rinuncia è terribile, ma che altro puoi fare in questa situazione? Non hai un marito o un compagno che ti sostenga. E gli studi? Dovresti abbandonare gli studi per mantenere te stessa e la creatura. Mi auguro che accetterai la proposta, così potresti iscriverti per un anno alla Università di Bologna, per concentrarti meglio nello studio e recuperare qualche esame arretrato, e questa sarebbe la spiegazione per tutti. Lì nessuno ti conosce: potresti passare per una studentessa sposata. Non preoccuparti per il tuo sostentamento. Lo sai che mia moglie ha un appartamento in quella città: te lo metterà volentieri a disposizione, mentre tua madre ti aiuterà fin dove possibile. Il resto lo farò io».

"Maria Paola ha il viso paffuto, dolce, e i capelli biondi e sottilissimi. «Non portatemela via! È mia, è mia figlia», vorrei gridare mentre la consegno fra le braccia di Rosa che per me è più di una sorella. Sono libera di scegliere il nome.
Rosa mi giura solennemente di rivelare la verità alla bambina nel caso che la piccola avesse dei dubbi circa le somiglianze con lei e suo marito. Intanto posso frequentarla, se lo desidero, come fa una zia".

«Ehi, Marigiò, ci sei?».
«Sì, ci sono, Tom».
«Vai avanti. Che cosa fece il mago buono?».
Le parole le uscivano con difficoltà, ma ormai le stava comunicando al solo amico che l'ascoltasse.
«Il mago buono consegnò una parte importante della principessa Aurora a una fatina perché ne avesse cura».
Marigiò iniziò a respirare a fondo. Finalmente ce l'aveva fatta a parlare di Maria Paola.
«Come va a finire la favola?» chiese lui.
«Intendi dire… e tutti vissero felici e contenti?» gli rispose con voce spezzata.
«In genere una favola si conclude così. Vale anche per la tua?».
Marigiò esitò prima di rispondere: «Il bello delle favole è che si può cambiare il finale, non credi?».
«Certamente, ma ci vorrebbe l'aiuto di un altro mago buono, oppure di un principe azzurro intenzionato a concedersi all'amore».
«È vero, Tom. Grazie d'aver ascoltato la mia favola. Chissà se ne hai anche tu una di pari interesse».
«Forse. Ora dormi bene Marigiò e riguardati».
«Buonanotte Tom».

Mia madre evitò l'ingegner De Pico così tante volte che egli si rassegnò ad averla persa e…

Marigiò stava leggendo dal quaderno nero, sdraiata sul suo lettino. Aveva deciso di passare il giorno prima del concorso a riposare. Stava sgranocchiando delle pizzette di semolino. Incredibilmente aveva trovato il necessario tra il frigorifero e la dispensa: tre cucchiai di semolino, tre di parmigiano, un uovo e del salame a piccoli pezzi. Aveva mescolato il tutto e poi versato, a cucchiaiate, in una padella per friggere. Un sapore noto dall'infanzia era un buon rimedio consolatorio per il suo stato d'animo. Si sentiva del tutto svuotata: la rivelazione del suo segreto a Tom l'aveva prosciugata delle forze, anche se si era un poco rasserenata. Non da meno, da giorni le si era insinuato un pensiero costante che l'attraeva e l'atterriva: era l'occasione, non rinviabile, di rincontrare Fabrizio al concorso. Come si sarebbe comportata con lui? "Deciderò al momento, osservando il suo stupore o, forse, il suo fastidio", pensò. "Oh, se potessi sperare nel suo bel sorriso che s'illumina nel vedermi, e io che mi avvicino solo per scompigliargli i capelli", immaginò. "Sei una stupida! Una stupida romantica che si coccola con parole addirittura poetiche", la rimproverava la sua parte razionale. "Le favole non esistono nella vita reale, lo sai dottoressa Pearce?".

"Eppure i corpi hanno parlato per noi, senza ragionamenti, cercandosi e riconoscendosi", tentava di difendersi la sua parte emotiva. "E se invece lui si fosse seccato di trovarsi, a sorpresa, davanti a un'antagonista per il posto di primario? Si può passare rapidamente dall'amore all'odio, si sa".

«Basta di questi pensieri. Meglio smettere. Deciderà il destino».

Si accoccolò comoda sul suo lettino. Si era messa addirittura in pigiama, scegliendo il suo preferito, quello con le righine azzurre. Riprese a leggere.

... e, dopo la costruzione del tratto ferroviario Penne-Pescara, egli tornò a vivere a Milano. Era un bell'uomo Mario e gentile con me. Io non capivo perché mia madre si rifiutasse di parlare con lui, evitando tutte le occasioni d'incontro. Comunque, il volere del destino era giunto di nuovo per noi, mentre eravamo ancora in vacanza a Pescara. Arrivò sotto le sembianze di don Santino portando una notizia agghiacciante. La contessa Argene di Pietra Secca era morta di parto mettendo al mondo una figlia, la contessina Doralice, che le era sopravvissuta di un solo giorno. Il conte Maurizio affranto dal dolore – riferiva don Santino con il suo dire pomposo – avrebbe rivolto imperitura gratitudine, e un congruo compenso mensile, alla signora De Dominicis se avesse voluto prendersi il disturbo di assistere sua suocera la marchesa di San Vito che, dalla disperazione, era quasi impazzita, rifiutandosi di mangiare e perfino di lavarsi. Mia madre avrebbe, dunque, lavorato di nuovo per la marchesa. Tuttavia, aveva deciso, per noi due rimaste senza casa, una soluzione dignitosa e autonoma: saremmo andate ad abitare da Nannina, la sua vecchia balia. Era il 1927.

Come ho vissuto da Nannina? Per quanto ti possa sembrare assurdo, mi sono trovata bene in quella casetta dove potevo anche andare scalza o sporcarmi, senza ricevere nessun rimprovero, mentre mia madre era a palazzo San Vito. Da Nannina ho ereditato l'amore per il pane che se, accidentalmente, cadeva a terra, io raccoglievo, pulivo e baciavo come faceva lei.

Devo a lei, a Nannina, alla contadina ignorante di studi, ma sapiente di vita, la mia dimestichezza con le cose semplici, con il ciclo della vita degli animali, con la cucina povera. Devo a Nannina la capacità di ricordare le tante storie fantastiche legate alla tradizione e alla magia che ho poi raccontato ai miei figli. A Ernesto, che mi guardava silenzioso ma felice di aver finalmente una compagna con cui giocare, devo la conoscenza delle piante in cambio di qualche mia lezione che gli permise di prendere la licenza elementare dato che io, seppur più giovane, ero molto avanti negli studi grazie agli insegnamenti di mio nonno. Riuscivamo a cavarcela. Mia madre era in grado di mantenerci e persino di mettere qualcosa da parte per il mio futuro. Spesso, quando tornava a casa, portava con sé le pietanze che la marchesa, sempre più triste, lasciava intatte sulla lunga tavola apparecchiata per lei sola.

Dopo circa due anni dal nostro arrivo, nel 1929, Ernesto trovò un lavoro ritenuto di prestigio: fare il valletto al barone Gaetano De Pico, il fratello di Mario, che era divenuto quasi cieco per un'affezione agli occhi. I valletti del barone non resistevano molto in quell'incarico e lo abbandonavano dall'oggi al domani, anche se lui, il barone, trovava sempre per l'ingrato di turno un nuovo lavoro lontano da Penne. Ernesto partì con il barone De Pico che amava i viaggi all'estero, l'Africa in particolar modo. Stette con lui fino a che fu richiamato per la guerra di Etiopia nel 1935. Al suo ritorno il barone lo favorì, facilitando il suo ingresso nelle Ferrovie. Da quando era arrivata la linea ferroviaria a Penne, Ernesto si era innamorato dei treni. A sua nonna che gliene chiedeva il motivo, la sua unica risposta era stata: «Il treno porta lontano».

Quindi io conoscevo Ernesto sin dall'infanzia: un ragazzo silenzioso, ma non cattivo, abituato a lavorare duramente senza lamentarsi. Da quegli occhi bruni che mi seguivano, insistentemente, non sentivo incombere nessuna minaccia.

Nondimeno, quando lui e il barone rientravano dai loro viaggi e ci veniva a trovare, quegli occhi erano velati di qualcosa difficile da definire: rabbia, dolore, o una soffocata ribellione. Di quei viaggi non raccontò mai nulla, né a sua nonna né a noi. Né nulla seppi fino a che Lorenzo Pedrini me ne parlò. Ricordo ancora, parola per parola, quello che lui mi disse; era stata la sera della rivelazione del nostro amore: la felicità che mi riempiva il cuore e la mente mi rese il ricordo indelebile. Era il 7 maggio 1971.

Lorenzo infranse il segreto professionale solo perché io potessi capire la storia dell'uomo che mi aveva rovinato la vita. Dopo il suo ritorno a Roma, nel 1953, Ernesto era stato inviato alla Commissione medica perché se ne valutasse la sua condizione mentale. Lorenzo, che presiedeva tale commissione, chiese di poterlo seguire per sei mesi. Negli incontri settimanali che faceva con lui, intuì che la rabbia che affiorava nei modi, nello sguardo, nelle parole di Ernesto Pennisi, era un'espressione di difesa, di difesa alla paura.

«Paura di cosa?» gli chiesi.

«Paura dei soggetti – usò proprio questo termine – che hanno una qualunque forma di potere». Con pazienza, Lorenzo mi spiegò che Ernesto l'abuso del potere l'aveva subìto su se stesso già dalla nascita: lui figlio di n.n., fu mandato a balia per tre anni lontano dal suo unico vincolo di sangue, sua nonna. Dalla nonna era stato ritirato dalla scuola dopo la seconda elementare per accudire l'orto e le galline, le loro fonti di sostentamento, passando tante ore da solo senza affetto e senza giochi.

«Non ci avevo mai riflettuto su questa sua condizione» avevo osservato con Lorenzo, meravigliata per la prima volta. Mi sembrava così naturale la vita contadina di Ernesto.

«Quando tu e tua madre arrivaste nella casa di Nannina lui, per un breve periodo, ebbe una parvenza di quel calore familiare tanto sperato e, grazie a te, una compagna per quei giochi che non aveva mai fatto» aggiunse Lorenzo. «Anche se si comportò malissimo in seguito, Ernesto ti era grato per quel periodo sereno».

«Perché dopo è cambiato? Che cosa è accaduto per trasformarlo in questo modo?».

Lorenzo sospirò a lungo. «Non fu facile per lui tirare fuori le vicende che aveva sepolto in un recesso della mente per non soffrire. Ho usato l'ipnosi per liberarlo dalle sovrastrutture difensive», spiegò. Si prese una pausa.

«Il barone De Pico era sposato?» mi chiese infine.

«No, ma tra i nobili era normale sposarsi tardi per correre la cavallina, come si soleva dire allora per intendere una vita libera da scapolo».

«Ecco, è questo il punto, Marilì: il barone non amava correre la cavallina ma il cavallino; capisci?».

«Il cavallino? Cioè vuol dire che lui…».

«Che preferiva i ragazzi giovani, molto giovani, alle donne».

«Ma di questo non si seppe mai nulla. Non ci posso credere. Non è possibile!».

Ero stupefatta. Avvertii violenta la nota trafittura allo stomaco – gastrite da paura-, così l'aveva diagnosticata il dottor Pedrini. Per il mio lavoro d'infermiera conoscevo queste situazioni imbarazzanti, ma non potevo immaginare che il barone De Pico, una persona così a modo, potesse essere così.

Il dolore allo stomaco aveva tacitato le parole ma non le immagini, che mi apparivano intollerabili.

«Il barone Gaetano era irreprensibile a Penne e credo in tutta Italia, viste le leggi fasciste sulle devianze sessuali. Tuttavia, con degli amici par suo, passava molto tempo in Africa, in Marocco in particolare, dove poteva dar libero sfogo alle sue tendenze», disse Lorenzo.

«Ed Ernesto lui pure è… è stato… oh, non è possibile!».

«Il barone era quasi cieco e aveva bisogno di un valletto che lo accompagnasse ai suoi incontri. Non ha mai forzato Ernesto a partecipare, ma la sfida seduttiva per quel nobile era anche la manipolazione della giovane mente di chi non si poteva ribellare e doveva portargli rispetto. Ernesto iniziò a rimanere nella stanza mentre avvenivano gli incontri fra quei giovani sorridenti e il suo padrone. Poi si sedette sul letto; infine ci si sdraiò».

«Perché? Perché?» chiesi con la sensazione della nausea che stava per esplodere.

«Forse fu spinto dalla gioventù. Forse il sorriso di quei giovani, che andavano con gli uomini maturi, ma avevano anche la fidanzata con cui si sarebbero sposati, agiva su di lui come un confondimento invitante. La mancanza di un padre, di un fratello o, almeno, di un amico a cui chiedere se quella situazione in cui si stava

facendo coinvolgere era lecita, fece sì che iniziò a partecipare agli incontri con brutalità, colmo di quella rabbia tipica di chi subisce un sopruso dal potere. La chiamata per la guerra di Etiopia fu una liberazione, per lui che dubitava ormai della sua mascolinità. In quel frangente si comportò come un soldato qualunque: andò al casino e per poche lire confermò a se stesso che sapeva andare con le donne. Incontri frettolosi e senza tenerezza; così imparò a fare e credo che in tal modo si sia comportato con te».

«Sì, è stato sempre così. Quanto ho sofferto per questo, anche se mia madre mi aveva avvertita, pur sperando che il rispetto che Ernesto ci portava comprendesse anche il letto».

Ero rimasta impettita sulla sedia di fronte a lui, come se la mia schiena dritta potesse farmi scivolare di dosso i ricordi.

«Perché tua madre ti fece sposare proprio lui?» mi chiese Lorenzo. «Eri… sei bella, e istruita; avresti potuto sposare un uomo diverso».

«Oh, molti giovani mi guardavano, ma nessuno mi chiedeva in sposa, per via della dote che non avevo; inoltre, essere la figlia del dottor De Dominicis era, per assurdo, un peso sociale insormontabile. Mia madre mi obbligò ad andare via da Penne dopo che…» Feci una pausa per riprendere coraggio. Non potevo tralasciare quel particolare: dovevo aprire il mio cuore a Lorenzo, anche se sconvolta dal disagio. Stetti in silenzio fino a che ebbi la forza di raccontare.

«Dopo che fummo aggredite da due ceffi, padre e figlio, l'unica sera che ci attardammo a tornare a casa oltre il tramonto». Quell'episodio l'avevo seppellito accuratamente in un angolo cieco della memoria, come si fa per le offese innominabili. Lorenzo capì il mio turbamento: mi prese le mani per spronarmi a proseguire.

«Quella sera fui io a indugiare perché era tornato Alfredo di Pietra Secca. Non lo vedevo da tredici anni, ma sempre avevo pensato a lui, avevo sognato di lui come il mio principe azzurro. Vederlo nel salone delle Ancelle a palazzo San Vito, alto, elegantissimo, con i capelli biondi di sua madre e il sorriso malizioso di suo padre, mi folgorò. Iniziai a balbettare ai suoi complimenti e ai suoi baciamano prolungati. Mia madre mi portò via, strattonandomi irritata. Non feci che parlare di lui durante il cammino, sognando addirittura di sposarlo, mentre mia madre taceva, quando nel trat-

to prossimo alla casa di Nannina – un luogo buio – comparvero i due uomini. Li conoscevo. Erano soliti osservarci quando io e mia madre tornavamo a casa. Il giovane iniziò a fare dei complimenti pesanti, il padre lo spalleggiava guardando allusivamente mia madre. I due si avvicinarono sempre più finché ci furono addosso con le mani, e le bocche che cercavano le nostre per impedirci di gridare. Noi gridammo con tutto il fiato possibile, ma nessuno si affacciò dalla casa più vicina. Capii che dovevo fare qualcosa. Fingendo acquiescenza mi abbandonai al mio assalitore che, sorpreso, diventò più audace; io gli presi la mano che voleva frugarmi e iniziai a baciarla, o meglio, a leccarla come un cane fa con quella del padrone. Era il segnale di accettazione che il giovane voleva e lo comunicò spavaldo al padre che invece non riusciva a fermare mia madre sfuggente. Convinto di aver fatto breccia nelle mie voglie da sgualdrina, il giovane abbassò le sue difese: le braccia diventarono morbide, pronte ad abbracciare più che a ghermire. Mia madre, che mi controllava con la coda dell'occhio, dapprima si sorprese amareggiata, poi capì, e cambiò anch'essa atteggiamento. I due ceffi si convinsero di avere delle facili prede tra le mani. Attirai il giovane a me, finché il mio corpo si strinse al suo. Lui sogghignava ripetendo in continuazione: «Puttana, puttana». E così sottolineava suo padre con mia madre. Poi, con un grande sorriso sul viso e con tutta la forza della disperazione, mollai una ginocchiata tremenda nei genitali. Il giovane rimase senza fiato, il padre urlò per primo; tra le urla e gli improperi, i due si accasciarono a terra, accartocciati su se stessi. Io e mia madre sapevamo che dovevamo approfittare del momento. Cominciammo a correre, anche se la strada di campagna ci fece inciampare più volte, mentre le loro grida sempre più lontane e l'abbaiare rabbioso di un cane ci incoraggiavano ad andare avanti. Quando arrivammo alla casa di Nannina, senza fiato e tutto un tremore per lo spavento, mia madre aveva preso la sua decisone. Nella nostra camera, lì dove avevo passato delle belle serate, leggendo i libri rimasti dalla biblioteca di mio padre e dove mi ero beata ascoltando le storie della vita di Maria Concetta Evaristi, lei mi disse con fermezza che non c'era altro modo per salvarmi che andare via il più presto possibile da Penne. I due ceffi avrebbero tentato ancora di importunarci».

«Quindi fu tua madre a decidere per te».

«Sì. Lei mi disse che l'unica persona che poteva aiutarmi era Ernesto. Non era tornato in quei giorni a Penne per trovare moglie e non pagare più la tassa sul celibato? Nannina aveva già attivato il sensale per la ricerca della sposa, tutta felice di fare i preparativi per le nozze; non faceva che parlare del pranzo e dei possibili regali. Se Ernesto si fosse ammogliato, le Ferrovie gli avrebbero assegnato un alloggio per la sua famiglia addirittura a Roma».

«Non fu solo l'aggressione a spingere tua madre verso quella decisione, vero?».

Ero arrossita fin su alle orecchie: quello era il mio segreto, ma con Lorenzo non dovevano esserci più segreti.

«No, ma non lo seppi allora. Eravamo in piena guerra – era il 1942– quando mia madre morente volle che tornassi a Penne poichè doveva parlarmi. Ernesto mi accompagnò per ridurre i rischi del viaggio avendo con me anche Martino piccolissimo. Mia madre stava sul letto che avevamo condiviso per tanti anni, sorretta da tre cuscini che le permettevano di respirare. La sua stanza era stata la nostra casa per tredici anni, da quando eravamo andate ad abitare da Nannina. Il male che la stava divorando – tumore polmonare – l'aveva prosciugata. Era diventata un piccolo corpo con i soli occhi vivi che ricordavano la donna che fu. Con un filo di voce, cercò di contenere le mie lacrime per il distacco imminente da lei e liberare le parole tra noi.

«Scusami, Marilì, per la vita alla quale ti ho condannata», mi disse. «Perché Ernesto, mamma? Perché hai voluto che sposassi proprio lui?» avevo chiesto.

«Ho preferito vederti accanto a un contadino che forse ti avrebbe rispettata invece di sottostare alle brame del contino Alfredo», aveva sussurrato. Non capii subito: lei voleva bene ad Alfredo, l'unico figlio della sua amica Argene.

Mi fermai per riprendere fiato; Lorenzo mi incoraggiò con lo sguardo.

«Alla mia reiterata ottusità, mia madre non poté che raccontarmi tutto: di Mario De Pico, delle medicazioni che faceva al conte Maurizio di Pietra Secca e del momento di abbandono, forse nello smarrimento di una bevanda drogata, che l'avrebbe disonorata per

sempre senza la generosità del dottor De Dominicis. Mia madre, cedendomi a Ernesto aveva voluto proteggermi dalle voglie del mio fratellastro Alfredo».

L'orrore di quella confessione me lo sono portato dietro per anni: non sono riuscita a parlarne nemmeno con la mia più cara amica, Lucia. Ho legato le parole e i pensieri, seppellendoli con una parte di me. Solo ora, scrivendoti, cara Marigiò, ho trovato il coraggio di liberare l'angolo scuro del mio cuore. Ho taciuto troppo e per troppo tempo. Perdonami.

«C'è una cosa che non ho mai capito. Quando tornammo a Roma, dopo la morte di mia madre, Ernesto cambiò» dissi a Lorenzo. «Scomparvero quei pochi gesti gentili che aveva avuto verso di me e iniziò ad aggredirmi, a dire brutte parole. Non so perché».

Lorenzo sospirò: doveva essergli costato molto ascoltare quei segreti e tacerli a me per anni.

«Mentre tua madre ti stava confidando la sua storia, una persona aveva udito ogni parola, origliando di nascosto, da dietro una porta. Era Nannina. Nonostante l'affetto e il rispetto che portava a tua madre, la fedele Nannina in quell'occasione non le fu fedele. Non si trattenne. Raccontò a Ernesto, figlio di sua figlia, sangue del suo sangue, tutto quello che aveva sentito e, forse, aggiunse anche qualcos'altro. In lui si riaccese di nuovo la rabbia, il rancore verso chi aveva il potere. Lo stesso rancore che aveva provato nello sposarti perché non solo non ti aveva scelta, ma aveva dovuto anche ringraziare dell'onore. Per non parlare delle chiacchiere che la notizia di un matrimonio così male assortito aveva suscitato. Tutto questo era stato troppo per lui», proseguì Lorenzo «sicuramente ci doveva stare sotto un imbroglio. Nella sua mente solo il lenzuolo del giorno dopo le nozze, tenuto per farlo vedere a Nannina, poteva confermare che la sposa non era merce avariata». Ricordavo bene come aveva strappato dal letto il lenzuolo macchiato. Il suo avvicinarsi a me era stata un'aggressione, rapida e senza riguardo, la prima di tante altre.

«Quando seppe, dalle confidenze di sua nonna, che nel tuo sangue scorreva anche quello del conte, uomo licenzioso, non ci vide più. Tu eri diventata l'incarnazione di tutti i torti subiti, per cui bastava un gesto, una parola o addirittura un cibo che gli ricordasse

la differenza sociale tra voi per far esplodere la paura, la rabbia, l'aggressione».

Attraverso le parole di Lorenzo, riuscivo un poco a comprendere l'uomo che avevo avuto vicino, come marito, in due periodi della mia vita.

«Poi, per Ernesto, accadde un miracolo» continuò a raccontare Lorenzo. «Sfuggito al bombardamento della stazione Ostiense, fu caricato su un camion tedesco e portato in Germania per guidare dei treni speciali, quelli diretti ai campi di concentramento. Lì aveva visto delle cose orribili tanto che stentavo a credere alla veridicità dei suoi racconti: li confermò anche sotto ipnosi. Allora non se ne sapeva quasi nulla; la generazione sopravvissuta alla guerra voleva dimenticare. Ci sarebbero voluti degli anni perché tutto il mondo sapesse dei campi di sterminio, delle camere a gas, degli esperimenti medici, della morte di milioni di ebrei. In quell'occasione, fui io a essere turbato.

Ernesto in quell'orrore trovò la sua salvezza. Aveva gli occhi azzurri incavati e il corpo scheletrico di una giovane donna, quasi una bambina. Lui rispose al suo muto appello d'aiuto. Il suo animo diventò di colpo coraggioso. Era piovuto molto, non gli fu difficile scavare rapidamente la terra melmosa, sotto il filo spinato del campo di concentramento, per farla sgusciare fuori. Se la nascose addosso, sotto il pesante cappotto di pelle. Un sistema semplice quanto pericoloso; se fosse scivolata, sarebbe stata la morte immediata per tutti e due, ma lei gli stava attaccata come una lumaca sulla foglia. Se la portò via da quel campo di Dachau dove avrebbe trovato sicuramente la morte. Guidò il treno fino in Italia, fino a Trento dove risiedeva, con lei addosso riscaldandola col suo calore. La curò nella sua casa – una cascina con un orticello, in ricordo della sua vita giovanile – finché si riprese. Lei lo amò come una donna ama l'eroe che l'ha salvata. Lui, per la prima volta nella sua vita, non si sentì più l'oppresso dalla parte dei vinti: era diventato colui che curava e difendeva la sua donna. Si sentì uomo e dimenticò».

«Come può aver dimenticato la sua famiglia?» chiesi irata «La sua vera famiglia? Con la sua assenza ci stava condannando alla fame, alla miseria. Questo sarebbe accaduto, se non mi fossi messa a lavorare grazie al suo aiuto, dottore».

«La mente si difende come può, se non riesce a sopportare un carico emotivo troppo forte. Lui non vi dimenticò: semplicemente relegò in un angolo il vissuto che l'aveva fatto soffrire».

«Ah sì? E alla nostra sofferenza non pensò mai?» esplosi risentita. Era da troppo tempo che nascondevo a tutti, e anche a me stessa, il rancore che provavo, profondo e immutato, verso Ernesto.

Lorenzo fece cenno di calmarmi. La mia interruzione non favoriva la spiegazione a cui voleva condurmi.

«Pazienza, Marilì, pazienza. Devo finire la storia. Ernesto mise al mondo altri figli; continuò a lavorare guidando i treni finché si ricordò anche di te, e dei tuoi ragazzi. Tornò a Roma, lasciando una donna e due bambini che lo amavano, e in cambio trovò Marigiò».

«Oh, appena la vide capì che non era sua. Non avevamo avuto più rapporti da tempo. L'aggredì con brutte parole. Non ho più dimenticato quel giorno. Non sono una smemorata come lui, se mai lui lo fu davvero».

«Nel gioco del ricordo e non ricordo, lui finse di accettare Marigiò, anche se la sua presenza l'ha sempre vissuta come un abuso. Eri tu, che gli ricordavi il suo passato doloroso, a imporgli una figlia non sua, mentre i suoi due figli a Trento lo aspettavano affettuosi. Lui continuò a lungo la sua doppia vita, lo sai» mi raccontò Lorenzo.

«Avrebbe potuto parlarmi, però. Ci saremmo potuti separare e lui avrebbe vissuto la sua vita a Trento senza aspettare sei anni, passati solo ad aggredirci» dissi, imponendomi di trattenere il rancore.

«Non so perché non lo fece; ormai non veniva più da me e non potevo aiutarlo».

Ripensavo alle parole di Lorenzo, cercando di vedere Ernesto da una prospettiva diversa. Mi ci volle del tempo perché alla comprensione si aggiungesse la compassione verso un uomo ferito che feriva gli altri perché non aveva saputo perdonare. Ora conosci la storia di Ernesto; cerca anche tu di comprendere. È per questo motivo che ti scrivo, in attesa di poter parlare direttamente con te. Tra i miei figli, tu sei quella che più ha sofferto a causa sua. Perdonalo, perché non ha avuto amore da giovane. Perdonalo, perché lui non è tuo padre.

Mi piacerebbe dire che tu sei il frutto di un grande amore, come quello che provo per Lorenzo o come lo hai provato anche tu, seppure infelice, per il padre di tua figlia.

Ho capito che l'amore può durare una vita intera oppure un attimo, quello di un incontro. Tu sei figlia dell'amore di un attimo, ma in quell'attimo per me è stato amore. Dopo tanti anni, ho finalmente ricordato. Ero nella villetta al mare che Lorenzo aveva affittato per noi, sconosciuti fra gli sconosciuti: una situazione ideale per chi si sentiva, come noi ci sentivamo, una coppia clandestina. È difficile abbandonare anni di pregiudizi, di regole sociali anche quando l'abbandonarle ci avrebbe dato sollievo.

Mi sono svegliata nel cuore della notte e ho ricordato. Ho gridato e Lorenzo, accanto a me, mi ha abbracciata forte per calmarmi…».

Marigiò girò l'ultima pagina. Non ce la faceva più; iniziò a leggere con la lettura veloce: una parola qua e là, tra quelle che la colpivano di più. Non poteva resistere nemmeno un attimo ancora. Tutta la sua vita era in quell'ultima pagina.

Lesse con il cuore che le scoppiava e il respiro bloccato, mentre un formicolio gelido invadeva il suo corpo. Si convinse che stava per morire. Rilesse ancora la pagina.

«Non è possibile: è impensabile, incredibile». Eppure, quelle righe erano lì. Andò in cucina e mise la testa sotto l'acqua gelata, a lungo.

Le mani iniziarono a tremare. Non riusciva a fermare il tremolio; le braccia, le gambe si scuotevano disarticolate. Fece un lungo respiro appoggiandosi al muro, per calmarsi, per non cadere a terra. Avvertiva le gocce d'acqua estinguersi dai capelli in rivoli acuminati. Si fece coraggio. Come un automa andò in camera di sua madre: aprì l'armadio, guardando nella scatola di cartone come aveva detto Marilì. C'era: la vestaglietta era strappata, vecchia, ma c'era.

Il telefono di via San Teodoro era occupato; riprovò ancora e ancora. Doveva chiedergli; non poteva aspettare. C'era un dettaglio che doveva assolutamente chiarire.

«Tom, rispondi o morirò».

Finalmente dopo un solo squillo Tom rispose.

«Tom devo chiederti una cosa. Di che colore…».

«Ferma lì, Marigiò: devo raccontarti una favola» disse lui con voce felice «una favola che mi farà vincere di sicuro».

«Tom, scusami, me la racconti dopo; io devo assolutamente sapere di che colore erano i tuoi capelli da giovane».

«Bianchi. Allora senti: c'era una volta...».

"Bianchi? Ma nessuno ha i capelli bianchi da giovane e tu non sei mica albino", avrebbe voluto dire.

«Tom scusa, ma...».

«No. Ora basta. Sei testarda e frettolosa. Mi devi ascoltare» le disse, aggiungendo un «ti prego».

"Non ce la faccio ad aspettare, Tom", pregò.

«*Please*, Marigiò, ascolta».

«Okay» fece lei debolmente.

«C'era una volta un giovane, al di là del mare, che viveva solo per il suo antro magico tra provette, alambicchi e pozioni. Quel giovane era bello, ricco, con un futuro luminoso, ma ebbe all'improvviso una sfortuna. Una parte di sé gli fu tolta e nessuno seppe come fare a ritrovarla. Il giovane cercò per mari e per monti, al di qua e al di là dell'oceano: non ebbe successo. Il tempo passava e il giovane s'intristiva sempre più, obbligato a dipendere da una macchina in sostituzione di quella parte di sé. In fondo al suo cuore, il giovane sentiva che la soluzione era a lui vicina. Egli non riusciva a spiegarsi del perché di quella sensazione, né gli furono d'aiuto i grandi libri della scienza che consultava. Poi non resistette e fece una cosa vietata da una legge del reame: quella sulla *privacy*. Analizzò il sangue dei suoi colleghi alla ricerca di una caratteristica simile alla sua».

Tom si fermò. Marigiò arrestò il respiro, intuendo quello che Kevin aveva trovato nella sua ricerca. Nel silenzio sospeso, lei e Tom potevano sentire i battiti del cuore dell'altro.

«E qui viene il bello. Una favola che incontra l'altra, sai Marigiò. È una possibilità su un miliardo: così mi ha detto quel giovane che seppe, con certezza al 98%, che quella parte di sé poteva averla la principessa...»

«Aurora» disse con un filo di voce Marigiò. «Tom, di che colore erano i tuoi capelli?» bisbigliò.

Lui si stupì della sua domanda, deluso della sua reazione.

«Bianchi; mi divennero bianchi che ero molto giovane, dopo lo spavento che provai quando stetti per morire».

«E... prima, Tom?».

«Prima? Erano rossi, come quelli di mia madre, di un colore simile al tuo».

Tutto combaciava: poteva arricchire le prove, ma tutto combaciava. Si sentì invasa da un calore esplosivo: era gioia, pura e senza confini, che vibrava frenetica nel cuore. Un'ondata inarrestabile d'amore si liberò da lei per l'uomo all'altro capo del telefono.

«Con questa favola hai vinto tu, senza dubbio» ammise. «Sono davvero felice che la principessa sia Aurora: lei potrà donare a quel giovane una delle due parti di sé, Tom».

«Oh, Marigiò, Marigiò, sei un angelo! Non vedo l'ora di dirlo a Kevin, sai, e di abbracciarti al ballo. Al diavolo le chiacchiere. Voglio che tu apra le danze con me, per la festa del mio insediamento in ambasciata. Faremo una gran bella figura. Anzi, come si dice a Roma, un figurone!».

«Va bene, ambasciatore Thomas Vannucci, ballerò con te» rispose felice.

«Sì, ballerò con te, *daddy*» sussurrò.

Elenco ricette

Ringraziamenti

Nello scrivere questo romanzo ho attinto ai ricordi di storie familiari che si raccontavano la sera, intriganti e sorprendenti per la bambina curiosa quale ero, riportando alla memoria le tante tracce di tradizione orale tramandata al femminile.

Grazie a chi non c'è più. Mi auguro che con queste mie parole scritte possano vivere una nuova vita.

I piatti che ho gustato allora, descritti nel romanzo, li preparo ancora oggi.

Per la contestualizzazione storica sono stata supportata con gentilezza e cortesia da vari addetti della Biblioteca Centrale di Roma.

Per i dettagli linguistici e di costume, riferiti alla storia ambientata a Penne, ringrazio Mario Costantini, appassionato conoscitore della storia del paese dei miei avi.

Non posso tacere del contributo incoraggiante dei miei amici, lettori *in itinere*, che con il loro punto di vista mi hanno indirizzato verso la retta via. Grazie a Paola, Lorenzo, Rita, Ivana, Lucia, Federico, Paolo, Laura e altri ancora.

Grazie alla benevola sopportazione dei miei figli, Riccardo ed Elisa, nell'accettare la loro mamma "distratta" per tanto tempo dai figli partoriti dalla fantasia.

Se ho concluso questo romanzo lo devo a mio marito Antonio, compagno della mia vita, che mi è stato sempre vicino nell'impresa, ascoltando le mie riflessioni e sostenendomi nei momenti di scoraggiamento. Grazie.

Indice

Stampato da Fp Design s.r.l.
Via delle Baleari, 228
00121 Roma
www.fp-design.it